Portread gan Kyffin Williams.

# PWY
# FASE'N
# MEDDWL

David Meredith

*Argraffiad cyntaf – 2002*

ISBN 1 84323 184 0

Dymuna'r cyhoeddwyr gydnabod cymorth
Adrannau Cyngor Llyfrau Cymru.


*Argraffwyd yng Nghymru gan
Wasg Gomer, Llandysul, Ceredigion*

Cyflwynedig i'm teulu.

# Rhagymadrodd

Ys dywed y bardd!

Rwy'n clywed sŵn y chwerthin
Rwy'n clywed sŵn y trist
Pa un gymeraf innau
A'i roddi yn fy nghlust.

Ceisiais fy ngorau fawrygu bywyd a diolchaf i'r rhai hynny sydd wedi
ac sydd yn cyfrannu at wneud y daith mor werth chweil.
　　Yn yr ysbryd yma y lluniais yr hunangofiant hwn.

# Diolchiadau

Mae fy nyled i Ragluniaeth yn helaeth am drefnu i mi gael seibiant yng Nghynllwyd ac yn Juan les Pins yn y Cap Antibes i gofnodi rhai o droeon yr yrfa, a llunio'r geiriau hyn.

Carwn ddiolch i Wasg Gomer am gytuno i gyhoeddi, i Gareth Lloyd am ei wyrthiau ac i Bethan Mair am bob cydweithrediad, i'r dawnus Elgan Davies am ei waith yn cynllunio'r clawr ac i Mona Roberts am gyflawni rhyfeddodau gyda fy ysgrifen ddestlus!

Diolchaf hefyd i John Hefin ac Aled Islwyn am ysbrydoliaeth, am gyfleoedd i roi'r byd yn ei le ac am awgrymiadau gwerthfawr.

# Cydnabyddiaeth Lluniau

Diolch i HTV drwy Mansel Jones am yr hawl i gyhoeddi nifer o luniau; LM am luniau o fy mam, Ty'n Fedw ac ohonof fi a Thrilliw y gath; Alex Berliner, Los Angeles, am luniau'r ymgyrch Oscar; Paul Ebrey am lun Rwsia; Rhianydd Darwin am lun o Mip; S4C am luniau o MipCom a Cannes; Sei am lun y Volvo toredig; JH am lun o Gae Cwm; Alan Studholme am lun Capel y Sistin; JWM am lun y 'Zephyr Six'; Tegwyn Roberts am lun 'Y Coed'; Keith Morris am y llun o Julie Christie a minnau ar ran yr Ŵyl Ffilm; Andrew James a'r *Western Mail* am lun y clawr, hyn drwy Hannah Jones.

Mae fy niolch i Syr Kyffin Williams R.A. yn llifo fel ffrwd fythlifeiriol am ei ddarlun ohonof ym mlaen y llyfr hwn.

# DYLANWADAU

Mae'n anochel fod y meddwl yn troi at ieuenctid pell-yn-ôl wrth i ddyn feddwl am 'ddylanwadau'. Mae'n anodd peidio â sôn am ddylanwad rhieni, brawd a chwiorydd a theulu agos. Geiriau cefnogol câr a cheraint ac weithiau gerydd a wnaeth fyd o les imi, neu ddobiad brawdol a chlywed y geiriau cofiadwy wrth i mi ebychu a bonllefu, 'Bydd ddistaw – fe ddylet fod yn ddiolchgar fod rhywun yn cymryd diddordeb ynat ti!' A phwy yng Nghymru all ffoi oddi wrth ddylanwad y mynyddoedd?

Gallaf uniaethu â T.H. Parry-Williams a ddywedodd yn ei soned 'Moelni' fod mynyddoedd Eryri yn gymaint rhan o dirlun ei fachgendod 'Nes mynd o'u moelni i mewn i'm hanfod i'. Rwyf wedi sugno maeth o'r moelydd erioed bron heb sylweddoli – o'r gwair, o'r gwair rhos, y rhedyn a'r grug, o Benbryn Pig a Llaethnant, o Glipie Duon yng Nghynllwyd, Llanuwchllyn, ac o'r Pared a Thyrre Mawr a Llynnoedd Cregenan yn ardal Islaw'r Dre, Dolgellau, lle'r aem i aros fel teulu dros gyfnodau o hafau hir. Mae gweld y llecynnau hyn ar sgrin y meddwl yn ganolog i'm bod a'm Cymreictod, heb sôn am ddylanwad y bobl a gyfarfûm, gyda'u hiwmor, a'u difrifoldeb, a'u diddordebau amrywiol. Clywais ganddynt doreth o hanesion bro a disgrifiadau byw o bobl.

Ar hyd y blynyddoedd, clywais ddisgrifiadau mor fyw o bobl gan deulu a chydnabod y teulu ym Mhenllyn nes fy mod yn teimlo fy mod

Golygfa o Gwm Cynllwyd o feudy Cae Cwm ar Fwlch y Groes.

13

yn eu hadnabod yn dda. Ac felly, mae'n wir dweud nad fy athrawon ysgol, fy rhieni, fy nghyfeillion, pregethau o bulpud a sgwrs a chân yn unig a gafodd ddylanwad arnaf ar hyd y blynyddoedd, ond hefyd wŷr a gwragedd a fu farw ers cenedlaethau ond sy'n dal yn fyw yn fy ymwybod a'u dylanwad yn anhraethol.

Defnyddir nifer o'u dywediadau gennyf ar dafod leferydd yn gyson, ac atynt hwy y trof am ddeunydd stori i'r plant. Fe wn i erbyn hyn bwysigrwydd y 'rhengoedd na ddychwel mwy' i'w Cymreictod hwythau, ac mor bwysig yw 'cof cenedl'. Sut y gall dyn anghofio geiriau llawn pathos Dodo Hanna, Cwm Ffynnon? Ffermdy yw Cwm Ffynnon wrth droed Aran Benllyn – bro baradwysaidd heb arni 'staen na chraith' yn yr haf ond llecyn oer ac unig yn y gaeaf. Gorfu i Dodo Hanna symud o Gwm Croes i fyw yng Nghwm Cynllwyd, ryw dair milltir yn is i lawr y cwm. Yno, yn y cwm newydd, pan ofynnwyd iddi sut roedd yn mwynhau byw yn ei thŷ newydd, y llefarodd y geiriau nad ânt yn angof: 'Mae'n well gena i ddafad o Gwm Ffynnon na dyn o unlle arall!'

Ddechrau Awst bob blwyddyn, aem fel teulu i ffermdy Blaencwm, Llanuwchllyn. Gadael ymwelwyr Aberystwyth a ffoi i'r wlad i aros yn hen gartref teuluol fy mam. Wedi ymddeoliad fy nhaid a'm nain, fy Ewythr Dei fu'n ffarmio Blaencwm; brawd hynaf fy mam oedd Yncl Dei, hen lanc yn byw ar ei ben ei hun ac un o'r dynion caredicaf a gerddodd wyneb daear erioed.

Doedd dim cyflenwad dŵr yn y tŷ ym Mlaencwm a rhaid oedd cyrchu dŵr yfed o bistyll dŵr glân mewn cae cyfagos. Wrth ochr y tŷ, roedd olwyn gorddi fawr bren i droi'r fuddai yn y bwtri. Ymolchem yn y bore o dan y pistyll yng nghanol y buarth a darllenem yn ein gwelyau hyd oriau mân y bore yng ngolau cannwyll. Treuliem ni blant oriau gyda'm hewyrth a dynion eraill y cwm yng nghorlannau'r defaid, neu'n cynorthwyo gyda'r gwair ymysg rhes o gribinwyr, neu'n twyso'r ceffylau – bodolaeth wirioneddol baradwysaidd.

Deuai diwedd Awst yn rhy fuan o lawer, a byddai'n rhaid dychwelyd o'r mynyddoedd at lan y môr. Am flynyddoedd lawer wedi cyfnod yr hafau hir hynny, breuddwydiwn fy mod yn clywed sŵn y ceiliog yn canu a sŵn y pistyll yn taro ar gerrig y buarth.

Dylanwad mawr arall arnaf fu teithio i'r cyfandir. Pan fynnodd fy mrawd fy mod yn mynd yn ei gwmni o ac Olwen fy chwaer-yng-

Eistedd ar y beindar (ar y dde) yng Nghwm Cynllwyd gyda'm brawd, fy ewythrod a'm cefndryd – y pedwar degau.

nghyfraith i'r Eidal am y tro cyntaf, yn ei Ford Zephyr newydd, a hynny'n uniongyrchol o Aberystwyth ac osgoi mynd i gyfweliad gyda Theledu Cymru yng Nghaerdydd, mae'n rhaid fod ganddo ddawn y proffwyd oherwydd flwyddyn yn ddiweddarach nid oedd Teledu Cymru yn bod. Cyfweliad oedd hwn i fod gyda Havard Gregory am swydd cyhoeddwr. Ond o'r Cotswolds, ar y daith i Dover, ffoniais Catrin Lloyd Rowlands, PA Havard, i'w hysbysu na fyddwn yn dod i'r cyfweliad wedi'r cwbwl. Roedd Havard, Catrin a minnau i ailgyfarfod yn nes ymlaen! Trafaelio mewn steil ar draws Ewrop i ddinas Fflorens a hithau'n ganol haf crasboeth. Gwelais a rhyfeddais at wyrthiau creadigol y Dadeni Dysg. Taniwyd fy nychymyg a theimlwn ryw reidrwydd ynof i ddweud stori un o gewri'r Dadeni, Michelangelo. Ysgrifennais yr hanes ac fe'i cyhoeddwyd, y llyfr Cymraeg cyntaf erioed ar y pwnc.

Wedi'r daith honno, awn bob haf yn ystod y chwe degau cynnar gyda'm cyfaill, John Hefin, i gyfandir Ewrop. Gyrru drwy Ffrainc a'r

15

Swistir i'r Eidal, hedfan i Sbaen i ymweld â Madrid ac amgueddfa'r Prado i ddotio at ddawn y Goya gorffwyll i bortreadu gorffwylltra, ac El Greco i beintio'i Grist hirgorff trawiadol. Cefais wefr arbennig o weld yr arddangosfa o waith Picasso, yn gerfluniau o bobl ac anifeiliaid a pheintiadau Ciwbaidd a lenwai'r Grand Palais a'r Petit Palais ym Mharis. Hon oedd yr arddangosfa fwyaf o waith Picasso i'w chynnal erioed.

Bûm hefyd yn yr arddangosfa y 'Swiss Expo' yn Lausanne ym 1964, yr arddangosfa a gynhelir bob pum mlynedd ar hugain. Sôn am gampwaith – arddangosfa ydoedd o bethau gorau'r wlad, yn ffrwythau, clociau, technoleg ac awyrennau. Cafwyd teithiau dan lyn Genefa mewn llong danfor ac arwyddion yr arddangosfa ymhob man mewn pedair iaith. Ni welais na chynt na chwedyn ddim byd o'r fath.

Mae dwy oriel gelf yn Ewrop wedi denu fy serch – yr Uffizzi yn ninas Fflorens ac amgueddfa'r Rijks yn Amsterdam. Perthyn awyrgylch arbennig i'r ddwy ac mae gwybod fod to'r Rijks wedi ei orchuddio â llechi o Feirionnydd yn rheswm ychwanegol dros fy niddordeb byw ynddi. Mae eu casgliadau o beintiadau'n costrelu ing a gwae buddugoliaeth a gorfoledd urddas a thlodi dynion a gwragedd fel y portreadwyd hwy gan rai o feistri byd celfyddyd, heb sôn am wyrth y portreadu pan ddaw'r meidrol wyneb yn wyneb â'r dwyfol fel yn rhai o luniau Rembrandt.

Ym 1977, a minnau'n dri deg chwech oed, prynasom fel teulu ffermdy Ty'n Fedw, filltir a hanner o Flaencwm. Yr oeddwn yn byw ac yn gweithio yng Nghaerdydd pan glywais fod Ty'n Fedw ar werth. Yr oedd fy Ewythr Dei wedi marw ym 1971 a'm cefnder Arwyn bellach yn ffarmio Blaencwm. Ffermdy ar y llethr yw Ty'n Fedw gyda thir yn ymestyn y tu cefn i'r tŷ bron at Foel Migenau ers talwm a'r caeau o flaen y tŷ yn ymestyn at afon Twrch. Yn rhan o'r afon mae rhaeadr fawr Creini Meini. Roeddwn wedi adrodd y geiriau 'Ni feddaf led troed ohono' gynifer o weithiau dros y blynyddoedd. Bellach yr oeddwn yn berchen rhyw led troed o'm gwlad; roedd ein defaid yn pori ar y fron a'r gwynt yn bwhwman yn y simdde, a'r ddwy gath, Trilliw a Syrpreis, yn canu grwndi wrth y tân.

Digwyddodd popeth ynglŷn â phrynu Ty'n Fedw yn gyflym iawn. Eisteddfod Genedlaethol Wrecsam oedd hi; daeth fy Ewythr Sei – Seimon Jones – i mewn i babell groeso HTV. Eisteddodd, estynnais

Ar Fwlch y Simplon ger y 'Zephyr Six'.

baned iddo a dywedodd yntau, 'Mae Ty'n Fedw ar werth,' gan holi a oedd gen i ddiddordeb. Cyflymodd pethau wedi hynny. Cerddais ar draws y cae i'r Pafiliwn lle roedd Tom Jones, yr arwerthwr a'r eisteddfotwr yn Ystafell y Cyngor. Dros baned o de efo fo, cynigiais am Dy'n Fedw. Roedd John fy mrawd, fy nghyfreithiwr, yn yr Ŵyl y diwrnod hwnnw hefyd. Roedd y darnau'n disgyn i'w lle!

Un noson yn ystod Ebrill 1986, eisteddem yn deulu wrth ein bwrdd pin yng nghegin Ty'n Fedw yn bwyta swper. Clywsom y newydd am ddamwain erchyll Chernobyl. Yr oeddem eisoes yn poeni am ddamwain yn Atomfa Trawsfynydd ychydig ynghynt ond yn awr, yn rhy hwyr, daeth rhybudd am y gwenwyn a ddisgynnai gyda'r glaw yn dilyn damwain yr Wcráin. Ddywedodd yr un ohonom ryw lawer – yr oeddem oll yn gandryll fod gwyddonwyr yn peryglu bywyd yn y fath fodd a bod y llywodraeth mor ddychrynllyd o ddi-hid. Gofynnodd un o'r plant, 'Beth am y defaid druan allan fan'cw'n pori?' Doedd neb a allai esbonio dim i greaduriaid mud, diamddiffyn. Ymhen wythnos neu ddwy, yr oedd Cymru, Cumbria a'r Alban yng nghanol pandemoniwm atal gwerthu defaid. Yn sgil Chernobyl a bygythiad gwenwyn marwol 'damweiniol' Atomfa Trawsfynydd ac atomfeydd eraill, yr oedd holl ddylanwadau bywyd yn ddiystyr – holl ofal rhieni

17

i fagu cariad at wlad, at iaith, at ddiwylliant, at wareiddiad, at grefydd, at gyd-ddyn, yn chwâl, yn deilchion. Pan ysgrifennais erthygl i'r *Cambrian News* dan y pennawd 'Lladd Gwragedd a Phlant', dywedodd un darllenydd wrthyf fy mod wedi ei ddychryn wrth sôn am beryglon atomfeydd yn y fath fodd. Dyna, wrth gwrs, oedd pwrpas yr erthygl. Credaf yn angerddol fod peryglon difrifol iawn yn y canolfannau hyn mewn gwenwyn ymbelydrol nad yw dyn wedi gallu ei gostrelu'n ddiogel. Doedd dim cysur o gwbl yn yr hyn a ddywedodd Swyddog Iechyd Trawsfynydd wrthyf un noson wedi damwain yno, pan dasgodd clystyrau gwenwynig o'r atomfa, 'Don't worry – the wind wasn't blowing in your direction last night'.

Yn yr haul o flaen Ty'n Fedw efo Trilliw'r gath.

Yr olygfa baradwysaidd o fuarth Ty'n Fedw.

# ABERYSTWYTH Y PEDWAR DEGAU

Pan anwyd fi yn Ysbyty Mamaeth Aberystwyth ar Fai 24, 1941, roedd fy nhad, John Ellis Meredith, neu J. E. Meredith fel yr adwaenid ef, yn weinidog Capel y Tabernacl yn y dref – eglwys niferus ac un o Dabernaclau prysuraf yr Hen Gorff, neu'r Eglwys Bresbyteraidd erbyn hyn. Sefydlwyd y Tabernacl gan neb llai na Daniel Rowland yn y ddeunawfed ganrif ac fe'i lleolwyd nid nepell o'r harbwr, sef canol Aberystwyth yn y cyfnod.

Pan adewais yr ysbyty, cludwyd fi i'n cartref teuluol clyd, Elm Bank ar Heol Llanbadarn, ac yno, gyda fy mrawd John a'm chwiorydd Margaret a Ruth, y maged fi gyda chariad a gofal a phob cyfle i ddod yn athrylith amlycaf yr ugeinfed ganrif! Tŷ mawr oedd Elm Bank gyda phedair ystafell i lawr staer yn cynnwys y gegin a llyfrgell helaeth fy nhad, pedair llofft fawr ar y llawr cyntaf a phedair ystafell ar y llawr uchaf. Roedd posibilrwydd o wyth ystafell wely, felly, rhwng y ddau lawr ond dim ond dwy ohonynt a ddefnyddiem gan storio'r holl bapurau a fyddai'n ymgasglu dros y blynyddoedd mewn dwy arall. Deuai teulu fy nhad o Sir y Fflint a Sir Ddinbych, teulu o fwynwyr, amaethwyr a garddwyr yn bennaf, tra hanai fy mam, Elisabeth Meredith, neu Bess Blaencwm a rhoi ei henw Llanuwchllyn iddi, o Gwm Cynllwyd, y cwm hudolus hwnnw sy'n ymestyn o bentref Llanuwchllyn hyd at Fwlch y Groes a'r ffordd i Ddinas Mawddwy. Cred fy mam i'r teulu fod yno erioed, yn amaethu'n bennaf. I'r cwm hwn y deuthum yn 'chydig fisoedd oed i dreulio haf 1941 ac yna hafau lawer drwy gyfnod fy ieuenctid. Roedd fy mam yn un o naw o blant a fyddai, diolch i'r drefn, yn aros yng Nghymru, yn y cyffiniau ac mewn siroedd cyfagos – am wreiddiau gwych! Nid oes gennyf gof o erchyllterau'r rhyfel, ond profais system y 'coupons' am rai blynyddoedd – system oedd yn dipyn o niwsans i rywun yn trio prynu 'sweets', neu dda-da fel y galwai fy nhaid nhw.

Athrawes oedd fy mam cyn priodi, wedi cael ei haddysg yn Ysgol Ramadeg y Merched yn y Bala ac yna ym Mhrifysgol Lerpwl. Daearyddiaeth, Anthropoleg a Saesneg oedd ei phynciau coleg – diddordebau a barhaodd gydol ei hoes. Tra oedd yn Lerpwl yn y dau

Elizabeth Meredith, fy mam annwyl.

Fy nhad John Ellis Meredith ar raglen *Yr Wythnos* HTV Cymru.

ddegau, cafodd orchymyn gan ei hathro, yr Athro Roxby y maged fi yn sŵn ei enw, i astudio'n ddaearyddol bopeth o fewn cylch o chwe milltir i'w chartref – ffermdy Blaencwm a Thanybwlch am yr afon, dwy ffarm a gâi eu ffarmio gan y teulu. Protestiodd fy mam wrtho nad oedd dim yno ond grug, mawn a defaid. Ond gorchymyn oedd gorchymyn. Yn ystod ei hoes hir, darganfu bopeth yno, yn ffordd Rufeinig, yn bennau saethau fflint, yn fwyeill pres ac yn gutiau Gwyddelod. Bu hefyd, er syndod i nifer ohonynt, yn mesur pennau'r cymdogion â mesurwr dur arbennig er mwyn profi yn ôl maint y pen eu bod yn perthyn i bobloedd arbennig – yr Iberiaid, y Goedeliaid neu'r Brythoniaid. Allan o 79 o bobl a fesurwyd gan fy mam, roedd 20 yn *Dalicho*, 12 yn *brachycephalic* a 30 yn *mess cephalic*. Roedd y mesuriadau ceffalig yn amrywio rhwng 71 ac 86 – yn iaith ddirgel y mesurwyr pennau, yr anthropolegwyr.

A dweud y gwir, i mi gael bragio rhyw 'chydig, roedd fy rhieni'n ddau athrylith, yn ddau *genius*. Bu 'nhad yn ysgol ramadeg y bechgyn yn yr Wyddgrug – Ysgol yr Alun – a'r Bala cyn mynd i'r Brifysgol ym Mangor ac ymlaen i Goleg yr Iesu yn Rhydychen. Tra oedd ym Mangor, bu'n Llywydd Myfyrwyr Cymru a Lloegr, swydd a aeth ag ef i'r Eidal yn nechrau'r 1930au i gwrdd â Mussolini a'r Pab Pius. Cusanodd fodrwy'r pontiff yn y Fatican – gweithred fentrus i ŵr a fyddai maes o law yn weinidog gyda'r Methodistiaid Calfinaidd ac yn Llywydd y Gymanfa Gyffredinol. Ond bu fy nhad yn eciwmenaidd gydol ei oes a châi fwy o gydweithrediad yn aml gan y Catholigion yn Aberystwyth na chan yr Eglwys yng Nghymru pan oedd John Richards yn Esgob Tyddewi!

Cadwodd fy mam gylch o gyfeillion er dyddiau coleg; yn eu plith roedd Maria Lemaire. Wedi priodi, symudodd Maria a'i theulu i fyw ger Paris, a byddai fy mrawd a'm chwiorydd yn cyfnewid llawer gyda'r plant Marie Louise ac Annette, a deuai llyfrau Ffrangeg yn anrhegion i'r tŷ yn gyson. Un arall o'i chyfeillion oedd yr awdures Jessica Lofthouse o Swydd Efrog a ysgrifennai lyfrau taith am Ogledd Lloegr ac ynddynt 'sketches' celfydd o'i heiddo'i hun yn britho'r tudalennau. Daeth i Gwm Cynllwyd un haf gan groniclo'r hanes yn ei llyfr *North Wales for the Countrygoer* a gyhoeddwyd yn 1970 gan Robert Hale a'i Gwmni:

21

Fy rhieni yn
Ffarm Tanybwlch,
Cwm Cynllwyd –
yn ystod y tri degau.

Yn niogelwch y
teulu ac 'ar lin
mam', buarth
Blaencwm (1943).

Fy nhad (ail o'r dde
yn eistedd) yn
ymweld â Benito
Mussolini (cannol),
Rhufain.

I am writing this on the seat of the mowing machine, far more comfortable than you can imagine – anatomically correct . . . Hay has not lost its sweetness in this valley; delicious scents came out, thyme and crushed mint, blended with newmown hay . . . I have discovered buttermilk again; the very best thirst quencher after manual labour . . .

Wrth gyrchu dŵr o'r ffynnon dŵr glân ar Ffarm Blaencwm meddai: 'This involves pushing aside many frisky black calves . . . David calls the calves his dragons and tries to fight back his fear'. Tydwi ddim yn cofio'r 'dreigiau duon' ond mae Jessica Lofthouse yn sicr yn disgrifio Cynllwyd y pedwar degau gydag anwyldeb.

Teulu arall y byddem yn cyfnewid â hwy oedd teulu Martin Caille o Marseilles. Byddai fy mrawd John yn mynd i aros gyda Bruno'r mab yn Ffrainc a daeth ef i aros efo ni yn Aberystwyth. Roedd Bruno'n rhyw dair ar ddeg a minnau'n wyth oed. Un direidus iawn oedd Bruno bob amser, yn ffugio poen yn ei goes pan ddeuai'n amser mynd i'r Eglwys. Collasom bob cysylltiad ag ef tan ddeugain mlynedd yn ddiweddarach pan glywais gan y Cyngor Prydeinig fod yna oriel gelf Martin Caille yn un o brif strydoedd Paris, y Rue du Faubourg Saint-Honoré. Ffoniais yno'n syth ac atebwyd y ffôn gan Bruno'i hun. 'Hello' meddwn i yn Saesneg, 'David Meredith gynt o Aberystwyth sy'n siarad.' Heb oedi eiliad atebodd y llais y pen arall i'r ffôn: 'Hello, David, how are you? How are John, Ruth and Margaret – and your parents?' Roedd yr atgofion melys am Elm Bank ac Aberystwyth wedi eu serio ar ei gof a deugain mlynedd wedi diflannu ar amrantiad wedi un alwad. Fel y dywedodd Bruno mewn ffacs wedi hynny: 'And yesterday I remember all of you, the memories of the wonderful hospitality of your family'.

Fel yn hanes fy mam, deuai ffrindiau fy nhad (ffrindiau i'r ddau ohonynt ar achlysur) i'n tŷ ni – cyd-weinidogion fel y Parch. Herbert Evans, Caer, Yncl Bert i mi, a George M. Ll. Davies yr heddychwr mawr. Pan ddeuai fy Ewyrth Bert i'r tŷ, ei gwestiwn cyntaf i mi fyddai, 'Lle mae'r concyrs?' a byddai'r ddau ohonom yn cael gornest wych o daro 'concyrs' yng nghyntedd Elm Bank. Roedd George M. Ll. Davies hefyd yn wych efo ni'r plant, gallai wneud sŵn gwenynen yn berffaith, a chogio fod gwenynen ym mhoced ei wasgod. Tra oedd yr heddychwr mawr Mahatma Gandhi yn Llundain ar un achlysur gofynnodd am weld George M. Ll.

T. Rowland Hughes (chwith) a 'nhad (ar y dde) gyda'r Parch. Tegla Davies
yn Rhydychen – yn ystod y dau ddegau.

Aem hefyd i ymweld â rhai o gyfeillion fy nhad, fel y bardd T.
Rowland Hughes, a oedd yn gaeth i'w gadair pan welais ef yng
Nghaerdydd. Cofiaf y tŷ yn dda a'r 'goeden afalau ym mhen yr ardd.' Ar
dro, aem i ymweld â William Jones, y bardd a gyhoeddodd ddwy gyfrol
o gerddi, *Adar Rhiannon* (1947) a *Sonedau a Thelynegion* (1950). Fe'i
cofir o hyd am un o'i delynogion cynnar, 'Pwy ydyw dy gariad, lanc
ifanc o Lŷn?' A ysgrifennwyd cerdd felysach erioed yn y Gymraeg na
hon? Cofiaf un haf i 'nhad a minnau gerdded at groesffordd ger
Blaencwm lle yr arhosem gydol mis Awst, i gyfarfod â William Jones.
Ni ddaeth i'r golwg y diwrnod hwnnw. Wythnosau wedi hynny, gwelodd
fy nhad William a gofyn iddo ble roedd e'r diwrnod arbennig hwnnw.
Cafodd yr ateb ei fod wedi gweld cwmwl ar y gorwel o'i gartref yn
Nhremadog a'i fod wedi penderfynu mai peryglus fyddai mentro allan!
   Roedd un arferiad pwysig yn ein tŷ ni – byddem oll yn bwyta
gyda'n gilydd. Swper hwyr a gaem fel arfer fel y gallem gyd-fwyta ar

24

ôl cyfarfodydd nosweithiol fy nhad. Doedd dim cwestiwn i'r plant fynd i'w gwlâu pan ddeuai ymwelwyr. Byddem ni yno wrth y bwrdd bwyd yn rhannu'r sgwrs, yn gwrando ac yn cael cais bob amser i ddweud ein barn. Mi glywaf lais fy nhad yn dweud y funud hon, 'David, be wyt ti'n 'i feddwl?' Cofiaf un noson pan ddaeth prifathro newydd y coleg acw i swper, y Prifathro Thomas Parry. Yn ystod y sgwrs wrth y bwrdd swper, galwodd Tom Parry fy nhad yn 'Jac'! Y Parch J. E. Meredith yn cael ei alw'n 'Jac'! Wyddwn i ddim tan wedi'r noson fod y ddau wedi bod yn y coleg gyda'i gilydd ym Mangor. Oedd, roedd ein tŷ ni yn fwrlwm o fywyd ac yn gyrchfan i ffrindiau a theulu o bell ac agos! Roedd fy mam yn arbenigwraig ar groesawu pobl yn nhraddodiad gorau Cwm Cynllwyd ac ni chyfarfûm â neb mwy anhunanol na hi erioed. Cawsom fendithion fil gan y teulu. Pan leddid mochyn ar ffarm fy modryb Jane yn Llanbryn-mair, byddai brôn a phorc hyfryd ar y bwrdd bwyd yn Elm Bank ymhen rhai dyddiau. Adeg y rhyfel torrid rheolau 'rations' yn rhacs pan ddeuai potiau pridd mawr, cochfrown i'n tŷ ni yn llawn o fenyn maethlon o gartref fy mam. Edmygai fy mam ei brodyr a'i chwiorydd a châi nerth a swcwr o fod yn eu cwmni.

Fel yn hanes teuluoedd eraill yng Nghymru, mi wn, roedd addysg yn bwysig yn ein tŷ ni. A dweud y gwir, doedd gen i ddim llawer o siawns cystadlu â 'mrawd a'm chwiorydd yn y maes hwn nac mewn meysydd eraill chwaith. Fi oedd y babi, y cyw melyn olaf. Roedd fy mrawd wyth mlynedd yn hŷn na mi, ac yn fy nhrechu ym mhob maes. Trechai fi mewn criced, pêl-

Fy mam Elizabeth Meredith.
Ty'n Fedw (1983).

droed, monopoly, cardiau, unrhyw gêm – doedd gennyf ddim gobaith. Roedd hefyd yn gallu taflu afalau surion gyda thafliad ar y marc bob tro, sef fy nghoesau noethion trwsus byr i! Pan ddiflasodd ar daflu afalau surion a phwrcasu gwn awyr pwerus, roedd hi'n beryg bywyd i mi a'm ffrindiau yn Heol Llanbadarn. Dysgodd fy nghyfoedion a'm cymdogion, William Aaron, Garth Celyn, a Dafydd Gapper, Meiros, sut i osgoi'r peryglon eithaf. Byddai John fy mrawd a'i gyfaill Elystan Morgan a'u ffrindiau'n cymryd aml i 'pot shot' at wahanol dargedau yng nghefn ein tŷ ni – sut na fuom 'in direct line of fire' fydda i fyth yn gwybod.

Byddai Margaret fy chwaer a minnau'n cyd-ysgrifennu sonedau fin nos wrth y tân yn ein cartref di-deledu. Ei sonedau hi oedd y gorau bob tro – does dim syndod i Waldo ei gwobrwyo flynyddoedd yn ddiweddarach am soned gain a enillodd wobr yn yr Eisteddfod Genedlaethol. Roedd Ruth, fy chwaer fach, er ei bod dair blynedd yn hŷn na mi, yn wych am ysgrifennu traethodau swmpus, gwybodus ac roedd hi'n drefnwraig hynod effeithiol. Byddem ein dau yn chwerthin hyd grio wrth ddarllen cerddi dychanol meistrolgar Idwal Jones ac yn ffraeo'n gaclwm am bethau hollol wirion – arnaf fi roedd y bai bob tro. Byddwn yn mynnu agor tun i swper yn lle bwyta'r cigoedd oedd yn weddill o'r pryd diwethaf. Bobol bach, maent yn ymddangos yn ddibwys erbyn hyn!

Rhwng y sonedau, cyflwynodd Margaret fi i ddau faes a fyddai'n ddylanwad mawr ar fy mywyd – gwleidyddiaeth a'r sinema. Credaf mai Rali Cilmeri oedd y rali gyntaf a fynychais, a chofiaf un o'r ffilmiau cyntaf o'r miloedd a welais wedi hynny gyda Broderick Crawford yn actio'r brif ran mewn fersiwn 'gangster' Hollywoodaidd o *Macbeth*! Wedi'r Rali honno yng Nghilmeri yn y pum degau cynnar, cyneuwyd fflam ynof nas diffoddir fyth!

Ie, tŷ prysur, diwyd, gyda chomon sens fy mam ar waith ynddo bob amser oedd Elm Bank. Byddai'r Sul yn brysur iawn i ni fel teulu. Eisteddwn yn yr Ysgol Sul dan arwydd y Band of Hope. Dim ysmygu, dim yfed, dim rhegi na chablu. Flynyddoedd lawer yn ddiweddarach, sylwais, wrth iddo ymestyn am y 'mint imperials' ym mhoced ei wasgod, fod bysedd ein hathro Richard Hughes yn felyn o nicotîn! Ond halen y ddaear oedd o, gŵr caredig ac amyneddgar, a geisiai roi trefn ar giang o fechgyn anystywallt, a blaenor fu'n gefn i 'nhad fel gweinidog yr eglwys. Gwahanol iawn oedd rhai eraill. Bu rhai'n ddraenen yn ystlys fy nhad am flynyddoedd gan geisio ei berswadio i gynnal un gwasanaeth Saesneg yn fisol. Ddeellais i 'rioed mohonynt. Ond ni lwyddodd eu hymgyrch; safodd fy nhad yn gadarn yn erbyn tueddiadau yr 'English cause' er bod y pwysau cyson yn naturiol yn fwrn arno.

Gwrandewais ar fy nhad yn pregethu o bulpud y Tabernacl gannoedd o weithiau. Roedd hi'n hawdd gwrando arno a doedd neb tebyg iddo am greu 'mood' addoli. Yr unig adeg pan deimlwn awydd diflannu dan y sêt oedd pan âi fy nhad i hwyl yn ystod ei bregeth – roedd y 'wefr' emosiynol fel pe bai'n ormod i mi! Byddai bod mewn gwasanaeth cymun dan ei arweiniad yn brofiad arbennig. Doniwyd ef â llais cyfareddol ac roedd ei iaith yn goeth yn y Gymraeg a'r Saesneg. Os byddai'n darllen mewn gwasanaeth credai'n gryf y dylid canolbwyntio ar ddarllen yn ystyrlon a chywir heb edrych ar y gynulleidfa. Yna, wedi'r darlleniad, byddai'n edrych ar ei gynulleidfa wrth bregethu, a'i bregethau oll wedi eu saernïo'n ofalus a'u traethu mewn iaith ac iddi urddas. Byddai'n ymarfer ei bregethau yn y tŷ ac yn yr ardd a thrafodai wahanol bwyntiau gyda fy mam dros y bwrdd bwyd. Byddai hithau'n ei atgoffa'n garedig-ysgafn o dro i dro, pan benderfynai ddyfynnu rhyw fardd Seisnig, mai ganddi hi yr oedd y radd yn y Saesneg!

Credai fy nhad mai ei waith ef oedd pregethu gras, nid cosbedigaeth. Dywedodd wrthyf droeon na wyddai wrth sefyll mewn pulpud pa ingoedd a wynebai'r gynulleidfa, ac felly cysur oedd testun ei neges!

Fy nhad oedd y cyntaf i yngan geiriau cofiadwy Saunders Lewis yn gyhoeddus, 'Garmon, Garmon, gwinllan a roddwyd i'm gofal yw Cymru fy ngwlad . . .' a hynny ar y radio, mewn cynhyrchiad gan ei hen gyfaill coleg, T. Rowland Hughes. Canmolwyd y darlleniad caboledig gan neb llai na W. J. Gruffydd. Bu gwybodaeth fy nhad o'r gerdd arwrol hon yn ddefnyddiol tu hwnt i mi. Dewiswn y darn ar brydiau ar gyfer ei adrodd yn eisteddfod y capel, a phan fyddai'r cof yn pallu byddai fy nhad yn 'bromtar' defnyddiol iawn. 'Garmon, Garmon . . .'

Unwaith y flwyddyn, heb fod yn ddigon aml, deuai gŵr pwysig i'n tŷ ni a fedrai wneud i'm tad chwerthin yn afreolus nes bod dagrau'n ei lygaid. Fy Ewyrth Arthur oedd y gŵr, unig frawd fy nhad, a ffermiai y Telpyn ger Rhuthun. Roedd ganddo stôr o straeon digri am gymeriadau'r ardal ac roedd ganddo ddawn dweud stori penigamp. Roedd hefyd yn naturiaethwr brwd a gwyddai am holl symudiadau sgwarnogod a'r triciau a ddefnyddient pan fyddai cŵn yn eu hela.

Deuai aelod arall o'r teulu i ymweld â ni ryw unwaith y flwyddyn. Cefnder i 'nhad oedd Nelson Meredith, prif bensaer dinas Bryste. Ef, yn ôl y chwedl, a berswadiodd Cyngor Bryste i beintio pont grog Clifton yn wyn yn hytrach na'r hen liw, sef coch. Y ddamcaniaeth oedd y byddai hyn yn lleihau nifer y trueiniaid a'u daflai eu hunain oddi ar y bont i'w tranc sicr yn yr afon islaw. Roedd Nelson yn arlunydd medrus a deuai carden Nadolig bob blwyddyn gydag un o'i luniau ei hun o wahanol leoliadau yn y byd ar ei blaen. Ym Mryste, yng nghapel John Wesley yn ardal Broadmead o'r ddinas, y pregethodd fy nhad am y tro cyntaf yn 17 oed. Roedd ei fodryb, Ruth Casely, yn flaenor yno.

Roedd fy nhad, yng nghanol ei brysurdeb, yn aelod o Gyngor y Coleg ac yn gadeirydd Pwyllgor Aberystwyth a reolai'r Coleg Diwinyddol. Darlithiai hefyd ar hanes yr Eglwys, a sut y cafodd amser i lunio sawl esboniad ar yr Hen Destament a'r Testament Newydd, nis gwn. Roedd yn falch o'i lyfr ar Gwenallt ac o'i fywgraffiad o Thomas Levi, cyn-weinidog y Tabernacl a golygydd *Trysorfa'r Plant*. Does dim amheuaeth fod y frwydr dros yr iaith Gymraeg yn bwysig i'm rhieni. Os gweithiodd unrhyw un dros y Gymraeg mewn addysg, fy rhieni oedd y rheiny. Yn ffodus i'r Gymraeg roedd rhieni eraill yn Aberystwyth a'r cyffiniau yn rhannu eu gweledigaeth. Adeg y rhyfel, derbyniodd Ifan ab Owen Edwards, fel yr oedd ar y pryd cyn cael ei urddo'n farchog, awgrym Megan Ellis – un arall, fel Syr Ifan a fy mam, o blant Sir Feirionnydd a weithiai yn y Llyfrgell Genedlaethol – na ddylid diswyddo staff yr Urdd oherwydd y rhyfel, ond eu cadw er mwyn dysgu Cymraeg i'r *evacuees*. Gwelai hi'r perygl y gallai llif o *evacuees* di-Gymraeg seisnigeiddio'r dref ymhellach. Mae arnom ddyled, felly, i Megan Ellis am weld ymhell.

Ymunodd rhieni saith o blant gyda'i gilydd i sefydlu ysgol Gymraeg yn Aberystwyth. Heb weledigaeth a phenderfyniad y rhieni Cristnogol, gwladgarol a brwdfrydig hyn, ni fyddai'r Ysgol Gymraeg wedi bodoli dan nawdd yr Urdd na'r un mudiad arall. Yr oedd fy mrawd John a'm chwaer Margaret ymhlith y saith disgybl cyntaf. Pan ddaeth R.A. Butler – yr enwog Rab Butler, pensaer Deddf Addysg 1944 – i Aberystwyth i ymweld â'r ysgol, i Elm Bank y daeth i gael cyfweliad gan y BBC. Cam naturiol o ystyried mai fy nhad oedd cadeirydd yr ysgol ar y pryd.

Ym 1957, penderfynodd yr Urdd fod y baich ariannol o gynnal yr ysgol yn ormod ac fe'i caewyd. Fy nhad a'r Athro Aaron, athro Athroniaeth Coleg y Brifysgol Aberystwyth a chymydog i ni, Cynfab Roberts a Llywelyn Phillips oedd ymhlith y rhai a ymgyrchodd er sicrhau bod Pwyllgor Addysg Sir Aberteifi yn derbyn y cyfrifoldeb am addysg drwy gyfrwng y Gymraeg. Yn y cyfnod hwn bu Dewi Lewis, Dirprwy Gyfarwyddwr Addysg y Sir, yn allweddol i'r ymgyrch. Ar ôl cau'r ysgol, awgrymodd yr Urdd y gallai'r rhieni yrru eu plant un ai i Ysgol y Cwfaint, yr Ysgol Gatholig, neu i Ysgol Abermad, ysgol breswyl ger Aberystwyth lle byddai'n rhaid i rieni dalu am yr addysg. Yr oedd fy rhieni unwaith eto, fel nifer o rieni eraill, yn llwyr yn erbyn talu am addysg Gymraeg – credent y dylai addysg drwy gyfrwng y Gymraeg fod ar gael yn rhad ac am ddim i bawb a bod hyn yn rhan o gyfrifoldeb y Gyfundrefn Addysg. Enillwyd y dydd a gosodwyd seiliau sicr i'r Ysgol Gymraeg dan Awdurdod Addysg y sir gan brifathrawon brwdfrydig a medrus megis Huw Evans a symudodd o ysgolion Tre Taliesin a Llanbadarn i'r Ysgol Gymraeg.

Sefydliad pwysig yn fy ieuenctid yn Aberystwyth oedd Aelwyd yr Urdd ar Heol Llanbadarn. Gallwn gerdded yno o'n tŷ ni mewn rhyw dri munud. Cynhelid noson ddiwylliannol unwaith yr wythnos, ond heblaw'r amserau hynny, byddem yn mynd i'r Aelwyd i wrando ar y radio, chwarae gêmau a snwcer a chael ffa pob ar dost gan Mrs R. E. Griffith a Mrs Evans, Penparcau, ac eraill. I ni, R. E. Griffith, Cyfarwyddwr yr Urdd, *oedd* yr Urdd – person cyfeillgar a charedig ac roedd fel pe bai yno bob amser. Yn ddi-os, bu'r aelwydydd hyn, yn bwysig iawn i ddatblygiad yr Urdd, ac i Gymreictod! Roedd yr Aelwyd yn y Bala yn bwysig iawn i ni yn ein harddegau a bu'n golled fawr iawn i'r Urdd pan gaewyd y Ganolfan honno a chanolfannau eraill yng Nghymru. Yn achos y Bala, disgwylid i ni fynd i Lan Llyn ond nid felly y bu – y canlyniad oedd i ni beidio â mynd i aelwyd o gwbl. Yn ein harddegau, roedd y rhyddid a gaem yng Nghanolfan yr

Urdd yn y Bala yn bwysig i ni – roeddem yn rhy hen i fynd i awyrgylch reoledig gwersyll ffurfiol.

Un digwyddiad blynyddol yn Aberystwyth sydd wedi'i serio ar fy nghof yw ymweliad fy nhad a minnau â wyrcws y dref ar Benglais. Bob Nadolig, yr arferiad oedd mynd â bwyd a rhoddion a gasglwyd gan aelodau'r Tabernacl i'r trueiniaid yno. Aem yng nghar Dr Ellis, ein doctor teulu a blaenor yn y Tabernacl, car wedi ei fenthyg i'r pwrpas – Daimler mawr. Yno y gwelais am y tro cyntaf a'r tro olaf yng Nghymru deulu bychan yn eu carpiau, a gwŷr cwbl ddall yn sefyllian drwy'r dydd yn taro'u dwylo â darnau o bren mewn caethiwed a dryswch llwyr. Ysbyty Bronglais sydd bellach ar safle'r hen wyrcws a does neb, diolch i'r drefn, yn eu carpiau yn y dref.

Rhoddai fy nhad cariadus a gofalus ohonom bwyslais mawr ar addysg – 'The business of a student is to study'. Eisteddodd wrth draed John Morris-Jones a bu'r Arglwydd Reith yn ei gynghori ynglŷn â siarad cyhoeddus. Dywedir ein bod oll yn dod i amlygrwydd drwy sefyll ar ysgwyddau rhywun arall, a hynny o genhedlaeth i genhedlaeth. Mor wir y geiriau. Os safodd rhywun ar ysgwyddau ei rieni, y fi ydi hwnnw. A sôn am sefyll, bu raid i 'nhad sefyll yn gadarn dros yr iaith, nid yn unig yn y capel ond mewn mannau eraill hefyd.

Yn y saith degau, roedd yn un o dri neu bedwar a aeth i weld Ysgrifennydd Cymru yn y Swyddfa Gymreig er mwyn sicrhau arwyddion ffyrdd dwyieithog yng Nghymru. Roedd yn Llywydd Cymanfa Gyffredinol Eglwys Bresbyteraidd Cymru ar y pryd. Rai dyddiau wedi'r ymweliad â'r Swyddfa Gymreig, derbyniodd lythyr gan Syr Dafydd Hughes Parry, oedd wedi bod yn rym o fewn Presbyteriaeth ac a oedd yn eu cynghori'n gyfreithiol. Yn y llythyr, dywedai Syr Dafydd nad oedd gan fy nhad hawl i siarad ar y mater ar ran yr Hen Gorff, a bod aelodau'r Blaid Genedlaethol yn achosi digon o derfysg y dyddiau hynny fel ag yr oedd, 'yn tynnu'n groes i rank & file y Cyfundeb'. Ac yna'r bygythiad, ei fod ef, Syr Dafydd, yn trafod cyflogau gweinidogion gyda'r awdurdodau trethi ar y pryd a'r awgrym y gallai gweithred fy nhad andwyo'r trafodaethau hynny! Cofiaf fy nhad yn dangos y llythyr i mi gan ofyn, 'Be wyt ti'n feddwl o hwn?' Anwybyddodd y llythyr a'i osod yn ei ffeiliau niferus yn ei stydi! Mae angen rhyw wydnwch rhyfedd i sefyll dros iaith leiafrifol a dymchwel canrifoedd o daeogrwydd ieithyddol.

Bu farw fy nhad yn 76 oed ac ysgrifennais deyrnged iddo a ymddangosodd yn *The Times*. Cefais air â'r golygydd a chytunodd i gyhoeddi'r darn yn ddigwestiwn. Cyfrifai fy nhad bob blwyddyn o'i oes ar ôl ymddeol yn 65 oed yn fonws. Bu fy mam fyw i fod yn 95 oed. Dywedodd wrthyf droeon nad oedd ganddi ofn marw ar ôl bod gyda'i nain a fu farw'n dawel yn ei chwsg yn Islawdre, yng ngolwg Cader Idris ym Meirion. Pan yrrwyd geiriau er cof am fy mam i'r *Goleuad*, papur Eglwys Bresbyteraidd Cymru, gan y Parchedig Arthur Williams a fu'n gyfrifol am ei gwasanaeth angladdol, fe'u gwrthodwyd! Dywedwyd mai teyrngedau gan weinidogion yr ymadawedig yn unig a gyhoeddid yn y *Goleuad*. Fy mam, gweddw cyn-Lywydd yr Eglwys Bresbyteraidd, gwraig a roes wasanaeth oes yn ddi-dâl, heb gydnabyddiaeth swyddogol yr achos, fel cynifer o wragedd gweinidogion eraill. Sôn am ladd y proffwydi! Yr oedd ffydd Gristnogol fy rhieni yn gadarn. Bu'r ddau yn fawr eu cariad a'u gofal ohonof, a diolchaf i Dduw amdanynt.

Wrth ysgrifennu'r geiriau hyn, clywais y bydd hen gapel fy nhad, y Tabernacl, Aberystwyth, yn cau yn ystod 2002 a'r aelodau'n mynd i gapel y Morfa. Ac felly daw tystiolaeth Gristnogol y lleoliad hwn i ben wedi cyfnod o dair canrif. Newid ddaeth o rôd i rôd. Newid anochel. Ond na foed i Gymru anghofio cenhadon hedd y gorffennol, gweinidogion a oedd a chanddynt neges glir a'r gallu i'w throsglwyddo'n gofiadwy. Dyma ein hangen mawr heddiw.

Yn darllen emyn yn y sêt deuluol, Capel y Tabernacl, Aberystwyth – rhaglen deledu *Y Deyrnged Hardd*.

# Y TYLWYTH TEG

Mewn erthygl yn *Taliesin* ar y diweddar Dr R.T. Jenkins, dywed yr Athro Glanmor Williams amdano: 'Er cymaint ei ddiddordeb mewn personoliaeth nid edrych ar ddynion fel unigolion didoledig a wnâi R.T. ond eu canfod fel aelodau o gymdeithas. Oedd a wnelai'i wreiddiau yn Sir Feirionnydd â hyn? Sir yw honno y bu ei meibion a'i merched bob amser yn fwy ymwybodol na thrigolion odid un o siroedd Cymru o'r cwlwm cyfriniol sy'n cysylltu cymdeithas a chymdogaeth, o'r berthynas gref anniffiniol honno rhwng daear a dyn, rhyngddo ef a'i geraint a'i gymdogion a rhwng cenhedlaeth a chenhedlaeth.' Fel un sydd â'i wreiddiau'n ddwfn yn naear Meirionnydd, rwy'n gallu cyd-fynd â phob sillaf!

Eistedd wrth ein tân 'Parkray' newydd yr oeddwn, yn mwynhau seibiant wedi cinio Nadolig ac yn darllen *Taliesin* pan welais y geiriau am Feirionnydd, a llifodd atgofion drwy'm cof am fy Ewyrth Dafydd, neu Yncl Dei fel y galwem ef.

Brawd hynaf fy mam oedd Yncl Dei; un o naw o blant. Fe'i ganwyd ym 1907 yn ffermdy Blaencwm. Ym mhen draw Cwm Cynllwyd, mae dwy ffarm ar lawr y cwm – Tanybwlch yng nghysgod ffordd Bwlch y Groes, y ffordd o Lanuwchllyn i Ddinas Mawddwy, a gyferbyn, ar draws afon Twrch, ffermdy Blaencwm. Mae'n 'teulu ni' wedi bod yn ffarmio Tanybwlch a Blaencwm ers canrifoedd, a 'pherthynas gref anniffiniol wedi tyfu rhwng daear a dyn'. Bu fy ewyrth yn ysgol Llanuwchllyn rhwng 1912 a 1921, a gadawodd yr ysgol am y tro olaf yn bedair ar ddeg oed i fynd adre i Flaenycwm i ffarmio. Bu'n trin y tir am un mlynedd ar ddeg gyda'i dad a'i frodyr, yna byw adref am weddill ei oes wedi i'm taid a'm nain symud i Danybwlch ac yna ymddeol i fyw at fy modryb yng Ngwernhefin ger y Bala. Dafydd Jones, Blaencwm: blaenor, ffarmwr, gŵr bonheddig. Bûm yn mynd i Flaencwm bob ha' ers pan oeddwn yn chwech wythnos oed, ac yno bob amser roedd Yncl Dei.

Bûm yn byw ym Mlaencwm am hanner blwyddyn adeg gwaeledd fy nhad, a mynd i Ysgol Tŷ Tan Domen yn y Bala. Mynd ar feic bob dydd i Dy'n y Fron ryw ddwy filltir i lawr y cwm ac yna fan plant ysgol i Lanuwchllyn a bws wedyn i'r Bala.

Mynd i Flaencwm am yr haf oedd uchafbwynt y flwyddyn. Cysylltem ni'r plant Yncl Dei â'r cynhaeaf gwair, cneifio a hel defaid, nid â'r gaeaf a cholli defaid, lluwchfeydd a rhew. Yncl Dei, dyn cryfaf yr ardal. Cofiwn y stori amdano'n cael ei gornelu gan darw, ac yntau'n cydio yn ei gyrn a'i fwrw i'r pant ger y llyn corddi. Torrodd asgwrn ei ysgwydd, ond roedd yn arwr! Darllenai lawer, y papurau newydd, wrth gwrs, ac unrhyw lyfr y câi afael arno. Yno ym Mlaencwm y darllenais *The Island of Dr Moreau* H.G.Wells am y tro cyntaf, llyfr gwirioneddol arswydus i'w ddarllen yng ngolau cannwyll yn hwyr y nos!

Roedd yn hoff o farddoniaeth – darllenai golofn Meuryn yn *Y Cymro* yn rheolaidd, ac adroddai ei hoff linellau yn uchel wrth groesi'r buarth o'r tŷ i odro neu i nôl gwair neu wrth wneud un o'r cant a mil o orchwylion eraill sy'n rhan o waith ffarmwr. Minnau'n rhedeg ar ei ôl yn ei ddilyn i bob man a geiriau 'Dinistr Jerusalem', Eben Fardd, yn fy nghlustiau: 'Môr gwaed ar y marmor gwyn'. Adeg bwyd, adroddai stori am hwn a'r llall gan ddynwared rhyw gymeriad neu'i gilydd. Efo oedolion roedd yn sobor o swil, ond efo ni'r plant – fy mrawd a'm chwiorydd a'm cefndryd a minnau – roedd yn rhydd i ddynwared, adrodd barddoniaeth yn uchel, canu pwt o emyn yn sydyn, neu eiriau rhyw gân serch a glywsai ar y radio. Roedd yn hynod hael, ac yn arbenigwr ar berswadio; gallaf ei glywed rŵan yn dweud: 'Picia i nôl y cŷn o'r helm drol, mi rwyt ti'n ifanc ac yn handi.' Wrth gneifio dafad wlanog – dim ond y fo, a finne'n iste ar ben giât y gorlan yn ei wylio – adroddai'n uchel eiriau gwneud John Nanthir, y ffarm i lawr y cwm: 'Cwcw safej, gwsli bing, slafae, slafae.' Ni wn hyd heddiw beth ar wyneb y ddaear yw eu hystyr, ond buont yn eiriau hud i mi ar hyd y blynyddoedd, ac yn rhyfeddod i blant yn yr ysgol yn Aberystwyth.

Chlywais i erioed mohono'n rhegi – ei air mawr oedd 'blaidd'. Cofiaf, tra byddwyf, fynd i'r Capel Ucha at yr Annibynwyr – gwasanaeth bob yn ail oedd hi rhwng yr Annibynwyr a ni'r Methodistiaid – yng Nghapel Soar tu isa i'r ffordd, a chanu'r emyn 'Byth ni allaf fod yn well', a'r pwt ar fy mraich a'r geiriau'n dilyn dan ei anadl 'galli'r Blaidd, lawer gwell'. Mynd i'r pictiwrs wedyn yn y

Bala, a chyn mynd i mewn i'r Victoria Cinema f'ewyrth yn troi ataf a dweud, 'Mae dy glustie di'n fudr, y Blaidd'.

Roedd o'n garedig wrth bawb, yn arbennig wrth blant. Wrth bendroni beth a wnâi – un ai troi gwair cae bach neu ei adael, taflai hanner coron i'r awyr gyda'r geiriau, 'Mi cei di o os deudi di ben neu gynffon.' Yn ogystal ag aml i hanner coron, ef a roddodd i mi un o drysorau pennaf fy ieuenctid – 'Y Tylwyth Teg'. Ni chofiaf sut y'u cyflwynodd i mi am y tro cyntaf, ond am flynyddoedd buont yn drysor dihysbydd ac, a dweud y gwir, mi rydw i'n rhyw hanner credu o hyd! Ar Ffridd Blaencwm, roedd carreg fawr, nant fechan yn llifo odani, a choeden griafol yn plygu drosti. Hon oedd Carreg y Fferis – cartref y tylwyth teg. I mi, roeddynt yn ffaith ac er mwyn rhoddi pleser i mi, lluniodd Yncl Dei rai o'r llythyrau hyfrytaf a luniwyd i blentyn erioed. Dyma ddau ohonynt:

*Y Garreg Fawr,*
*Gwlad y Tylwyth Teg,*
*Rhengwm,*
*Blaencwm.*

*Annwyl David,*

*Diolch yn fawr i chi am y llythyr, gobeithio nad oeddech wedi ei anfon ers talwm, gan ein bod i ffwrdd dros y gaeaf. Bu hen dylluan heibio yma a dweud 'i bod yn mynd i wneud gaea caled, llawer o eira a rhew. Felly, fe benderfynasom fynd i ffwrdd. Cawsom gynnig ein cario gan wennol, ac felly aethom gyda hi dros lot o wledydd a moroedd i Affrica – y tro cyntaf i ni fod oddi yma ers can mlynedd. Bu Robin Goch yma i de ddoe ac yr oedd yn dweud na welodd o rioed gymaint o eira – buasai wedi marw, medde fo, oni bai ei fod yn cael ychydig friwsion gan bobl y fferm yma. Sut mae eich chwaer fu yn yr hospital? Os nad yw wedi mendio, mae gennym ni eli sydd yn mendio pob briw ac yn asio asgwrn wedi torri mewn pum munud, ond mae'n rhaid iddi hi ddod yma neu mi gollith yr eli ei effaith. Os mai Margaret ydi hi, yr ydym wedi ei gweld lawer gwaith o gwmpas yma yn hel blodau neu yn chwilio am lus. Buaswn yn hoffi iddi ddod yma i wlad y Tylwyth Teg ond ei bod wedi mynd yn rhy hen rŵan. Wel, ta ta, a brysiwch i edrych amdanom.*

34

*Mae'r lleuad yn llawn heno ac yr ydym yn mynd i ddawnsio*
*drwy'r nos ar ben y blodau.*

*Y Fferis*

*Y Garreg Fawr,*
*Gwlad y Fferis,*
*Blaencwm.*

Annwyl David,
*Diolch i chwi am y llythyr gawsom oddi wrthych. Yr oeddem yn*
*falch iawn o'i gael. Gwelsom ef ar y garreg fawr lle yr ydym yn*
*byw, wrth fynd allan i chwarae.*

    *Mae yn ddrwg iawn gennym ddeall eich bod yn sâl.*
*Gobeithio y mendiwch yn fuan. Buasem ni yn eich gwella yn*
*syth pe buasech yn dod yma. Does neb byth yn sâl yma, neb yn*
*mynd yn hen, dim ond chwarae o hyd. Mae ein Brenhines eisiau*
*i chwi ddod yma i weld ein gwlad pan ddowch i Blaencwm fis*
*Awst. Rhowch dair cnoc ar y garreg, ac fe agorith yn ei hanner.*
*Cewch weld ysgol, dewch i lawr hyd-ddi nes y byddwch yn y*
*gwaelod. Wedyn fe welwch ddyn bach hen, hen, 'Un o'r*
*Goblins' a barf yn llusgo'r llawr ganddo.*

    *Rhowch dri phlwc i'w farf o, felly bydd yn gwybod mai chwi*
*fydd yno a daw â chwi yma ar hyd ffordd o aur ac arian a blode*
*bob lliw yn tyfu ar yr ochrau ac adar bach yn canu ddydd a*
*nos. Cofiwch ddod. Wel, ta ta rŵan, rhaid i mi fynd â hwn i*
*fyny'r ysgol i'r postman ei gael yn y bore.*

*Cofion annwyl iawn,*
*Y Fferis*

Sgrifennodd y ddau lythyr ar bapur a dynnwyd o hen lyfr ysgol o ryw
gyfnod neu'i gilydd a rhannau ohono wedi'u llosgi!

    Drwy'r blynyddoedd, gofalwn alw heibio i Flaencwm a chyrraedd
ar fy aml grwydro bob adeg o'r dydd a'r nos. Cael paned o de bob
amser, sgwrs, rhoi'r byd yn ei le. Os cyrhaeddwn yng ngolau dydd,
gallwn sylwi ar bethau newydd: wel, wel, wedi newid y tractor; angen
ail-doi yr helm drol; wedi plannu rêp yn Rhengwm. Cyfle i yrru'r ŵyn

o'r gwair wrth yrru at y tŷ, ac yno roedd rhaid mynd â Luned fy narpar-wraig i'w chyflwyno i'm hewythr Dafydd.

Pan oedd yn ddwy a thrigain oed, cafodd f'ewyrth ddamwain gyda'r tractor wrth dorri rhedyn ar Fynydd Blaencwm. Rowliodd y tractor i'r afon ar waelod y cwm ac anafwyd ef yn ddifrifol. Er hynny, cerddodd filltiroedd cyn i'm nai Dafydd ei ddarganfod. Er y ddamwain honno, wellodd o ddim yn iawn. Ymosododd clwy creulon y cancr arno.

Wrth fy ngwaith yn siarad â rhyw gymdeithas neu'i gilydd yr oeddwn yn Ystafell Gynadleddau'r Cwmni yng Nghaerdydd pan ganodd cloch y ffôn â neges fod Yncl Dei wedi marw. Parheais i siarad â'r ymwelwyr, ond wedi i'r olaf adael dechreuais wylo'n hidl.

Magwyd ef ym Mlaencwm. Treuliodd ei oes yno, a bu farw'r tu draw i afon Twrch yn ffermdy Tanybwlch, fferm un o'i frodyr. Roedd yn gymaint rhan o Gynllwyd â'r coed criafol, y cerrig ar y ffridd a'r afon, yn rhan o'r berthynas gref anniffiniol honno sydd rhwng daear a dyn. Rwy'n falch o fod wedi cael ei adnabod. Mae ei fywyd yn rhan annatod ohonof, a'r ddaear lle bu'n cerdded ac yn trin y tir yn gysegredig i mi. Gellir sôn amdano fel y soniodd Geraint Bowen am fy nhaid:

> Cerddai lle canai cog – cyweiriodd
> Aceri'r ceirch brigog,
> Caled oedd fel clwydi og,
> A mwyn fel gofer mawnog.

Yn ddiweddarach, newidiodd Geraint Bowen y llinell gyntaf i ddarllen 'Fe'i bwriwyd ar y Berwyn ysgythrog' ond mae'n well gen i'r fersiwn cyntaf!

# WRTH LAN Y MÔR – BAE ABERTEIFI

Ond, â dychwelyd i Aberystwyth, er bod yr haul wedi hen fachlud ar yr ymerodraeth erbyn hynny, ar Empire Day, Mai 24, 1941 y ganwyd fi yn Aberystwyth.

Yn Ysgol Gymraeg Aberystwyth deuthum dan ddylanwad nifer o athrawon – fy modryb, Mari Wynn Meredith, Mary Vaughan Jones, Gwenhwyfar Job, Miss Rees, Norah Isaac y brifathrawes ac, yn ddiweddarach, y prifathrawon, Hywel Roberts a John Thomas. Aeth fy modryb Mari ymlaen i fod yn brifathrawes ysgolion Cymraeg ym Mangor a Llandudno ac yn drefnydd iaith Sir Fôn. Cyhoeddodd lyfrau i blant a chyflawnodd oes o wasanaeth diflino i fudiadau Cymraeg, megis Undeb y Gymraeg Fyw. Mae cyfraniad Norah – rwy'n cael, gyda'i chaniatâd, ei galw'n Norah erbyn hyn! – yn ddiarhebol ac yn parhau felly, gyda chenedlaethau wedi bod dan ei hadain mewn ysgol a choleg. Yn awyrgylch Bestalotsaidd Lluest,

Tîm Pêl-droed Ysgol Lluest – a minnau'n chwarae yn safle'r cefnwr!

ysgol a sefydlwyd gan yr Urdd, yng nghanol y coed a'r blodau y synhwyrais rin natur a barddoniaeth am y tro cyntaf. Dysgais fwy o farddoniaeth ar y cof yn ystod y cyfnod hwn nag unrhyw gyfnod arall yn fy mywyd. Ond roedd y cyfnod hwn i'm rhieni yn gyfnod o sefyll dros eu hegwyddorion, ac er na ddeuthum i wybod y manylion tan yn ddiweddarach, teimlais ganlyniad eu safiad i'r byw. Gwrthwynebent orfod talu am addysg Gymraeg; credent y dylai fod yn rhad ac am ddim, ac ar gael i bawb. Symudwyd fi fel protest o'r ysgol 'fonedd' i ysgol gyffredin y dref. Gallaf weld y muriau cerrig uchel y funud hon. Gadewais y coed, y dail a'r blodau am amgylchfyd goncrid ysgol Rhodfa'r Gogledd. Fodd bynnag, wedi cyfnod o chwarae triwant a chwffio gwaedlyd gyda bachgen o Gemmaes Road, euthum yn ôl i fro Pestalozzi. Ond rwy'n dal i gofio'r waliau cerrig a'r gwydr toredig yn y concrid ar eu brig.

Y drws nesaf i ni, trigai gorwyres William Williams Pantycelyn, ac oherwydd hynny, doedd yr 'Hen Bant' ddim mor bell i ffwrdd rywsut wrth i mi ganu 'Rhosyn Saron, ti yw tegwch nef y nef.' Ond roedd yn ein tŷ ni rywbeth a gysylltai Williams â ni yn agosach fyth. Mewn amlen wen mewn drôr yn yr ystafell ffrynt, roedd cudyn o wallt y Pêr Ganiedydd – darn o wallt a dorrwyd, meddid, ar ddiwrnod ailgladdu Williams, pan dacluswyd ei fedd a chodi cofgolofn iddo. Ac felly roedd Williams o'n cwmpas ymhobman, yn llythrennol felly! Ond pan ddeallodd fy mam fod y gwallt wedi ei dorri wrth symud yr arch, penderfynodd fod yr amgylchiadau mor *macabre* fel y llosgodd y gwallt!

Amgylchynid ni yn y dref gan feirdd, artistiaid a llenorion. Nid nepell o'r Ysbyty Mamaeth lle'm ganed, yr oedd T. Gwynn Jones yn byw. Cofiaf ef yn dod i'r ysgol ar ymweliad. Ar Ffordd y Gogledd, trigai Syr T.H. Parry-Williams a chyfarfûm ag ef a'i frawd Oscar. Roedd Gwenallt a'r teulu yn byw ym Mhenparcau ac yn aelodau ffyddlon yn ein capel ni. Un o'm trysorau heddiw yw ei deipiadur, peiriant a drosglwyddodd eiriau pwerus ac ysgytwol o wyneb ei lythrennau dur i ddarnau o bapur gwyn 'ac yn llwythog ar eu byrddau farsiandïaeth Calfari'. Deuai Waldo i ddarlithio i'r cylch yn ei dro, a draw yn Llangawsai, trigai'r cerflunydd medrus R.L. Gapper a'i deulu. Rhyw bum tŷ oddi wrthym trigai'r athronydd R.I. Aaron a'r teulu. Cyfranwyd at fy nghyfoeth o fod wedi cael eu hadnabod, rai ohonynt nid yn unig fel cyfeillion fy rhieni, ond yn bwysicach na hynny, fel tadau a mamau fy nghyfeillion i. Er bod gennyf gyfeillion yn byw yn agos, doeddwn i ddim yn hir yn picio ar fy meic i weld Geraint Phillips ar Rhiw Penglais neu Siôn Rees ger y Castell.

Y tu ôl i'n tŷ ni, roedd yr Athro Nash, Athro Amaethyddiaeth Economaidd Coleg y Brifysgol, yn byw gyda'i wraig, Polly, a dau o blant. Gwraig ddiddorol oedd Polly Nash, Americanes o Chicago. Roedd hi'n arlunwraig fedrus a barhâi i ddefnyddio geirfa ac ymadroddion Americanaidd gan gyfeirio at y ffordd o Gapel Bangor i Benrhyn-coch a Llandre ger y dref yn 'by-pass' gyda'r oslef Americanaidd arbennig honno yn ei llais. Dywedai yn aml wrthyf, 'David, let's go for a drive on the by-pass!' neu 'David, I'll dance at your wedding!' Ac roedd ysgol ferched y Cwfaint mewn lle delfrydol yn y dref – yn union gyferbyn â'n tŷ ni. Bûm mewn cariad dros fy mhen a'm clustiau lawer gwaith, flwyddyn ar ôl blwyddyn!

A oes harddach môr yn unman na Bae Ceredigion? Bu'r môr yn ddylanwad pwysig arnaf. Teimlwn ryddid wrth syllu draw dros y cefnfor, a threulio oriau'n rhyfeddu at dynfa'r tonnau a'u grym pan ddyrnent yn erbyn amddiffynfeydd cerrig y traeth. Ac er ein bod yn byw ryw ddwy filltir o lan y môr, roedd ei sŵn i'w glywed yn glir yn y gaeaf ar nosweithiau stormus.

Bu nifer o stormydd cymdeithasol hefyd yn Aberystwyth dros y blynyddoedd. Cofiaf un yn dda iawn. Roedd Prifathro'r Coleg, Goronwy Rees, yn aelod yn ein capel ni ac yn fab i gyn-weinidog y capel, y Parch R.J. Rees. Pan aeth i ddyfroedd dyfnion oherwydd ei gyfeillgarwch gyda'r ysbïwyr, Burgess a McLean, a'r erthyglau papurau newydd a ysgrifennodd am eu hymarweddiad yn un o glybiau nos Llundain, cynhaliwyd ymchwiliad i'w gymhwyster i barhau'n brifathro yn Aberystwyth. Ni fedrai'r sefydliad oddef y sefyllfa.

Paratowyd adroddiad cyfrinachol gan nifer o brifathrawon o rannau eraill o wledydd Prydain. Yr oeddwn yn adnabod Goronwy Rees. Wedi'r cwbwl, ef oedd y dyn a achosodd gynnwrf yn y capel pan gerddodd i mewn yn ei sgidiau swêd a'i sanau gwynion! Roedd gorweddian ar y *chaise longue* yn y lolfa yn darllen yr adroddiad cyfrinachol amdano yn dipyn mwy o ddifyrrwch na darllen *Cymru'r Plant* neu'r *Eagle*!

Flynyddoedd maith yn ddiweddarach, pan ddaeth gwahoddiad gan Arwel Ellis Owen i mi actio rhan Syr Dafydd Hughes Parry mewn drama deledu am saga Goronwy, roeddwn wrth fy modd yn derbyn. Roedd Syr Dafydd yn rhan ganolog o sefydliad y cyfnod, a phrofiad od iawn oedd actio'i gymeriad gyda J.O. Roberts a gymerodd ran Goronwy, a cherdded gyda'n gilydd yng ngerddi Plas Penglais.

Dewis, mor bwysig yw dewis. Nid yw meibion Mans y Tabernacl, Aberystwyth, y mans lle'm maged, wedi dewis bob tro i gadw'r iaith. Doedd gen i ddim dewis! Bu'n anesboniadwy i mi erioed sut y gallai rhieni Cymraeg eu hiaith o Bonterwyd neu gylch Rhiw Siôn Saer fagu eu plant yn gwbwl ddi-Gymraeg. Dirgelwch yr oesoedd?

---

### Ymbil y Pry Cop i'r Chwyrlibwm

Chwyrlibwmiaist dy ffordd i mewn i'm gwe,
A rhuthrais innau draw o'm cornel glyd
I'th rwymo yn fy rhaff
I aros pryd.

Ond o! mi rwyt rhy fawr
Y chwyrlibwmiwr hy
Stwffiaist dy ben a'th draed
Drwy we fy nhŷ.

O, chwyrlibwm, paid byth â dod
I'r gornel fechan hon o'r byd.
Un bach wyf i,
Ac i bryfetach y gwnaed fy nhŷ.

*Cerdd a ysgrifenwyd wrth eistedd ar fainc o flaen fy nghartref yn Aberystwyth yn y pum degau. Chwalodd y chwyrlibwm mawr wê y pry cop druan yn rhacs, gwê oedd wedi ei ffurfio'n gywrain yng nghornel y feranda o flaen y tŷ yn Heol Llanbadarn.*

# O'R LLYFRGELL I'R COLEG

Wedi treulio blynyddoedd yn Ysgol Ramadeg Ardwyn, Aberystwyth, a hanner blwyddyn yn Ysgol Tŷ Tan Domen, y Bala, adeg gwaeledd fy nhad, gadewais yr ysgol a mynd i weithio i lyfrgell tref Aberystwyth.

Ni fu cyfnod ysgol yn foddhad pur i mi. Do, bûm yn actio mewn dramâu ac yn cystadlu yn eisteddfod yr ysgol, ond doedd bod yn ddisgybl yn Ysgol Ramadeg Ardwyn ddim yn brofiad pleserus. Ond cefais un fendith fawr – cefais gyfle i gyfarfod â bechgyn a merched o fro a chylch Aberystwyth. Bu hynny yn sicr yn werthfawr – a daeth nifer ohonynt yn gyfeillion am oes. Roedd 'Awdurdod' yn bwysig yn Ardwyn dan arweiniad dau brifathro o'r enw Lewis – D.C. Lewis ac yna A.D. Lewis. Roedd A.D. Lewis yn Gymro ac yn Fethodist da ond yn ddisgyblwr llym. Ni chredaf fod sefyll ar ben desg o flaen cyfoedion

Yn croesawu'r Arglwydd Annan a Dewi Lewis i'r Ganolfan Deledu ym Mhontcanna.

yn gwneud lles i neb ac yn sicr nid yw'n gwneud dyn yn well dinesydd! Roedd Ysgol Tŷ Tan Domen yn hollol wahanol gyda Mr Pugh y Prifathro yn rheoli'n sicr ond yn 'beserk' a hynny drwy'r iaith Saesneg er ei fod yn Gymro glân ac yn siarad Cymraeg yn rhugl. Yn Ardwyn, Aberystwyth, roedd Dewi Lewis yn Gymro glân ac yn siarad Cymraeg bob amser ond doedd hyd yn oed hynny ddim yn ei achub rhag i ni ei gyfrif yn deyrn. Flynyddoedd wedi cyfnod ysgol, pan oedd Dewi'n aelod o Bwyllgor Annan ar ddarlledu, daeth gyda'r Arglwydd Annan a'i bwyllgor i HTV ym Mhontcanna, Caerdydd. Safwn wrth y drws i'w croesawu, a chyflwynodd Dewi fi i'r Arglwydd Annan gyda'r geiriau, 'I'd like you to meet one of my most distinguished pupils!' 'Distinguished'?! Dylwn ddiolch i Dewi ond doedd arnaf ddim angen cymorth y diwrnod hwnnw – roeddwn ar fy nhomen fy hun yn HTV – ond byddai caredigrwydd wedi bod yn help pan oeddwn yn un ar bymtheg oed ac yn ceisio gwneud sens o'r hen fyd yma!

Mewn gwrthgyferbyniad llwyr i anerchiadau ffurfiol ac awdurdodol Dewi Lewis yn Ardwyn, byddai Mr Pugh yn cyhoeddi yn y gwasanaeth boreol ar dro eiriau na ellid fod wedi eu dychmygu, megis 'Some boys have been caught on the station at Corwen rushing around like wild bulls or heiffers!' Ac yna'r annisgwyl: un bore yn y gwasanaeth yn Ysgol Ramadeg Tŷ Tan Domen, y Bala, chwaraewyd ar y piano y gân oedd ar frig yr 'hit parade' ar y pryd – sef miwsig prydferth 'Mary's Boy Child', cân a anfarwolwyd gan Harry Belafonte! Dydw i ddim yn credu y byddai hynny wedi digwydd yn Ardwyn mewn mil o flynyddoedd! Go dda, Tecwyn Ellis, yr athro cerddoriaeth!

Roedd cael profiad o ddwy ysgol ramadeg yn wych o beth. Yn Ardwyn, doedd gan y 'prefects' ddim llawer o rym; yn y Bala, roeddem yn bwerus iawn, yn gallu galw plant o'u dosbarthiadau i'w croesholi am ryw fân droseddau. Trwy ryw wyrth, llwyddais yn yr arholiadau angenrheidiol i gyd tra oeddwn yn y Bala a gwneud cyfeillion da ymhlith y bechgyn.

Erys yn ddirgelwch llwyr i mi sut y llwyddodd rhai athrawon yn Ardwyn i beidio â siarad Cymraeg â mi am flynyddoedd, a hwythau'n medru'r iaith yn rhugl!

Erbyn 1958, deuthum dan ddylanwad Alun Edwards, Prif Lyfrgellydd Dyfed. Credai Alun mai un dull o ddiogelu'r iaith a'r diwylliant Cymraeg oedd i ieuenctid Cymru droi at lyfrgellyddiaeth – dyma fyddai'r achubiaeth fawr. Dechreuais ar fy ngwaith yn Llyfrgell y Dre yn Aberystwyth a chael croeso mawr gan ddau ŵr bonheddig, John Davies a Martin Eckley. Ymhen rhyw bythefnos neu dair wythnos, fodd bynnag, wynebwn greisus. Roedd Prifathro y Coleg Normal, Bangor, Mr Edward Rees, wedi dod i Aberystwyth i gynnal cyfweliadau ar gyfer derbyn myfyrwyr i'r coleg. Doedd gen i fawr o ddewis mewn teulu lle roedd pawb wedi bod yn y Coleg; roedd y pwysau'n drwm arnaf o'm tu fy hun. Heblaw hynny, teimlwn yr angen am fwy o ddysg a, rhaid cydnabod, roeddwn yn barod am antur! Roedd Alun Edwards ar ymweliad â Sweden ar y pryd. Yn anffodus fedrwn i ddim aros iddo ddychwelyd, roedd yn rhaid mynd. Pan ddychwelodd Alun, roedd yr aderyn wedi hedfan. Doedd o ddim yn blês. Ysgrifennodd lythyr eger ataf. Roeddwn i ar fy ngwyliau ac agorodd fy mam annwyl y llythyr. Penderfynodd y byddai ei gynnwys yn brifo fy nheimladau ac felly fe'i llosgodd. Weles i rioed mo'r llythyr hwnnw, ac felly, pan ddaeth galwad gan Alun flynyddoedd yn ddiweddarach, ymatebais gyda phob serchogrwydd, 'What the eye does not see the heart will not grieve for.' Mor wir! Mae bywyd yn rhyfeddu dyn yn wastadol.

Pan gyrhaeddais i y Coleg Normal yn nechrau 1959, y drefn oedd mynd i aros i dŷ annedd – yn Sir Fôn yn fy achos i – am gyfnod o flwyddyn a thrafaelio bob dydd dros Bont y Borth i'r Coleg ar lannau'r Fenai. Yn achlysurol, byddwn yn cael fy nghludo gan Meredydd Evans yn ei Nash Metropolitan smart – roedd newydd ddychwelyd o America i weithio yng Ngholeg y Brifysgol, Bangor. Dyma oes aur Cliff Richard a'r Shadows. Aeth tri ohonom i aros gyda Miss Dolly Parry yn Stryd y Bryn, Porthaethwy: cyfaill o Lanrug, Glyn Jones, ac un arall o Landrindod, Bill Rogers, a minnau. Dwy flynedd i'w cofio oedd y rhain. Treuliais oriau gyda'm cyd-fyfyriwr, Elizabeth, yn fy nhrwytho fy hun ym mhroffwydi'r wythfed ganrif cyn Crist – Amos, Jeremeia a Hosea; gydag Ambrose Jones, bûm yn arwain nosweithiau llawen ar hyd a lled gogledd Cymru; yn cyd-olygu cylchgrawn y Coleg, Y Normalydd, gyda Buddug Medi, a chael y pleser o gydweithio â'm cyd-fyfyrwraig, Mair Penri Jones; yn llywyddu'r Gymdeithas Gymraeg; yn cystadlu yn ymryson areithio y BBC; yn gweld Sam Jones yn gyson yn y BBC, ac yn astudio llenyddiaeth Gymraeg gyda'r diweddar annwyl Dewi Machreth Ellis gan ganolbwyntio ar un llyfr, *Crwydro Arfon*, gan ŵr o'r enw Alun Llywelyn-Williams, a'r brasluniau medrus gan Wynford Vaughan Thomas. Ychydig a wyddwn i ar y pryd y byddai'r awdur a'r arlunydd yn gyfarwydd iawn i mi ymhen rhai blynyddoedd. Roedd ymarfer dysgu yn ysgolion gogledd Cymru yn rhan bwysig o'r cwrs. Da y cofiaf gyfnod o ymarfer dysgu yng Nghricieth a hithau'n ddiwrnod oer – gorfod llusgo'r plant allan i wneud ymarfer corff ar yr iard. Safwn â'm cefn yn erbyn y wal yn fy nghôt fawr a'm sgarff wedi'i lapio'n dynn amdanaf. Yn sydyn, ar 'ddiarwybod droed a distaw duth', ymddangosodd y darlithydd ymarfer corff o'r coleg o'm blaen. Y ffanatig ymarfer corff ei hun – brenin y trowsus byr a'r fest wen.

Rhythai arnaf mewn anghrediniaeth a sioc yn ei lygaid – yr athro PT mewn côt fawr a sgarff a'r plant yn benrhydd a swnllyd ar y concrid yn corffolaethu'n ddi-drefn! Prin oedd ei eiriau, ond gwyddwn o'i edrychiad fy mod wedi troseddu a'm pechod oedd fawr.

Cyfarchodd fi a'm hannerch yn y trydydd person, 'Dyma fi'n cyrraedd Cricieth,' meddai, 'a phwy welwn yn ei gôt fawr a'i sgarff ond Mr Meredith'! Mae'n amheus gen i a faddeuodd i mi fyth!

Wynford Vaughan Thomas, trydydd o'r chwith ac Alun Llywelyn-Williams ar y pen ar y dde, gyda gwesteion ym Merthyr Tudful (1974).

Bu un cyd-fyfyriwr yn bwysig iawn yn ystod fy nghyfnod yn y coleg. Oni bai am Elwyn Jones Griffith, a lysenwyd 'Cyrli', byddai wedi bod yn giami iawn arnaf yno. Gan nad oeddwn yn rhyw wych iawn yn y boreau, Elwyn fyddai'n mynd i'r 'roll call' boreuol pan fyddai Barry Jones AS, yr Arglwydd Barry wedi hynny, yn galw ein henwau gan ddisgwyl cael cadarnhad lleisiol o'n presenoldeb. Elwyn fyddai fy nghadarnhad lleisiol i. Mor aml y byddai'n trosglwyddo cynnwys darlithoedd i John Lloyd Williams a minnau – ni ein tri oedd Cymdeithas y Sbrychod – a gwneud hynny mewn tiwtorial personol wrth grwydro Môn! Rwy'n ddyledus iawn i Elwyn ac i John yntau am eu cyfeillgarwch.

Ac yna, ryw fore dydd Mawrth ym 1960, bu digwyddiad ym Mangor Uchaf oedd yn agosach at Grwydro Arfon nag at broffwydi'r wythfed ganrif. Aeth rhyw ddwsin ohonom ni fyfyrwyr y Coleg Normal ar fws ac, yn ddiarwybod i'r gweddill ohonom, canodd yr olaf i ddod ar y bws y gloch. Yn anffodus, nid oedd y casglwr tocynnau ar y bws! Gadawyd ef ar ôl, yn unig, a heb ei gerbyd. Wedi cyrraedd y coleg – taith o ryw ddwy filltir – cerddodd pawb oddi ar y bws, cenais innau'r gloch ac aeth y bws ymlaen ar ei daith dros Bont Menai!

Maes o law, talwyd y swm o ddwy geiniog gan bob un ohonom i gwmni Crosville, ond penderfynodd y cwmni hwnnw erlyn y troseddwyr pechadurus! O flaen mainc ynadon Bangor, mainc o ddau ddyn ac un ddynes mewn het goch, rhoddwyd dirwy o bunt i bawb, a dwy bunt i minnau gan i mi ganu'r gloch yr eildro. Penderfynwyd mai fi oedd yr arweinydd!

Teimlwn i'r byw fy mod wedi cael cam. Gwelwyd penawdau breision yn y papurau dyddiol megis y *Daily Mirror*, *News Chronicle* a'r *Daily Express*. Meddai'r *Daily Mirror*, 'Conductor runs five miles after bus!' Oherwydd i mi deimlo fy mod wedi cael cam euthum i gyfraith, ac apelio yn erbyn dyfarniad mainc Bangor.

Flynyddoedd yn ddiweddarach, gelwais mewn tŷ ym Mangor i weld Luned Llywelyn-Williams a gyfarfûm yn Llundain. Pwy atebodd y drws ond y ddynes yn yr het goch! Roedd hi'n rhy hwyr ar y ddau ohonom – maes o law daeth Alis Llywelyn-Williams yn fam-yng-nghyfraith i mi a dathlodd ei phen-blwydd yn 90 oed yn 2002!

Achos cofiadwy oedd hwnnw yn y Llys yng Nghaernarfon. Roedd gennyf dîm cyfreithiol anorchfygol – fy mrawd, John, a'm brawd-yng-nghyfraith, Ioan Bowen Rees, a bargyfreithiwr ardderchog, Hywel ap Robert. Yn fy erbyn, roedd yr heddlu a'u herlynydd eger a llym, Robin David, y Barnwr Robin David wedi hynny. Roedd David yn cynnal yr achos fel petawn i yr adyn mwyaf a gerddodd wyneb y ddaear erioed. Roedd yn ffyrnig. Yr hyn a'i gwylltiai fwyaf oedd natur ddwyieithog yr achos. Mynnais gynnal yr achos yn Gymraeg – efallai mai hwn oedd un o'r rhai cyntaf o'i fath. Roedd hyn cyn sefydlu Cymdeithas yr Iaith yn Awst 1962 a chyn sefydlu Pwyllgor Hughes-Parry ym 1963. Yr oedd Ioan wedi bod ynglŷn â pharatoi yr wŷs Gymraeg gyntaf yn ninas Caerdydd, sef gwŷs i John Davies yr hanesydd, John Bwlchllan, ac un o sefydlwyr Cymdeithas yr Iaith – ein 'genius' cenedlaethol. Y Parch. Huw Jones oedd y cyfieithydd. Roedd ffurf yr achos yn gymorth mawr i mi; tra oedd Robin David yn edrych yn fygythiol arnaf ac yn gweiddi, roeddwn yn gallu ei anwybyddu ac aros am gyfieithiad Huw Jones. Rwyf wedi diolch iddo droeon. Ar un pwynt, deallaf i 'Wil Police', Syr William Jones, Pennaeth yr Heddlu yn y Gogledd, yngan y geiriau, 'Ro'n i'n gwybod mai achos dwy geiniog oedd o, ond do'n i ddim yn sylweddoli mai achos dwy a dime oedd o!'

Mewn ymarfer ar gyfer yr achos a gynhaliwyd yn Nolgellau rai dyddiau ynghynt, roedd Hywel ap Robert wedi awgrymu y dylwn wisgo côt 'Harris Tweed' a 'patches' lleder ar y ddwy benelin, nid y gôt 'flash' a oedd gennyf, côt a brynais yn Valances, Bangor, gydag arian un o raglenni TWW!

Wedi cyfnod hir o godi llais ac o ddadleuon, cyhoeddodd y Barnwr Syr Dafydd Hughes Parry mai y fi oedd yn fuddugol! Gallwch ddychymgu fy syndod wedi'r achos pan brynodd Robin David lasied o sudd oren i mi yng ngwesty'r Royal, Caernarfon. Roedd y fuddugoliaeth wedi ei hennill a'r achos yn fy erbyn wedi ei ddileu. Meddai'r *Daily Post*, 'Bus Episode was a Prank', ac mewn pennawd brasach, 'Student Wins Appeal against Conviction'. Cerddais o'r Llys y diwrnod hwnnw yn y 'pose' ffilmyddol-newyddiadurol draddodiadol, yn cuddio fy wyneb â'm côt, tra oedd tynnwr lluniau y *Daily Express* yn trio tynnu fy llun!

# 'EDUCATED AT MARLBOROUGH'

Wedi gadael y coleg, ceisiais am swydd ddysgu yn Sir y Fflint, sir lle roedd rhai o wreiddiau teuluol fy nhad. Cefais gyfweliad gan y Pwyllgor Addysg yn ei grynswth, a Haydn Williams, y Cyfarwyddwr Addysg, yn eistedd yn eu canol yn cadeirio. Cynigiwyd y swydd i mi, ond penderfynais y byddai'n well profiad i mi fynd i Gaerdydd, ac felly y bu – gwrthod swydd yn Sir y Fflint a cheisio am swydd athro yng Nghaerdydd.

Pan gyrhaeddais Gaerdydd ar ddechrau 1962, cefais swydd ddysgu yn Ysgol Marlborough Road, swydd athro arbenigol yn y Gymraeg fel ail iaith. Arferai George Thomas, a fu'n dysgu yn yr un ysgol flynyddoedd o'm blaen i, ddweud, 'I was educated at Marlborough' – gallaf innau hefyd ddweud yr un geiriau! Cawsom lawer cyfle dros y blynyddoedd i drafod ein hen 'academi'. Cefais lety yn Heol Connaught ger yr ysgol a chofnodais sut le oedd yr un stafell honno, yn ogystal ag un digwyddiad trist yn y 'digs' – ar ffurf stori am ryw Paul Morgan dychmygol. Ond y fi oedd y milwr hwnnw!

*Yr Hofel!*

*Teimlai'n hiraethus yno yng nghanol y cannoedd. Pawb yn rhuthro i rywle a sŵn trên yn mynd a dod yn barhaus. Caeodd y llyfr ar y traeth, ei nofel hanner coron; gwenodd a chwythu trwy ei drwyn wrth feddwl am draeth y Borth yn ymyl ei gartref. Mor wahanol i Cannes. Stopiodd y tacsi rai llathenni oddi wrth y tŷ. Ni stopiai'r tacsi fyth wrth ddrws y tŷ, gan y byddai Mrs Higgins yn camesbonio'r peth. 'Ariannog' fyddai'r peth cynta a ddeuai i'w meddwl. Drws budur, budur, oedd drws rhif wyth, wedi hanner ei beintio. Stwffiodd ei law drwy dwll y llythyrau a thynnu'r allwedd allan gerfydd y cortyn budur. Camodd i mewn i'r cyntedd, a daeth yr aroglau arferol i'w ffroenau. Aroglau tebyg i gath a sanau wythnos oed. Roedd waliau'r cyntedd heb eu papuro ers blynyddoedd a'r wal gydag ochor y staer yn staeniau dwylo drosti. Aeth yn syth i fyny i'w stafell. Yn ôl eto i'r un hen le. Ystafell fechan, gwely mewn un gornel, hen fwrdd chwarae cardiau, un tân nwy bach llychlyd, cwpwrdd dillad, ac wedi ei stwffio i'r gornel roedd un gist ddroriau – un rhy fudur i gadw dim ynddi ond ei sanau budron. A linoliwm, hen linoliwm, ar y llawr.*

*Gydag ochr y gwely, roedd oel gwallt rhywun wedi staenio'r papur wal, ond roedd wedi llwyddo i guddio hwnnw gyda llun mawr o Eglwys Cologne.*

*Tynnodd ei unig siwt o'i fag a'i chrogi ar fachyn ar gefn y drws. Gadawodd bopeth arall yn ei fagiau. Teimlodd y gwely â'i law; roedd yn gynnes – y gath wedi bod yn cysgu yno eto, mae'n debyg. Deuai honno i fyny o'r ardd gefn, a chan fod rhan uchaf y ffenestr wedi jamio ers blynyddoedd, rhaid felly oedd agor y rhan waelod, a deuai'r cwrcyn chweiniog drwyddi. Yr unig reswm yr arhosai yno oedd am ei fod mor gyfleus i'w waith. Trigai Mr a Mrs Higgins, y perchenogion, rywle yng nghefn y tŷ a chysgent yn y rhan ucha. Ymddangosai mai meddwi oedd prif waith dynion y tŷ.*

*Ar y landing fechan, roedd tŷ bach ac ystafell molchi – y lle rhyfeddaf a welsai erioed: y bàth o ddefnydd rhywbeth tebyg i 'papier mâché' ac yn rhan o'r bàth, uwchben y plwg, roedd y basin molchi dwylo, a rhedai'r dŵr ohono allan drwy'r bàth; roedd fel rhywbeth o oes yr Arth a'r Blaidd. Stafell fach fudur, lychlyd, oedd hi ond ychydig yn iachach na'r tŷ bach drws nesaf. Roedd y tŷ bach yn ddwbwl afiach gan fod y ffenestr yn barhaol ar gau; roedd yn rhaid iddi fod felly gan fod ystafell fyw drws nesaf ar yr un lefel ac o fewn cyrraedd poeri. Trwy fod y tanc dŵr poeth yno hefyd, roedd y drewdod yn un cwbwl arbennig i'r tŷ: tomen dail yng ngwres yr haf.*

*O'r landing, arweiniai dau ddrws – un i lofft a stafell fyw dau fyfyriwr a'r llall i stafell wely a byw gŵr a gwraig a babi ychydig fisoedd oed. Albanwyr oedd y ddau, druan ohonynt – bodolaeth ddiflas, byw a bod mewn un stafell gyfyng.*

*Ond ddim gwaeth na'r gŵr a'r wraig lawr staer, y ddau'n hen. Roedd ganddi hi groen gwael, crachennog, ac yntau ar y 'sic' ers blynyddoedd yn yfed ei arian insiwrans a'r ddau'n ffraeo fel cathod, a'r cathod yn y cefn yn troi'r ardd gefn yn buteindy bob nos.*

*Daeth lleisiau Mr a Mrs Higgins o'r gegin. Y ddau'n ffraeo fel arfer, y hi'n bwgwth mynd i Hong Kong, at fab o'r briodas gyntaf, ac yntau'n ddoeth iawn, iawn yn tawelu.*

*Gallai ffoi am ychydig ond ddim am yn hir. Tynnodd yr agoriad drwy dwll y blwch llythyrau. Arogl nionod o'r gegin a hwnnw'n newid* yn hogle babi tua chanol y staer, hogle powdwr babi. Cysgodd yn sŵn y babi a Radio Luxembourg. Roedd ei fam yn meddwl y byd o'r babi; câi sgwrs fer gyda hi ar ben y staer weithiau, rhyw su'mai a gwd bei.

Breuddwydiodd am yrru car di-frêc, rhyw freuddwyd hir a lleisiau'n gweiddi – lot o leisiau – lleisiau dynion – wylofain a rhincian dannedd, rhyw grio uchel, gwichian brêc a dim yn digwydd. Symudodd ei law i oerfel yr ystafell. Chwarter i saith. Lloerig o gynnar. Deuai'r sŵn yn fwy pendant, Mrs Higgins yn gweiddi rhywbeth yn uchel – dynes yn crio – siarad yn uwch.

'Alla i ddim credu. O'r annwyl! Pam, pam?'

Be haul oedd o'i le? Pam y bloeddio mawr? Sŵn traed ar y staer a'r crio'n parhau. Rhoddodd droed ar y linoliwm rhewllyd. Taflodd ei byjamas ar y gwely a thynnu ei drwsus i fyny dros ei goesau a'i grys dros ei ben. Molchai'n hwyrach; llusgodd yn ei slipars i'r landing.

Y peth cyntaf a welodd oedd Mrs Higgins yn sefyll yn nrws llofft Mrs Donovan a sŵn crio yn dod o'r stafell. 'O, Mr Morgan, peth ofnadwy. Mae'r babi wedi mygu yn y nos – wedi marw, druan ohoni.'

'Naddo, marw? O, druan.' Ni wyddai beth i'w ddweud yn iawn. Doedd arno ddim llawer o awydd chwerthin rhyw chwerthin nerfus, fel y gwnâi gynt pan oedd yn blentyn wedi clywed am farwolaeth, nac awydd crio chwaith, dim ond rhyw fudandod.

Daeth Mrs Donovan allan o'r stafell a'i hwyneb yn wlyb goch o ddagrau. 'O, Mr Morgan, mi roedd o mor annwyl . . . Dechre byw . . . Drwchwch arno fo.' Arweiniodd ef i mewn i'r stafell. Gorweddai'r babi ar ganol y gwely mewn dillad gwyn, yn farw. 'Mi fu plentyn fy chwaer farw yr un fath, yn sydyn . . . mygu yn y nos . . . Mor annwyl . . . Dechre byw. Pam, Mr Morgan, pam? Mor ifanc. Pam y fo?'

Penliniodd yn ei dagrau, ac estyn ei llaw allan ar hyd y gwely heb feiddio ei gyffwrdd.

'Ydi, ma' bywyd yn greulon. Mae'n arw sobor genna i.' Geiriau mor oeraidd, mor galed, ond be arall alle fo'i ddeud?

Yn ei dagrau, perswadiodd Mrs Higgins hi i adael yr ystafell a mynd i'r stafell ffrynt. 'Mi yrra i am y doctor i chi gael tabledi. Rydech chi wedi cael sioc.' Teimlad digalon oedd gweld y babi marw yno ar y gwely.

Aeth allan i'r landing. Daeth Mrs Higgins ato. 'Sobor yntê, ond ddyle'r babi yna rioed fod wedi dod i mewn i'r tŷ.' Do'n i heb

49

*sylweddoli ei bod hi'n feichiog pan rois i rŵm iddyn nhw. 'Weles i rioed neb yn cuddio'i beichiogrwydd yn well. Mi roedd hi'n reit fflat. Taswn i'n gwybod ei bod hi'n feichiog, fase 'run o'i thraed hi wedi dod i'r tŷ yma.' Sythodd y net ar ei gwallt.*

*Aeth i lawr i ffonio'r doctor a'r heddlu. Y bore Sadwrn hwnnw am naw, cyrhaeddodd y plismyn. Byddai'n rhaid cael cwest.*

Bûm yn athro am bedair blynedd dan arweiniad Idwal Evans, prifathro'r ysgol a brodor o Dregaron. Gofynnai Idwal i mi yn bur aml, 'Fuoch chi yn y capel ddoe, Mr Meredith?' Pan atebwn i fy mod yn brysur iawn, dywedai yntau, 'Rydech chi'n rhy brysur, Mr Meredith!'

Oedd, roedd dysgu plant yn bwysig, yn bwysig iawn, ac mae gwefr arbennig i'w chael o hyd o gyfarfod cyn-ddisgyblion mewn banc a siop, mewn garej a gwesty, a chlywed weithiau fod dyn wedi cyfleu ymwybyddiaeth Gymreig hyd yn oed os na fu'r 'specialist teacher' yn llwyddiannus o ran dysgu'r plant i siarad Cymraeg yn rhugl bob tro.

# TEITHWYR HAF A JOE

Wedi'r blynyddoedd yn dysgu yng Nghaerdydd, ceisiais am swydd gyda Bwrdd Croeso Cymru. Mi gofiaf ddiwrnod cyfweliad y Bwrdd fel ddoe. Llogais siwt o Moss Bros ar gyfer yr achlysur – siwt lawer rhy fawr imi – a chefais gyngor gan y cyfarwyddwr drama, John Hefin, ar sut i eistedd mewn cyfweliad! Roedd Cyfarwyddwyr y Bwrdd Croeso i gyd yno, gyda Brenin Cymru, Huw T. Edwards, yn cadeirio. Ni chefais gynnig y swydd ac euthum yn ôl i'r ysgol. Ond tua dydd Iau wythnos y cyfweliad, daeth galwad i'r ysgol gan Lyn Howell, Prif Weithredwr y Bwrdd. Dywedodd y byddai'n well i mi eistedd i lawr. Gwnes hynny a hysbysodd fi fod y person a benodwyd wedi penderfynu peidio â derbyn y swydd. Gan mai fi oedd nesaf, fel petai, roedd Lyn Howell yn cynnig y swydd i mi. Ychwanegodd Lyn mai mewn amgylchiadau cyffelyb y penodwyd yntau flynyddoedd ynghynt!

Yn Ionawr 1965, ymunais â'r Bwrdd yn ei bencadlys yn Park Place, Caerdydd. Roedd pedair blynedd o waith hynod ddiddorol ar fin dechrau. Yr oeddwn i fynd i Landrindod ym Maesyfed i agor swyddfa i'r Bwrdd. Mewn gwirionedd, mynd yn ôl i darddle'r Bwrdd Croeso yr oeddwn, gan mai yno y bu'r pencadlys cyntaf, ond roedd y swyddfa honno wedi hen gau erbyn hynny.

Ond ni fu gadael dysgu yn fusnes rhwydd. Pan hysbysais y Pwyllgor Addysg – Pwyllgor Addysg Caerdydd dan eu cyfarwyddwr, Robert Presswood – fy mod yn mynd, fe'm

Dau o 'movers and shakers' Cymru
y chwe degau, chwith i'r dde –
Haydn Williams a Huw T. Edwards.

51

gwrthodwyd. Roeddwn yn ymddwyn yn hollol resymol – digon o rybudd, ond na, cefais lythyr gan Mr Presswood yn fy hysbysu nad oeddent yn caniatáu i mi fynd.

Paratowyd llythyr cyfreithiol ar fy rhan yn dweud yn blaen iawn fy mod yn mynd! Cynhesais y llythyr ryw gymaint gan ddiweddu drwy ddweud er fy mod yn mynd y buasai'n well gennyf fynd gyda bendith. Gwelodd Mr Presswood synnwyr yn y diwedd ac ymadewais gyda'i fendith! Y fath balafa! Nid yw cyflogwyr heddiw'n dal mor dynn at eu gweithwyr!

Pan gyrhaeddais Landrindod yng ngaeaf 1965, roedd gweithwyr y cyngor yn cario eira ymaith mewn lorïau mawrion o ganol y dref. I frodor o Aberystwyth, roedd hi'n olygfa anhygoel. Teimlwn yn gartrefol o'r dechrau yn Llandrindod, er gwaethaf yr eira!

Ar gyfer y swyddfa newydd, prynais ddau dân trydan yn y dref, a llenni ar gyfer y ffenestr, a daeth carped o Gaerdydd ar gyfer y llawr eang. Hon oedd swyddfa fwyaf y Bwrdd Croeso yng Nghymru! Bûm yn ffodus o gael gwasanaeth Mr Louis Millward fel ysgrifennydd: brodor o Landrindod, dyn annwyl ac ymroddgar. Rhoddais sioc gas i Louis ryw fore Llun. Roeddwn yn eistedd ar gadair ar ymyl carped eang y stafell yn arddweud llythyr i Louis ac yntau'n ysgrifennu'r geiriau. Roedd y carped yn gwahodd. Yn sydyn, rholiais ar y carped – pen dros gefn, a glanio yr ochr arall i'r stafell. Rhythodd Louis arnaf mewn syndod!

Roedd y dref yn hen gyrchfan wyliau boblogaidd. Yno yr âi John Williams y Defaid o Benllyn ar ei wyliau, heb sôn am Lloyd George. Yno hefyd yr aeth fy nhad – i Westy'r Gwalia, y gwesty lle treuliai Lloyd George gyfnodau o wyliau pan oedd yn Brif Weinidog; aeth yno i gael ei gyf-weld gan ddirprwyaeth o flaenoriaid capel y Tabernacl, Aberystwyth, ar gyfer y barchus arswydus swydd o Weinidog yr Efengyl – roedden nhw'n gwneud pethau mewn steil ers talwm! Bellach, prin iawn yw'r dirprwyaethau sy'n mynd i chwilio am weinidog a phrinnach fyth y gweinidogion.

Dangoswyd caredigrwydd mawr at fy rhieni yn yr eglwysi hynny lle bu fy nhad yn weinidog – ym Methania Aberdâr ac Aberystwyth – ond ofnaf fod capeli Cymru wedi rhoi gormod o sylw i'r organ a harddu'r capel ar draul sicrhau cyflogau teilwng i'w gweinidogion. Buasai gwell graen ar y weinidogaeth heddiw pe bai'r gweithiwr yn y winllan wedi cael ei ddiogelu. Sonnir erbyn heddiw fod organ y Tabernacl, a chwaraewyd gan neb llai nag Albert Schweitzer yn ei ddydd, yn werth rhyw hanner miliwn o bunnoedd!

Roedd swyddfa'r Bwrdd ar y sgwâr canolog gyferbyn â garej Pritchard. Roedd Mr Pritchard yn Gynghorydd sir ac yn ddyn annwyl iawn, a phan ddaeth ei frawd yn ôl i Landrindod o Fryste, darganfûm ei fod yn nabod perthynas i mi, sef Nelson Meredith, yn dda. Mae'r byd yma'n fach.

Arhoswn yng ngwesty'r Hampton ar draws y ffordd i'r swyddfa, gyda'r teulu James. Hanner canllath o'r swyddfa roedd gwesty'r Metropole, un o brif gyrchfannau Sir Faesyfed, a chan mai perchennog y gwesty hwnnw oedd Cadeirydd Twristiaeth y Canolbarth, Mr David Baird Murray, roedd hi'n naturiol i mi dreulio cryn amser yno. Roedd, ac y mae, gen i barch mawr at David. Bu'n garedig iawn wrthyf, ac er ei fod yn Gadeirydd Ymgyrch Agor Tafarnau ar y Sul yn ei gyfnod, byddai bob amser yn 'decantio' jwg o sudd oren i mi a'i gyflwyno mewn gwydr hardd. Ond, canolfan oedd Llandrindod i mi: canolfan i bump sir Canolbarth Cymru, ac oddi mewn i'r cylch hwnnw o siroedd y gweithiwn – Sir Faesyfed a Brycheiniog, Sir Aberteifi, Maldwyn a rhan o Feirionnydd.

Ein gwaith ni (roedd Emyr Griffith yn gwneud yr un gwaith yn y Gogledd ac Allan Wynne Jones yn y De) oedd paratoi adroddiadau i'r swyddfa yng Nghaerdydd ar ddatblygiadau twristiaeth y Canolbarth. Dyma'r cyfnod y prynodd gwerthwyr ceir ail-law Canolbarth Lloegr diroedd yng Nghymru i ddatblygu eu canolfannau gwyliau, a chyfnod problem brech y carafannau ar arfordiroedd Meirionnydd a Cheredigion.

Y boddhad i mi yn y cyfnod yma oedd gweld Cymry'n datblygu eu hadnoddau twristiaeth eu hunain, mewn ffermdai, tai annedd a gwestai. Roedd problemau difrifol yn wynebu swyddogion cynllunio'r siroedd. Arferiad rhai datblygwyr gwyliau oedd eu hannos yn ddidrugaredd gan gyflwyno cais ar ôl cais ar ôl cais. Yn dilyn cais am dai i blant dan anfantais, byddid yn newid y cais i dai ar gyfer gweithwyr amaethyddol ac yna, yn ddiweddarach, newid y cais eto yn gais am dai gwyliau, sef y nod o'r dechrau! Fy nyletswydd yn y cyfnod dechreuol yma oedd annerch cyfarfodydd cyhoeddus, paratoi llyfrynnau gwyliau a chael cyfle i ddod i adnabod pob twll a chornel o

Ganolbarth Cymru, yn arbennig felly y siroedd llai cyfarwydd i mi, sef Maesyfed a Brycheiniog, a chyfeiriwn yn aml at *Crwydro Brycheiniog* gan Alun Llywelyn-Williams wrth ddod i adnabod y sir honno'n well. Roedd blas y cynfyd yn aros mewn mannau o Faesyfed mewn trefi bychain fel Llanandras.

Fel y crybwyllais eisoes, Cadeirydd y Bwrdd Croeso pan ymunais i oedd y diweddar Huw T. Edwards. Mor ffodus y bûm o weithio i gadeirydd fel Huw T. a chael gweithio hefyd i Lyn Howell, Ysgrifennydd y Bwrdd. Roedd Huw T. Edwards yn arwr. Pan sefydlwyd Cyngor Cymru gan y Blaid Lafur ym 1945, doedd gan James Griffiths, a ddaeth yn Ysgrifennydd Gwladol cyntaf Cymru, ddim amheuaeth mai Huw T. ddylai fod yn Gadeirydd y Cyngor newydd a dywedodd hynny wrth y Prif Weinidog, Clement Attlee. Roedd gan Huw T. gonsýrn am bobol. Wrth i mi ei gludo o un lle i'r llall, byddai'n fy holi am y teulu, y tŷ, y car, ac yn gofyn am fenthyg sigarét! Bu'n wleidyddol gyfrwys – apwyntiodd nifer o'i wrthwynebwyr gwleidyddol i wahanol swyddi ym myd twristiaeth. Clymai bobol at ei gilydd. Er ei fod yn fyr yn gorfforol, roedd yn gawr o ddyn ym mhob ystyr arall a chyfrifwn ef yn un ohonom ni – ni y staff – ac yn un o weithwyr twristiaeth Cymru. Roedd y stori amdano yn 'toddi'r iâ' mewn cyfarfod yn Rwsia yn ddiarhebol. Doedd y trafodaethau rhyngddo ac un o uchel lywyddion y 'Politburo' ym Mosco ddim yn mynd yn dda, ond pan roddodd Huw T. glamp o sws i'r wraig bwerus, newidiodd y sefyllfa – daeth y Gorllewin a'r Dwyrain yn agos iawn at ei gilydd, yn gorfforol felly! Carai farddoniaeth a llên ac rwy'n hoff iawn o un o'i englynion i Fynydd Tal-y-fan, ardal gwenithfaen Penmaen-mawr a'r Ro-wen, ei filltir sgwâr:

Mynydd Tal-y-fan

Mynydd yr oerwynt miniog – a diddos
Hen dyddyn y Fawnog,
Lle'r oedd sglein ar bob ceiniog
A 'nhaid o'r llaid yn dwyn llog.

Rwyf lawer gwaith dros y blynyddoedd wedi adrodd ac edmygu geiriau pregeth fawr y Parch William Jones, perthynas i Lyn Howell, yn ei bregeth am Grist: 'Mae'r Wyddfa'n fawr, ond symudwch ei le o at yr Alpau a tydi o'n ddim. Mae'r Alpau'n fawr, ond symudwch nhw at yr Himalayas a tyden nhw'n ddim. Ond mae Crist yn fawr ym mhob man!' Neu'r geiriau cofiadwy, 'Beth maen nhw'n ei wneud yn Tierra del Fuego? Mi ddweda i wrthoch chi – torri ffosydd i afon fawr iachawdwriaeth lifo ar eu hyd.'

Wedi teyrnasiad Huw T., ar ei awgrym ef ei hun daeth D.J. Davies yn gadeirydd – Syr D.J. Davies wedi hynny – cyn-berchennog siop Macross yng Nghaerdydd a brodor o Faesteg. Dyn busnes craff oedd Syr Dafydd. Trigai ym Mharc Cathays gyda Rolls Royce mawr yn y garej, ond yn fy 'mini' i y crwydrem ni'n dau o gwmpas Cymru pan oedd angen! Yn y Bwrdd Croeso hefyd, cydweithiais ag Eirion Lewis, a ddaeth wedi hynny yn swyddog yr ADA yng Nghymru; yr oeddem i gyfarfod a chydweithio llawer dros y blynyddoedd.

Yn ddiarwybod i mi, roedd y Bwrdd Croeso wedi addo i Gymdeithas Ferlota Cymru y byddai swyddog newydd y Canolbarth yn cynorthwyo trwy fod yn Ysgrifennydd y Gymdeithas. Pan gyrhaeddais Landrindod, fe'm cefais fy hun yn Ysgrifennydd y Gymdeithas Geffylau, a minnau heb fod ar gefn ceffyl erioed! Yn ffodus i mi, roedd Arthur George, Prif Weithredwr y Sioe Amaethyddol, hefyd yn Gadeirydd y Gymdeithas Ferlota a chefais bob arweiniad ganddo. Hyfrydwch oedd dod i adnabod hyrwyddwyr y Gymdeithas ledled Cymru a'u cynorthwyo i ddatblygu adnodd twristiaeth pwysig. Ymhen rhyw flwyddyn, daeth y prawf eithaf arnaf. Cyhoeddodd y BTA o Baris fod un o'i swyddogion, Paul Bergasse, am ddod i farchogaeth yn y Canolbarth. Roedd am i mi drefnu popeth, ac ymuno ag ef. Rhuthrais i weld Mrs Biddy Williams, a oedd yn magu ceffylau yn Llanfair-ym-Muallt a threfnais ddau geffyl ar gyfer y daith, ceffyl chwim i'r ymwelydd o Baris a cheffyl 'dyw dyw' i mi, ceffyl a symudai fel malwen. Fe ddaeth y dydd, ac roeddem ein dau ar y gweundir uwchben Llanfair-ym-Muallt; gwelodd Paul y grug yn ymestyn o'i flaen ac i ffwrdd ag ef fel mellten! Safodd fy ngheffyl i am ennyd, cododd ei glustiau a rhuthrodd yntau yn ei flaen fel peth gwirion! Cydiais yn dynn yn y ffrwyn ac ym mwng y ceffyl, ond yn ofer! Pan stopiodd y ceffyl yn stond wedi'r rhuthr dechreuol, syrthiais o'r cyfrwy a glanio wysg fy nghefn ar y mawndir gan ddod i benderfyniad pwysig eiliadau'n ddiweddarach – byth eto!!

Un o frwydrau'r cyfnod oedd penderfynu a ddylid creu rhanbarthau pwerus i'r Bwrdd yn y Gogledd, y Canolbarth a'r De, ynteu ganoli yng Nghaerdydd. Credai Huw T. mewn datganoli o Gaerdydd. Cefnogais i'r ddadl honno. Ond ar ôl cyfnod Huw T., pan oedd arian yn brin, bu canoli mawr yng Nghaerdydd. Bellach, mae'r rhod wedi troi a'r grym unwaith eto yn y rhanbarthau, ond mae'r frwydr rhwng canoli a datganoli grym yn parhau.

Mae clywed trafodaethau am drefniadaeth twristiaeth Cymru heddiw yn mynd â ni yn syth yn ôl i'r chwe degau. Ond roeddwn yn falch iawn o weld fod Cymru wedi ymryddhau o afael y British Travel Association, pan agorwyd ei swyddfa ei hun yn Llundain. Roeddwn yn falch hefyd fod Prys Edwards, yn ystod ei gadeiryddiaeth o'r Bwrdd, wedi ymladd mor gadarn am hawl Cymru i'w llais ei hun.

Roeddwn hefyd yn benderfynol yn y cyfnod hwnnw, fel yr un a oedd yn gyfrifol am gasglu incwm hysbysebu, i gyhoeddi cylchgronau twristiaeth Cymru, a gwneud hynny yn y fath fodd fel nad oedd yn rhaid i arian pobol Cymru lifo i goffrau cwmnïau cyhoeddi yn Lloegr, megis y BPC (British Publishing Company). Gallem gyhoeddi deunydd ardderchog yng Nghymru, a hwnnw wedi'i gynllunio a'i argraffu yng Nghymru. Dyna a wnaethom. Bellach, a'r Bwrdd Croeso dan reolaeth y Cynulliad, mae'r llyfrynnau gwyliau ar gyfer y Gogledd, y Canolbarth a'r De wedi hen ennill eu plwy a phlethora ohonynt yn cael eu cyhoeddi. Boed i'r Bwrdd lwyddo ar ei ganfed.

Un o frwydrau mawr arall fy nghyfnod cynnar mewn twristiaeth oedd y frwydr ynglŷn ag agor tafarnau ar y Sul. Cyhuddai gwesteiwyr y Bwrdd o 'eistedd ar y ffens'. Da y cofiaf ymweliad ar ran y Bwrdd â gwesty yn Amroth, Sir Benfro. Roeddwn yn mynd yno i drafod busnes gyda'r perchennog. Pan gerddais i mewn i'r ystafell fwyta lle roedd y perchennog yn eistedd, gwaeddodd yn Saesneg yn llawn gwawd ar draws y bwyty, 'You little Presbyterian from the hills.' Roedd yn gywir ar y pwynt crefyddol, ac mae'n wir fod fy ngwreiddiau yn y bryniau, ond doeddwn i ddim yn 'little'!

Cofiaf un cyfarfod stormus iawn yn Nolgellau pan gerddodd carfan o'r gynulleidfa allan yng nghanol y cyfarfod a minnau ar ganol fy mherorasiwn ar ran y Bwrdd. Doedd o ddim yn brofiad dymunol ond, yn ffodus i mi, roedd newyddiadurwr y *Merioneth Express* o'm plaid ac ysgrifennodd adroddiad ffafriol iawn, ond roedd y gwesteiwyr a gefnogai agor ar y Sul yn grŵp penderfynol iawn!

Un flwyddyn yn ystod y cyfnod hwn, roeddwn yng ngofal arddangosfa'r Bwrdd Croeso yng ngorsaf swnllyd, lychlyd, Waterloo yn Llundain, lle cynhelid arddangosfa dwristiaeth yn flynyddol. Cefais gais gan y swyddfa yng Nghaerdydd i ofalu fod popeth mewn trefn drannoeth i groesawu un o Weinidogion y Goron, sef John Morris AS, ar ran Barbara Castle, a oedd ar ymweliad swyddogol ag arddangosfeydd gwledydd Prydain, a Chymru'n arbennig. Hanai John Morris o Gwm Rheidol, a bu'n gyfaill ysgol i'm brawd, John. Edrychwn ymlaen yn fawr at ei groesawu gan ei fod ef bob amser mor groesawgar ei hun.

Roeddwn dan annwyd trwm y diwrnod y cyrhaeddodd y cais, a gyrrais yn ôl i'm gwesty nid nepell o'r orsaf; llyncais nifer o 'aspirins' a mynd i'r gwely i geisio clirio'r annwyd cyn yr ymweliad a oedd i ddigwydd y bore canlynol. Deg o'r gloch oedd y foment fawr

Croesawu John Morris AS i arddangosfa'r Bwrdd Croeso, yng ngorsaf Waterloo, Llundain, yn ystod y chwe degau.

pan oedd holl bendefigion trafnidiaeth trenau De Lloegr yno i gyfarfod â'r Gweinidog a minnau ymlaen llaw i agor arddangosfa Cymru â'r allwedd arian, loyw a oedd yn fy mhoced.

Wedi llyncu'r 'aspirins', cysgais yn drwm, yn drwm iawn. Yn sydyn deffroais – yr amser – yr amser – edrychais ar fy oriawr – hanner awr wedi deg! Y Gweinidog, yr arddangosfa, pwysigion trafnidiaeth – yr agoriad ym mhoced fy nhrowsus – arddangosfa Cymru ar gau! Dyna fy swydd ar ben. Llamais o'r stafell, i lawr y grisiau, allan i'r gwynt gan wisgo'm côt wrth fynd – i mewn i'r car a gyrru'n wallgof – yn gynt na Jehu. Roedd Llundain dan eira a phopeth yn dywyll a thrwm. Cyrhaeddais orsaf Waterloo a rhuthro at y platffform. O'm blaen gwelwn flychau mawrion, popeth ar gau, a dynion yn cludo hyn a'r llall o gwmpas. Gofynnais yn hurt i un o'r cludwyr beth oedd yn digwydd. 'Fydd yr orsaf ddim ar agor i'r cyhoedd tan y bore, syr,' oedd ei ateb parod. Roeddwn wedi bod mewn trymgwsg o wyth o'r gloch y nos tan hanner awr wedi deg y nos – y nos, nid y bore!

Dychwelais i'r gwesty yn poeni am gyflwr fy meddwl, yn argyhoeddedig fy mod ar fin mynd o'm cof. Y bore canlynol – bore oer, tywyll, llawn eira – roeddwn yn yr orsaf yn gynnar. Daeth y Gweinidog a'r penaethiaid oll. Agorwyd arddangosfa Cymru yn brydlon am ddeg. Roedd popeth yn ardderchog a daeth haul ar fryn! Doedd neb yn gwybod ... Yn ystod Eisteddfod Genedlaethol Dinbych 2001, cefais gyfle i adrodd y saga wrth John Morris, Arglwydd Aberafan erbyn hynny – roedd yn synnu ei chlywed!

Yn yr union orsaf honno yn Ionawr 1967 y cyfarfûm â Luned, merch awdur *Crwydro Arfon*. Arferai gerdded drwy orsaf Waterloo bob dydd ar ei ffordd i'w gwaith gyda'r Gorfforaeth Ddarlledu Brydeinig yn Bush House! Fy nghyd-weithiwr yn y Bwrdd Croeso, Allan Wynne Jones, a'n cyflwynodd i'n gilydd. Roedd Luned ac yntau yn y coleg gyda'i gilydd yn Aberystwyth.

Flwyddyn yn ddiweddarach, wedi i Luned ddychwelyd o wyliau yn Rwsia, cyhoeddasom ein dyweddïad; maes o law, priodasom yng Nghapel Tŵr Gwyn, Bangor, gyda William Mathias wrth yr organ yn chwarae darn a gyfansoddodd yn arbennig ar ein cyfer ni'n dau, a 'nhad a'r Athro Bleddyn Roberts yn cynnal y gwasanaeth. Roedd yr Athro R.T. Jenkins a'i wraig, Myfanwy, ymhlith y gwesteion a'r teuluoedd yno'n gryno a'r gwas priodas, John Hefin, yn llywio'r gweithgareddau.

Wedi treulio peth amser ym Mhenrhyn Gŵyr, aethom i Iwerddon ar ein mis mêl. Cawsom daith ofnadwy o borthladd Abergwaun i Cork: roeddem ar y môr am dair awr ar ddeg mewn storm na welwyd ei thebyg erioed. Hyrddiwyd y llong *Princess Maude* i ddyfnder y tonnau, drosodd a thro. Wedi cyrraedd harbwr Cork, roedd yn rhaid i ni gerdded drwy chwistrelliadau o DDT gan fod clwy'r traed a'r genau yn Iwerddon ar y pryd. Cyraeddasom westy'r Metropole yn Cork yn hanner marw! Oni bai am Joe O'Reilly byddai wedi bod yn arw iawn arnom.

Roeddwn wedi cyfarfod â Joe yn ystod fy nghyfnod yn Llandrindod gyda'r Bwrdd Croeso. Roedd yn un o'r dynion cleniaf a fu erioed: 'fixer' oedd yn gallu trefnu unrhyw beth. Roedd yn rhedeg cwmni gwyliau o Blarney a Cork ac yn berchen ar geffylau a charafannau. Ar ben hyn oll, roedd wedi bod yn gweithio yn Efrog Newydd ac yn 'tough guy'. Arbenigedd Joe, fel yr awgrymais, oedd 'fficsio' – neu drefnu, e.e. wedi i ni gyrraedd Cork, roedd car yn llawn o betrol yn aros amdanom. Wrth i mi dalu'r bil yng ngwesty'r Metropole, gofynnodd y rheolwr, 'I believe you're a friend of Joe O'Reilly?' – deg y cant oddi ar y bil! Dyna steil Joe. Ond roedd mwy i ddod. Wedi i ni adael Cork, roedd y 'fixer' wedi trefnu i ni aros yng ngwesty Johnny Creedon yn Inchgaelagh – am ddim, wrth gwrs! Ac yna daeth y gwahoddiad gan Joe i ymuno ag ef a'i wraig ar daith i orllewin Iwerddon i brynu ceffyl. Taith gofiadwy oedd honno. Wedi trafaelio rhyw ugain milltir, stopiodd Joe a daeth Sean O'Grady i mewn i'r car – hwn oedd ymgynghorydd Joe ynglŷn â phrynu ceffylau. Wedi trafaelio am ryw dri chwarter awr arall daethom at ffarm fechan ac yno yn ein disgwyl roedd perchennog y ceffyl!

Dringodd Joe a'i ymgynghorydd allan o'r car i gyfarch y ffarmwr, ac aeth y tri ohonynt at gae helaeth gerllaw. Doedd dim i'w weld yno, ond ar chwibaniad uchel gan y ffarmwr, carlamodd ceffyl du smart i'r golwg a'i fwng yn hedfan yn y gwynt. Cofiaf Joe yn gofyn, 'Does it always come when you whistle?' 'Ay,' atebodd y ffarmwr, 'even if you were in Dublin he'd come if you whistled!'

Bu'n bargeinio'n hir gyda phopeth yn dod i derfyn sydyn wrth i Joe daro'r wal gyda chlec â'i lyfr siec.

Yn y car ar y ffordd adre, dywedodd yr ymgynghorwr ei fod yn credu fod Joe wedi cael bargen. Yn ddiweddarach y noson honno, esboniodd Joe i mi mai 'honest tinker' oedd yr ymgynghorwr ac na fyddai fyth yn prynu ceffyl heb gael ei farn!

Ring of Kerry, Bantry Bay: roedd yr enwau'n fiwsig i'r glust a'r bobol a'r wlad yn hudolus – nid pawb gaiff Joe O'Reilly i wneud trefniadau eu mis mêl!

Ar ddiwedd 1968, a ninnau erbyn hynny yn byw yn Rhiwbeina, Caerdydd, daeth galwad gan Alun R. Edwards, Llyfrgellydd Dyfed a Chyfarwyddwr y Cwmni Teledu Annibynnol newydd yng Nghymru, sef Teledu Harlech. Ie, galwad gan fy nghyn-gyflogwr yn Llyfrgell y Dre yn Aberystwyth. Roedd wedi maddau i mi, mae'n amlwg, am ei adael mor ddisymwth!

Bwrdd Croeso y chwedegau.

60

# FFURF A FFASIWN

Tua diwedd y chwe degau, eisteddwn ryw fore yn lolfa gwesty'r Angel yng Nghaerdydd yn sgwrsio â Carwyn James. Roedd Carwyn am i mi gynllunio'r taflenni ar gyfer ei frwydr etholiadol yn Llanelli. Erbyn y cyfarfod hwnnw, roeddwn eisoes wedi cynllunio clawr y *Black Paper on Wales*, Gwynfor Evans, ac wedi cynllunio deunydd etholiadol Phil Williams yng Nghaerffili a Vic Davies yn y Rhondda, a phennawd y *Welsh Nation*. Wrth gynllunio deunydd Phil Williams, defnyddiais dechneg papurau etholiad Kennedy yn America. Byddai'r enw bob amser yn ymddangos â llinell goch drwchus uwchben ac o dan y llun, a'r llun ei hun bob amser yn grwn. Ond yn y swyddfeydd y gwneuthum yr 'impact' mwyaf. Dechreuwyd sefydlu swyddfeydd drwy'r etholaeth a'u galw'n Swyddfa Un, Swyddfa Ugain, Swyddfa ... Creodd hyn ddychryn ymysg y gwrthwynebwyr. Bu ond y dim i'r Blaid gipio'r ddwy sedd. Yn y Rhondda, yn gweithio gyda 'mrawd-yng-nghyfraith Meic Stephens, crëwyd taflen hynod o effeithiol i'w dosbarthu ar yr unfed awr ar ddeg – *The Valley is on the march!* Taflen ddwyieithog oedd hon, gyda neges syml, gwbwl ddarllenadwy. Doedd dim modd cael neges fwy perthnasol! Dilynwyd hyn oll gan gynllun ar gyfer adroddiadau a thaflenni cyffredinol eraill.

Does dim profiad tebyg yn y byd i gynllunio ar gyfer etholiad – mae'n weithgarwch sy'n cwmpasu pob agwedd ar waith graffeg, yn daflenni, yn llyfrynnau, yn bosteri mawr a bach ac yn hysbysebion teledu. Cefais yr un wefr flynyddoedd yn ddiweddarach wrth gynllunio logo sawl cwmni, yn cynnwys logo Cwmni Agenda a fu ar sgrin S4C am ryw bum mlynedd, ac wrth awgrymu'r teitl 'Teledu Cymru' ar gyfer cylchgrawn teledu y *Daily Post*! Teitl amlwg braidd – ond roedd sensitifrwydd yn bodoli yn y byd teledu ynglŷn â'r geiriau Teledu Cymru o gofio'r cwmni byrhoedlog o'r un enw. Teimlwn, fodd bynnag, fod digon o ddŵr wedi mynd dan y bont, neu ddigon o dâp drwy'r peiriannau, i ddefnyddio'r teitl.

Ar Chwefror 13eg, 1969, ganwyd Owain Llywelyn Meredith. Enwyd ef ar ôl ein harwr, Owain Glyndŵr, a daeth y Llywelyn o enw teuluol Luned, sef Llywelyn-Williams.

# Y Sylfeini'n Ysgwyd

Ffarwél TWW – croeso Harlech.

*Bu TWW – Television Wales and the West – yn gyfrifol am deledu annibynnol yng Nghymru ers 1958.*

Daeth galwad Alun R. Edwards yn gwbwl annisgwyl. Roeddwn yn y Bwrdd Croeso dros fy mhen mewn swydd a oedd wrth fy modd. Cwestiwn Alun oedd a fedrwn ganiatáu i'm henw fynd gerbron ar gyfer swydd Swyddog y Wasg a Chysylltiadau Cyhoeddus yn y cwmni teledu newydd, Teledu Harlech. Cytunais y prynhawn hwnnw tra safwn wrth ffenest ein tŷ ni yn Lôn y Rhyd, Rhiwbeina, i'm henw fynd gerbron. Roedd gen i un swydd eisoes ac nid oeddwn yn poeni y naill ffordd na'r llall. Byddai'n gyffrous mynd i fyd newydd – os digwyddai, fe ddigwyddai.

Yn yr ysbryd hwnnw, felly, yr es i am baned o goffi mewn rhyw gyfarfod dechreuol gyda gŵr o'r enw A.A. Neals, Pennaeth Cysylltiadau Cyhoeddus Harlech. Roedd y cyfarfod mewn man o'm dewis i, sef gwesty'r Parc yng Nghaerdydd. Cawsom sgwrs hyfryd iawn, ac yn dilyn hynny daeth ffurflen gais i'm rhan. Dipyn o lŷg oedd llenwi honno, am na welwn yr angen, ond fe wnes, ac wedi gwneud, daeth cais i fynychu cyfweliad pellach gyda thri gŵr doeth: Alun Talfan Davies, Cadeirydd Cwmni Harlech yng Nghymru – Syr Alun Talfan Davies yn ddiweddarach – Aled Vaughan, brodor o Lyndyfrdwy a chyn-bennaeth rhaglenni dogfen yn y BBC – un o bobl ddethol Huw Wheldon yn ei ddydd – ac A.J. Gorard – Anthony John Gorard, Prif Weithredwr y cwmni newydd. Ni fedrech ddychmygu cael eich holi gan dri gŵr mwy cwestiyngar, mwy cysáct, mwy treiddgar eu geiriau, na'r tri gŵr hyn. Ymhlith y cwestiynau a holowyd gan Syr Alun roedd: 'Beth ydy'ch politics chi, Mr Meredith? Rhyddfrydwr ydw i.' Syllai Aled Vaughan arnaf yn syfrdan. Gwyddwn pan ddeuthum i'w adnabod yn dda mai meddwl am bysgota roedd Aled y diwrnod hwnnw, fel y byddai ar aml ddiwrnod yn y byd teledu – go dda fo! Er nad ymddangosai felly gyda'i dei brethyn a'i wisg anffurfiol, roedd Aled yn berffeithydd, yn gynhyrchydd rhaglenni medrus. Arferai ddweud pan oedd yn y BBC fod

Duw yno yn rhywle ond na chyfarfu ag ef; yn HTV byddai'n cael te gydag ef bob dydd! Dyn di-lol oedd A.J. Gorard. Piwritan mawr, dyn oedd yn syllu mor ddwys i fyw eich llygaid fel yr arferwn, yn y blynyddoedd i ddod, baratoi fy ngeiriau'n ofalus cyn cyfarfod ag e, eu paratoi a'u darllen os oedd angen, fel na châi gyfle i'm taflu oddi ar fy echel. Arferwn ddweud wrtho: 'Rydw i'n mynd i ddarllen y pwyntiau trafod i chi, Mr Gorard, rhag ofn i mi ffwndro' – mewn geiriau eraill, rhag ofn i chi fy ffwndro i!

Gweithiais yn agos â'r tri gŵr. Bu Syr Alun yn arweinydd ysbrydoledig, Aled Vaughan yn halen y ddaear ac A.J. Gorard yn syth fel saeth yn ei holl ymwneud â mi. Awgrymais wrth Mr Gorard un tro mai da o beth fyddai i mi fynd i weld sut y gweithredai adrannau'r Wasg a Chysylltiadau Cyhoeddus mewn cwmnïau teledu annibynnol eraill, ymweliadau a gymerai ryw wythnos. Daeth ei ateb ar ei ben, 'If we can do without you for a week, we can do without you!' Gydag A.J. byddech yn gwybod yn union beth, sut a pham bob amser. Cefais y swydd ddiwedd 1968 a dechrau ar fy ngwaith yn Ionawr 1969, flwyddyn yr Arwisgo. Yn ffodus, roeddwn yn brysur iawn yn Llangollen y Gorffennaf hwnnw; nid oedd gennyf amser i fynd i Gaernarfon. Tra

Yn cychwyn o Bontcanna yn yr 'Austin' ddechrau'r saith degau.

Rhes gefn (chwith i'r dde): Eric Thomas, Alun Edwards, John Aeron Thomas,
Aled Vaughan, Alun Llywelyn-Williams.
Rhes flaen (chwith i'r dde): Y Fonesig Amy Parry-Williams, Syr Alun Talfan Davies,
Yr Arglwydd Harlech, A.J. Gorard, Wynford Vaughan Thomas.
(*Bwrdd Cymreig HTV* – Llun o'r Chronicle)

oeddwn yn y Bwrdd Croeso yr oeddwn wedi paratoi llyfryn arbennig ar
gyfer tref Caernarfon. Perswadiais gwmni newydd Harlech i hysbysebu
ar y dudalen gefn, hysbyseb ddrud. Pan ymunais â Theledu Harlech, un
o'r pethau cyntaf a wneuthum oedd talu am yr hysbyseb honno!

Ar y 6ed o Ionawr 1971, ganwyd ein merch, Elin Wynn Meredith.
Daeth y Wynn o'm henw i, a'r enw Elin o'n dewis ni'n dau. Roedd
gan fy nhad fodryb o'r enw Elin; roedd hi'n byw yn fferm Pantycelyn,
y Cricor, Dyffryn Clwyd, gwraig yn ôl pob tystiolaeth a siaradai
Gymraeg fel 'iaith y Beibl'.

Yr oedd blynyddoedd cyffrous o'm blaen. I'm paratoi ar gyfer y
blynyddoedd arloesol hyn, mae'n siŵr, y perswadiodd fy mam
annwyl fi i orffwyso ar fore Sadyrnau yn fy ieuenctid – roeddwn yn
mynd i fod yn brysur! Yn 1971, gwnaeth A.J. Gorard benderfyniad
pwysig iawn i mi: roedd Pennaeth y Wasg a Chysylltiadau Cyhoeddus
Harlech yng Nghymru (a minnau wedi fy nyrchafu i'r swydd o
Bennaeth Adran) i fynychu cyfarfodydd Bwrdd Cymreig y cwmni. Yr
oeddwn am dair blynedd ar hugain i gael golwg bur fanwl ar fecanics
y Cwmni yng Nghymru. Ychydig a feddyliwn, wrth wylio Richard
Burton yn ei ffilm gyntaf *Last Days of Dolwyn* yn y Plaza yn
Nolgellau, y byddwn yn ymuno â chwmni lle roedd ef yn
gyfarwyddwr ac y byddwn yn cael cyfarfod â'r gŵr ei hun!

Roedd criw ohonom o HTV yn theatr y Duke of York yn Llundain ar gyfer perfformiad o *Under Milk Wood*. Roedd HTV wedi rhoi cymorth ariannol i'r noson, ac roedd seren y noson, Richard Burton, i'w gyf-weld gan John Morgan. Noson fawr oedd hon gyda Clifford Evans, Syr Geraint Evans, Meredith Edwards ac eraill yn bresennol. Ar y nos Sul honno yn Chwefror 1982, aeth John Morgan, Geraint Talfan Davies a minnau i ystafell newid Richard Burton i gael gair cyn y cyfweliad gyda John. Pan gyrhaeddodd y tri ohonom yr ystafell, roedd Richard yn newid y tu ôl i sgrin fechan. Doedd ei wisgwr dillad ddim yn blês â'i wisg. Cyfarchodd Richard ni'n serchus ac wedi sgwrs, croesodd y stafell at ffôn a ffonio Elizabeth Taylor yng ngwesty'r Dorchester a'i gwahodd i'r theatr. Cofiaf Richard yn dweud, 'Sir Geraint is here, practically the whole of Wales is here!' Yn ddiweddarach, daeth Elizabeth draw i'r theatr ac ymddangos ar y llwyfan. Ond cyn hynny, cerddasom o'r stafell newid i'r ystafell gefn, lle'r oedd y camera'n barod ar gyfer y cyfweliad. Richard a minnau oedd y rhai olaf i adael yr ystafell a chawsom gyfle i drafod ei deulu ac yn arbennig Graham, ei frawd, a gyfrifwn yn gyfaill ers blynyddoedd. Wrth adael yr ystafell, roedd Richard yn edrych yn flinedig ond pan ddechreuodd y cyfweliad, a'r camera o'i flaen, roedd yn fyw ac yn effro ac yn perfformio – roedd yn ei elfen.

Cewri oedd cyfarwyddwyr Harlech, gyda'r Bwrdd Llawn, sef Bwrdd Gorllewin Lloegr a Bwrdd Cymru, yn ymuno dan gadeiryddiaeth yr Arglwydd Harlech o Gwm Cywarch, Talsarnau, Meirion, un o wleidyddion praffaf Cymru a Llysgennad Gwledydd Prydain yn Washington yr Arlywydd Kennedy. Ac felly, pan gipiwyd y cytundeb darlledu teledu annibynnol oddi ar TWW, ymunodd carfan o bobl hynod ddiddorol â'i gilydd i redeg y cwmni newydd. Daeth John Aeron Thomas, gwneuthurwr briciau o Abertawe, bargyfreithiwr a chefnogwr y celfyddydau cain, i ymuno ag Eric Thomas, Croesoswallt, Cadeirydd Papurau Newydd Gogledd Cymru a pherchennog *Y Cymro*. O Fangor, daeth Alun Llewelyn-Williams – yn ddiweddarach yr Athro Emeritws Alun Llewelyn-Williams – y bardd a'r llenor a'r cyn-ddarlledwr, i ymuno â Wynford Vaughan Thomas o Bontarddulais – y darlledwr, y storïwr, a'r limrigwr rhwydd. O Celigny yn y Swistir ac o Bont-rhyd-y-fen, daeth Richard Burton, un o actorion enwocaf ei gyfnod, i ymuno â'i gyfaill Stanley Baker o Ferndale yn y Rhondda – y cynhyrchydd a'r

Gyda Richard Burton, John Morgan (blaen) a chyd-weithwyr o HTV yn theatr y
'Duke of York' Llundain.

actor adnabyddus a ddyrchafwyd yn farchog. Ymunodd Fredrick Cartwright, Dirprwy Gadeirydd Cwmni Dur Prydain, a ddechreuodd ei yrfa yn Dowlais Top, â Syr Alfred Nicholas, y diwydiannwr adnabyddus o Dde Cymru. O Aberystwyth daeth y fonesig Amy Parry-Williams, arbenigwraig ar ganu gwerin a llên Cymru i ymuno ag Alun R. Edwards, un o arloeswyr byd llyfrau Cymru, sefydlydd y Cyngor Llyfrau a dyn ymhell o flaen ei oes – un a welodd bosibiliadau fideo cyn llawer o'i gyfoeswyr. Soniai Alun byth a hefyd am y dull recordio newydd, 'electronic video recording', a thrwy ei ymdrechion, gyrrwyd ffilm i America gyda'r Arglwydd Harlech i'w throsglwyddo i EVR. Hwn oedd y tâp fideo oedd i sgubo drwy'r diwydiant. Roedd y proffwyd o Lanio wedi gweld ymhell! Hefyd o Abertawe, daeth Alun Talfan Davies, mab y mans, bargyfreithiwr, gŵr ar dân dros ddiogelu Prifysgol Cymru, eisteddfotwr, gŵr busnes a chyhoeddwr. At y rhain i gyd, daeth John Morgan o Dre-boeth ger Abertawe, newyddiadurwr, darlledwr a chyn-weithiwr dur, dyn a chanddo syniadau radicalaidd ac nad oedd arno ofn mentro a newid popeth os oedd angen. Ymfalchïai John mai un o Dre-boeth oedd Gwyrosydd, sef Daniel James, awdur yr emyn 'Calon Lân', a dywedai Mary, gwraig John, ei bod yn un o'r pennau mawrion, h.y. yn Fethodist Calfinaidd! O Gilfynydd ac Aberaeron, daeth Syr Geraint Evans, cawr byd yr opera – mab y gŵr a fynnodd siarad Cymraeg dan ddaear er gwaethaf gwrthwynebiad y meistri. Roeddwn mor hoff o Syr Geraint, gŵr llawn carisma os bu un erioed, gŵr a goncrodd gynulleidfaoedd ledled y byd, a gŵr a oedd wrth ei fodd yn dweud stori ac yn diddanu grŵp bychan o bobol wrth fwrdd bwyd neu o gwmpas y tân.

Euthum i'w canol a rhyfeddu am flynyddoedd at eu gwreiddiau dwfn, plethedig ym mywyd Cymru ymhell cyn fy ngeni. Bu teulu Eric Thomas yn berchen ar gwmni cyhoeddi Hughes a'i Fab a wnaeth gymaint i hybu llên yng Nghymru. Sefydlodd Syr Alun Lyfrau'r Dryw gyda'i frawd Aneurin. Un o Giliau Aeron oedd taid John Aeron ac roedd cymdoges a chyfeilles John yn Abertawe yn ferch i'r cyn-Brif Weinidog Ramsey MacDonald a chefais sawl sgwrs ddiddorol â hi! Mynnodd John fy mod yn mynd yn aelod o Bwyllgor Cymreig y Cyngor Cynllunio yn ei le, cyfle a roddodd brofiad gwerthfawr i mi. Ni fu cerddor pwysicach yn hanes Cymru na David Vaughan Thomas, tad Wynford, a gyfansoddodd y gerddoriaeth i'r gerdd 'Yn fore af i Ferwyn' a nifer o ganeuon

Noson ffarwél Syr Geraint â Gerddi'r Cwfaint, Llundain,
chwith i'r dde – yr Arglwydd Harlech, Tywysog Cymru, Syr Geraint.

adnabyddus eraill. Roedd y Fonesig Amy, drwy ei hawl ei hun, a thrwy
Syr Thomas Parry-Williams ei gŵr, yn llinach y llên a'r Pethe! Bu tad yr
Arglwydd Harlech yn Llywydd Llyfrgell Genedlaethol Cymru a does
dim amheuaeth nad Teledu Harlech a sicrhaodd mai Cymru fu un o brif
feysydd gweithgarwch y mab disglair a berthynai i deulu Ellis Wynne
o'r Las Ynys. O'r dechrau, penderfynodd Teledu Harlech – HTV yn
ddiweddarach – y byddai cefnogaeth i'r celfyddydau yn bwysig i'r
cwmni a gwelwyd grantiau sylweddol – symiau fel £10,000 a oedd yn
arian mawr yn y saith degau – yn cael eu rhoi i Theatr Ardudwy yn
Harlech, Theatr Gwynedd, Theatr Taliesin, Abertawe, a Theatr y Werin,
Aberystwyth. Rhoddi nawdd cyson i fyd llyfrau gan fod llên yn bwysig
yng ngolwg y Bwrdd. Yn ddiweddarach, ymunodd Gerald Davies,
Raymond Edwards, Jonathan Davies (o deulu Davies, Llandinam),
Mairwen Gwynn Jones ac Idwal Symonds â'r Bwrdd, a daeth Idwal
Symonds yn Gadeirydd i ddilyn Syr Alun.

Ar y 7fed o Chwefror, 1974, ganwyd ein mab, Gruffydd Seimon
Morgan Meredith. Daeth yr enwau Gruffydd a Seimon o deuluoedd

Cynllwyd ar hyd y canrifoedd a'r Morgan o deulu Luned yn y Rhondda. Llongwr oedd y Morgan hwnnw.

Ym 1975, cyfarfûm â'r Arglwydd Hill a oedd yn Gadeirydd yr ITA (yr Independent Television Authority) – y corff a benododd Harlech yn lle TWW. 'You see,' meddai Lord Hill wrthyf, 'we not only had to get rid of Lord Darby [Cadeirydd TWW], but we had to get rid of a whole strata of society as well. It was fortunate that Harlech made a success of it or it would have been very awkward for us.'

Yn sicr, fe wnaeth Harlech 'success of it'! Ers blynyddoedd cynnar y cwmni, byddai Harlech yn cynnal cyfarfodydd y Bwrdd Cymreig mewn gwahanol rannau o Gymru, y tu allan i'w pencadlys yng Nghaerdydd. Byddwn yn eu trefnu ar ran y Bwrdd yn y gogledd, y canolbarth a'r de, gan wahodd arweinwyr cymdeithas i ymuno â'r Bwrdd i gyd-gyfarfod a chyd-drafod problemau darlledu.

Cafwyd aml noson i'w chofio yn ystod y penwythnosau hynny pan fyddai'r Bwrdd Cymreig yn cyfarfod. Fel arfer, byddem yn gwahodd nifer o westeion i swper anffurfiol ar nos Wener neu nos Sadwrn y penwythnos. Perthynai hwyl ac asbri i nifer o'r nosweithiau hynny. Cofiaf un noson yn arbennig pan oedd y penwythnos yng ngwesty'r Palé ger y Bala. Gwahoddwyd Tom Gwanas a Mair ei wraig i ymuno â ni. Ar ôl swper ar y nos Sadwrn, ymgasglodd pawb yn y stafell fawr o flaen tanllwyth o dân. Canodd Tom Gwanas yn fendigedig un o ganeuon Elvis, 'Love me Tender', ar eiriau Cymraeg – roedd o'n wych. Gyda thipyn o berswâd, safodd Syr Geraint Evans ar y grisiau yn y cyntedd, a chanodd 'Dafydd y Garreg Wen' nes bod y to'n codi. Braint oedd cael bod yno'r noson honno i glywed lleisiau Cymru – Tom Gwanas o'r Brithdir a Syr Geraint o Gilfynydd – ar eu gorau, a dylem fod wedi recordio'r cwbwl!

O ganlyniad, weithgarwch Syr Alun mewn cynifer o feysydd yng Nghymru, datblygodd HTV wreiddiau dwfn yn y gymdeithas. Roedd ganddo gonsýrn ysol am y byd cyhoeddi a byd y gyfraith, Prifysgol Cymru, Cronfa Goffa Aberfan, Banc Cymru, ysgolion meithrin a chynifer o achosion eraill, megis Cymdeithas Ddrama Gymraeg Abertawe! Doedd dim pall ar ei frwdfrydedd; byddai'n ffonio neu'n ysgrifennu'n gyson. Yn aml, byddwn yn cael y llythyr a yrrais ato yn ei ôl a nodiadau drosto: 'ie, ardderchog', 'cytuno', 'dylid gwneud hyn ar unwaith', 'ewch i'w weld'! Un o'i hoff ymadroddion oedd 'Lladdwch ef â charedigrwydd'! Ni chlywais ef yn codi ei lais erioed, ond yn hytrach dibynnai ar ddadlau ei achos gyda brwdfrydedd ac egni ac uniongyrchedd dadl person-wrth-berson. Bu'n garedig iawn wrthyf, fel y bu ei olynydd, Idwal Symonds. Bûm innau yn fy nhro yn driw iddynt hwythau a gyda'n gilydd gwthiasom lawer maen i'r wal! Dau ddyn penderfynol iawn oedd Alun ac Idwal yng nghadeiryddiaeth HTV. Syr Alun, wrth gwrs, a sicrhaodd mai Idwal fyddai'n ei ddilyn fel cadeirydd. Un arall o hoff ymadroddion Syr Alun oedd, 'Beth yw'r newyddion gorau?' Y newyddion gorau a geisiai bob amser. Ni fyddai'n darllen rhai cyhoeddiadau er mwyn peidio darllen negyddiaeth. Trefnodd ei olyniaeth yn ofalus a dirybudd. Mewn un o gyfarfodydd arferol y Bwrdd Cymreig cyhoeddodd Syr Alun ei fod yn credu mai Idwal ddylai ei olynu. Ar y pwynt hwnnw yn y drafodaeth, gofynnwyd i ni swyddogion adael yr ystafell. Pan ddychwelasom, roedd Idwal wedi ei benodi. Dywedodd Syr Alun wrthyf yn ddiweddarach mai gweithredu felly oedd yr unig ffordd neu byddai'r trafodaethau wedi mynd ymlaen ac ymlaen gyda phawb yn cynnig hwn a'r llall!

O dro i dro, cawn y pleser o ddrafftio areithiau i'r ddau ohonynt. Cofiaf yr Eisteddfod pan oedd Syr Alun yn Llywydd y Dydd a minnau wedi paratoi araith ar ei gyfer:

> *Pan oeddwn i'n byw yn Abertawe, roedd yna broffwyd yn byw y drws nesaf i mi. Rydym yn tueddu i feddwl am broffwydi yn byw yn bell iawn yn ôl, tua'r wythfed ganrif cyn Crist – Jeremeia ac eraill. Ond roedd y diweddar Athro J.R. Jones yn broffwyd. Proffwyd yn yr ugeinfed ganrif. Ac fel y gwyddoch, un o'i ddywediadau mawr oedd 'diogelu'r arwahanrwydd', arwahanrwydd Cymru. Heb yr arwahanrwydd hwn, mae pobl y byd fel stampiau post yn unffurf a di-liw. Yr anwahanrwydd sy'n rhoddi lle i enaid unigolyn a chenedl dyfu . . . nawr yw'r amser i weithredu. Buom fel Cymry yn destun adroddiadau'r greadigaeth faith. Ers Brad y Llyfrau Gleision, a fu cenedl erioed a gafodd y fath drafod mewn adroddiad ar ôl adroddiad, mewn comisiwn ar ôl comisiwn? Gadewch i ni weithredu ein meddyliau ein hunain, drwy ein sefydliadau cenedlaethol ein hunain.*

Safwn yn y cysgodion yn gwrando ar y geiriau pwerus! Cefais y pleser yn Llangollen un flwyddyn pan oedd Idwal yn Llywydd y Dydd yno, o baratoi ei araith yntau; dyfynnwyd o 'Cofio' Waldo Williams a hefyd, ar gais Idwal, rai o'r geiriau oddi ar gofeb Bob Roberts, Tai'r Felin, gan ei fod yn gyn-enillydd yn yr Ŵyl. Roedd gan y cadeiryddion eu syniadau eu hunain, roedd y ddau'n byrlymu o syniadau, ond roedd yn gyfleus i ddau ddyn prysur gael ychydig eiriau o'u blaenau. Mae angen dod i adnabod meddyliau a phersonoliaethau unigolion yn dda iawn ar gyfer y gwaith hwn – gallai geiriau amhriodol i'r unigolyn swnio'n od iawn! Profiad chwithig wedi'r digwyddiad yw clywed pobl yn canmol yr araith. Mae'n ysfa sydd yn rhaid ei rheoli'n llym, yr ysfa i weiddi, 'Hei, fi biau'r geiriau yna!'

Bu digwyddiad cofiadwy iawn un noson yng nghartref Syr Alun ym Mhenarth. Roedd yno gynulleidfa ddethol i ddathlu cyhoeddi llyfr ar Saunders Lewis, a Saunders ei hun yn bresennol. Pan ddaeth yn bryd cyflwyno, cyflwynwyd y llyfr i Saunders, cydiodd yntau yn y llyfr ac yngan y geiriau cofiadwy, 'Dywed J. Gwyn Griffiths yn y llyfr hwn fod fy nghartref i yn Llanfarian yn ynys o Seisnigrwydd mewn môr o Gymreictod – gormodiaith efallai, meddai J. Gwyn Griffiths; celwydd meddaf innau.' Safodd pawb yn stond, yn arbennig felly J. Gwyn Griffiths a safai wrth ei ymyl. Nid yn aml mae dyn yn cofio geiriau air am air, ond seriwyd geiriau Saunders ar fy nghof am byth. Byddaf yn f'atgoffa fy hun o dro i dro fod Saunders, fel Syr Alun Talfan ei hun, yn fab Mans Methodist Calfinaidd!

Yn yr wyth degau, gofynnodd Syr Alun i mi a garwn i ymuno â'r Bwrdd Cymreig, fel cyfarwyddwr, am fy mod wedi bod gyda'r Bwrdd o'r dechrau. Dywedais innau y byddwn wrth fy modd a dywedodd yntau y byddai'n ymchwilio i'r mater. Roedd yn awgrym caredig ond gwyddwn na fyddai gwleidyddiaeth y cwmni bryd hynny yn caniatáu'r fath symudiad. Gallwn glywed ambell gyfarwyddwr gweithredol yn codi bwganod lu am falans adrannol. Ni wn a gawsant achos i drafod y peth erioed ac ni fûm mewn unrhyw gynnwrf ynghylch y mater. Dysgais yn gynnar fod helyntion byd mewnol teledu yn gallu bod yn erchyll heddiw ond erbyn yfory yn fwy erchyll fyth ac erbyn drennydd yn ddifrifol gymhleth ac yn y blaen, a phob creisis yn cael ei ganslo gan greisis gwaeth! Gwn y dymunai Syr Alun y gorau i mi, ac oherwydd ei garedigrwydd ef a'r cyfarwyddwyr eraill teimlwn yn un ohonynt o'r dechrau.

Ym mlynyddoedd cynnar Harlech, byddai pobl yn cwyno nad oedd

71

y llun gystal ag yr oedd yn nyddiau TWW (er mai'r un camerâu a'r un trosglwyddyddiau oeddynt!) Cymerodd ryw ddeg mlynedd i bobl ddechrau gofyn, 'Beth oedd enw'r cwmni oedd yn gweithredu cyn HTV?' Deng mlynedd o waith cyson yn lledaenu enw'r cwmni, deng mlynedd o gynhyrchu rhaglenni o stamp, o arbrofi ac o fentro.

Ym mlynyddoedd cyntaf y cwmni, doeddwn i byth gartref tan yn hwyr iawn; rhuthrwn o gwmpas Cymru ddydd a nos, yn trefnu, yn siarad, yn paratoi. Roedd erthyglau i'w hysgrifennu, y wasg i'w chyflenwi, ymgyrchoedd i'w cynnal, materion y greadigaeth i ddelio â hwy ym mlynyddoedd undebau cryfion a brwydrau lu. Cofiaf un noson, cyn ymweliad Pwyllgor Annan, pwyllgor oedd yn cynnal adolygiad ar ran y Llywodraeth i ddyfodol teledu. Y noson honno cyn yr ymweliad, roeddwn wrthi tan berfeddion yn gosod cadeiriau yn y stiwdio ar gyfer y cyfarfod, cadeiriau dur coch. Yn hwyr y nos, daeth y Prif Weithredwr heibio. 'What are these chairs?' meddai. 'They are far too hard – change them,' gan awgrymu os byddai Annan yn eistedd arnynt yna byddai HTV yn siŵr o golli'r cytundeb! Aeth y Prif Weithredwr tua thref a chwysais innau ar fy mhen fy hun i gyfnewid y cadeiriau dur am rai lledr cyfforddus. Yn y bore, daeth swyddog o'r undeb ataf. 'Who moved the chairs?' gofynnodd yn gyhuddgar. 'I did,' meddwn innau, ac yna daeth y bygythiad i atal y newyddion y noson honno, gan mai gwaith aelodau o'r undeb oedd symud cadeiriau!

Gyda theithiau undebol o Gaerdydd i'r Gogledd i fod i gymryd tri diwrnod – un i deithio, un i weithio, a diwrnod yn ôl – ar gyflymdra o dri deg milltir yr awr, buan y datblygodd y system yn un amhosibl i'w chyfiawnhau, am ei bod wedi mynd yn rhemp. Yn anffodus, aeth Mrs Thatcher, yn ystod ei gwrthwynebiad chwyrn i undebaeth, yn rhy bell, yn llawer rhy bell.

Cymeriad unigryw oedd A.J. Gorard. Cefais orchymyn ganddo ym mlynyddoedd protest y saith degau i ofalu fod arwyddion Pontcanna i gyd yn ddwyieithog. Penderfyniad syml ac i'r pwynt. Ac felly y bu! Roeddwn wrthi y prynhawn hwnnw yn rhoi'r arwyddion yn eu lle yn y maes parcio pan ddaeth bloedd gas o un o ffenestri uchaf y stiwdio. 'Be de chi'n 'i neud? Stopiwch ar unwaith!' Pwy oedd yno ond y prif beiriannydd. Penderfynais nad oedd pwrpas gweiddi ar ein gilydd ac euthum i'r stiwdio i'w weld. Wedi cyrraedd ei stafell, esboniais mai Mr Gorard oedd wedi gorchymyn y weithred; ei ateb oedd, ac rwy'n ei

DIM PARCIO
YR OCHR YMA
NO PARKING
THIS SIDE

Aled Vaughan, Cyfarwyddwr Rhaglenni HTV.

gofio'n glir, 'Dywedwch wrth Mr Gorard mai fi sy'n gwneud y penderfyniadau yma!' Geiriau dewr. Awgrymais yn garedig wrth fy nghyfaill mai gwell fyddai iddo ddweud hynny wrth Mr Gorard ei hun! Gwelwn waed ar farmor gwyn a'r ddaear yn siglo! Ond 'na' oedd ei ateb, 'Dywedwch chi wrtho'! Y noson honno, roeddwn yn gweld Mr Gorard mewn derbyniad ym Mryste, a dywedais wrtho nad oedd y prif beiriannydd yn rhy hapus gyda'r arwyddion. Edrychodd arnaf a gofyn, 'Ydi'r arwyddion yn eu lle?' Atebais innau, 'Yden.' Crychodd ei lygaid ryw ychydig ac aeth ymlaen i fwyta ei frechdan samwn! Chlywais i ddim rhagor am y mater wedi hynny.

Cyfnod gwirioneddol gyffrous oedd y saith degau i mi. Roedd cael gweithio gyda chyfarwyddwyr a chynhyrchwyr creadigol yn brofiad gwerthfawr. Mewn cyfnod o wythnos, byddai dyn yn taro ar bob pwnc dan haul: tai haf, bwydydd, merlota, y weinidogaeth, cerddoriaeth, celfyddyd gain. Roedd yn rhaid i mi hefyd ddarllen fy nyddiadur yn ofalus rhag ofn i mi golli rhyw gyfarfod yng Nghaerdydd neu Fangor. Cymru oedd fy mhlwy. Byddwn yn reddfol

73

yn meddwl bob dydd am Gymru gyfan fel uned – mae Cymru rhai o
bobl y De yn gorffen ym Merthyr Tudful! Arferai Duncan Gardner,
golygydd y *Western Mail*, dynnu coes ei gyfaill Geoff Rich, golygydd
y *South Wales Echo*, gyda'r geiriau, 'Geoff thinks they throw
tomahawks north of Merthyr!' Chwyrlïai fy meddwl o Lŷn i
Bontypridd ac o Gaerdydd i'r Wyddgrug. Cawn hefyd ymweld â
sefydliadau cenedlaethol Cymru a chael rhoddi'r byd yn ei le gyda
rhai o feddyliau praffaf ein gwlad. Ydi, mae teledu yn cwmpasu pawb
a phopeth.

Gyda'm cyfaill Idris Evans, Trefnydd yr Eisteddfod Genedlaethol yn y De –
gŵr bonheddig.

Ar gyfer Eisteddfod Genedlaethol Caerdydd ym 1978, HTV Cymru oedd yn cyflwyno'r gadair. Ymdrechais yn galed i sicrhau y byddai'n gadair gymwys ac urddasol. Wedi cyhoeddi cystadleuaeth a dewis enillydd, roedd gennym gynllun ar gyfer cadair gyfoes a fyddai'n gweddu i'r dim ar gyfer y llwyfan a'r cartref – cadair a fyddai'n datrys y broblem o gadair fawr mewn ystafell fechan! Ond och! Nid pawb oedd yn ei gwerthfawrogi. Yn anffodus i mi, y pennaf o'r rheini oedd yr Archdderwydd Gwyndaf, y Parch. Gwyndaf Evans. Yn

Cadair Fawr Caerdydd – na fu!

ffodus, roeddwn wedi bod ar ymarfer dysgu gyda Gwyndaf yn Ysgol Brynrefail ac wedi dod i'w nabod yn dda. Trefnais gyfarfod rhwng Gwyndaf ac enillydd y gystadleuaeth, yng ngwesty'r Belle Vue yn Aberystwyth. Esboniodd Gwyndaf i'r enillydd fod arno eisiau cadair fawr sylweddol, ac felly y bu. Gwnaed y gwaith coed yng Nghrucywel o bren onnen, y llythrennu yn Aberystwyth, a'r gwaith lledr yng Nghaerdydd – cadair wir genedlaethol. Roedd pawb o'i phlaid, pawb ond y beirniaid! Yn Eisteddfod Caerdydd, ni fu teilyngdod! Mae'r gadair heddiw yn Ysgol Glantaf yng Nghaerdydd – rhodd gan Bwyllgor Gwaith Eisteddfod Genedlaethol Caerdydd. Tra oeddwn wrthi yn trefnu'r gwaith ar y gadair, roeddwn hefyd yn cadeirio Pwyllgor Cyhoeddusrwydd yr Eisteddfod, gan ddilyn Alun Michael yn y swydd honno, fel petai gweithgarwch Pwyllgor Cyhoeddusrwydd Eisteddfod yr Urdd yn y Barri ddim yn ddigon!

Yn y saith degau y gwelwyd sefydlu papur 'bro' cyntaf Cymru, sef *Y Dinesydd* yng Nghaerdydd, gyda Norman Williams yn olygydd, a bu nifer ohonom ynghlwm â'i enedigaeth. Fy rhan i oedd gofalu am gasglu hysbysebion yn ogystal â chyfrannu erthyglau o dro i dro.

Roeddwn wedi disgwyl gweld, ymhen amser, wedi dyfodiad papurau bro eraill yng Nghymru, y byddai hysbysebion yn cylchredeg trwy nifer o bapurau, ond nid felly y bu. Nid oedd y peirianwaith yn bodoli i weithredu'r cynllun yr adeg honno. Gobeithio y daw yn y dyfodol. Fel eraill o'm cyd-sefydlwyr, caf fwynhad mawr o weld papur bro ymhob twll a chornel o Gymru erbyn heddiw.

Yn y cyfnod yma hefyd y sefydlwyd Cymdeithas Cysylltiadau Cyhoeddus Cymru gan Wynne Melville Jones, cyn-Bennaeth Cysylltiadau Cyhoeddus yr Urdd, a minnau, a hynny mewn cinio wedi ei ariannu gan HTV yn y Posthouse, Caerdydd, gyda Gwilym Owen, Pennaeth Newyddion HTV, yn ŵr gwadd. Cymdeithas oedd hon a fyddai'n fforwm i Gymry Cymraeg ym maes cysylltiadau cyhoeddus. Roedd cael cadeirio'r Gymdeithas am gyfnod yn bleser arbennig i mi, heb sôn am fod yn gymrawd cyntaf cymdeithas oedd â chynifer o swyddogion cysylltiadau cyhoeddus rhai o brif gyrff Cymru yn aelodau ohoni. Bellach roedd gennym ateb Cymraeg a Chymreig i'r 'Institute of Public Relations'. Bu HTV yn gefn i'r

Efo'r plant wrth ffenestr gefn 9 Heol Kyfeiliog.

Gymdeithas am flynyddoedd, er y cyfarfod cyntaf, a pharhaodd Mansel Jones, fy olynydd yn HTV, i gefnogi'r Gymdeithas yn hael.

Pan ddaeth y newyddiadurwr Gwyn Llywelyn i'm cyf-weld yn sydyn ryw fore, gofynnodd i mi ddiffinio fy swydd. 'Cyffelybwch fi,' meddwn yn gellweirus, 'i ddyn rwber.' Y ddelwedd y ceisiwn ei chyfleu oedd dyn, er ido gael ei daro i lawr, yn codi ar ei draed ac yn wyneb pob problem yn bownsio'n ôl! Dyna waith Swyddog Cysylltiadau Cyhoeddus – wynebu'r broblem a'i datrys, ac yng ngeiriau George M.Ll. Davies am faes arall, cadw pobl yn y gorlan.

Yn gynnar yn y saith degau, gwelodd Luned a minnau dŷ ar werth ym Mhontcanna, Caerdydd – hen dŷ Fictoraidd, am y pris ardderchog o £6,700; tŷ helaeth a chanddo dri llawr a phum llofft. Roeddwn wedi bod yn siarad â grŵp o wragedd busnes yng ngwesty'r Angel ac wedi digwydd sôn ein bod yn chwilio am dŷ ym Mhontcanna. Cefais alwad ffôn ymhen rhai dyddiau gan un o'r grŵp i ddweud fod ganddi dŷ ar werth! Prynwyd y tŷ, ac ar y pryd ni oedd y teulu cyntaf yn y cwmni i symud i ardal Pontcanna. Doedd neb yn byw ym Mhontcanna, neu 'laundry land' fel y'i gelwid, ond newidiodd pethau'n fuan iawn. Heddiw, y nod, os am gael statws, yw cael tŷ ym Mhontcanna, Volvo yn y garej, ac un o luniau Kyffin ar y wal! Yn rhan o 9 Heol Kyfeiliog, roedd fflat. Dros y blynyddoedd, bu nifer o denantiaid hynod ddiddorol yn y fflat hwnnw – yn eu plith berthynas i un o wŷr cyfoethocaf gwledydd Prydain. Disgrifiai Claude sut y byddai ei ewyrth yn gofyn iddo symud y Matisse neu'r Rembrandt cyn iddo eistedd ar gadair yn nhŷ'r teulu yn Essex. Roedd y lluniau ar y cadeiriau gan nad oedd lle iddynt ar y waliau! Bu digwyddiad trist iawn yn hanes y teulu – llarpiwyd un o gefndryd Claude gan lew yn Affrica – ond stori arall yw honno!

# HUFEN IÂ A DIRGELWCH YR OPERA

Pan ddaeth Edmundo i'r fflat yn ein tŷ yng Nghaerdydd, gwnaeth ei hun yn gartrefol o'r dechrau. Roedd wedi dod i Gaerdydd i astudio yn y Brifysgol. Fe'i gwelaf wrth y drws y funud hon, 'Rydw i'n deall bod gennych chi stafell i'w rhentu,' meddai mewn Saesneg toredig. Croesewais ef i'r tŷ; rhoddodd ei fendith ar y stafelloedd, a symudodd i mewn y dydd Llun canlynol. Treuliais lawer noswaith ddifyr yn trafod y Dadeni Dysg gydag Edmundo, a oedd yn arbenigwr ar y maes. Gwelais lyfrau am y cewri o gwmpas y gegin hyd yn oed, Leonardo ar y bwrdd a llyfrau am Fflorens a Rhufain ar y cadeiriau. Faswn i byth wedi gallu dychmygu beth oedd yn mynd i ddigwydd yn ystod yr wythnosau a'r misoedd nesaf! Digwyddiadau y tu hwnt i ddychymyg!

Roeddwn wedi bod i ffwrdd yn gweithio ar y Cyfandir am gyfnod. Wrth ddychwelyd adre prynais yr *Echo* yng ngorsaf Caerdydd. Wedi cyrraedd y tŷ a chael paned, gwelais y pennawd yn syth bìn, 'Student Bank Fraud'. Roedd y manylion i gyd yno: enw Edmundo, ei gyfeiriad, fy nghyfeiriad i! Wrth ddarllen y geiriau, deuai sŵn platiau a sosbenni yn taro yn erbyn ei gilydd o'r gegin – roedd yr adyn dan fy nhrwyn yn llochesu dan fy nghronglwyd! Sut y cysgais y noson honno ni wn.

Drannoeth, prysurais i'r banc, y banc yr oedd Edmundo yn cael ei gyhuddo o ddwyn ohono! Roedd yn rhaid i mi gyffesu wrth Mr Rees, fy rheolwr banc, fod gennyf gysylltiad â'r dihiryn! Derbyniodd yntau'r newyddion yn ei ddull ffwrdd-â-hi arferol.

'Peidiwch â phoeni. Ydi o'n talu rhent i chi'n rheolaidd?'

'Ydi,' meddwn.

'Wel, dyna ni 'te, na phoenwch. Wedi'r cwbwl, tydi mil o bunnau ddim byd i'r banc!'

Dros baned o de gyda Rees, clywais yr hanes i gyd. Roedd Edmundo a chyfaill wedi twyllo'r banc trwy brynu gwerth cannoedd ar gannoedd o 'travellers' cheques', a honni ymhen rhai dyddiau eu bod wedi colli'r rhai gwreiddiol a chael set arall yn eu lle. Y bwriad wedyn oedd mynd i Iwerddon i werthu'r set gyntaf. Ar y diwrnod arbennig hwnnw y gwelais yr adroddiad, roedd yr achos yn parhau. Awgrymodd Rees efallai y byddai popeth yn iawn ac nad oedd neb yn euog cyn ei brofi!

Ar ddydd Gwener yr wythnos honno, daeth galwad ffôn i'r swyddfa gan gwmni o gyfreithwyr yng Nghaerdydd. Roedd y genadwri yn sioc.

'Mae gen i newyddion drwg i chi, Mr Meredith,' meddai'r cyfreithiwr. 'Mae eich tenant, Edmundo, wedi'i garcharu am flwyddyn ac yna caiff ei anfon o'r wlad.'

'Bobol bach,' oedd fy ymateb syn, 'be ddigwyddodd?'

'Roedd y barnwr yn llym' – 'stiff judge' oedd y geiriau Saesneg.

'Pwy oedd o?' holais.

'Dewi Watkin Powell' oedd yr ateb.

Ymhen rhai wythnosau, cefais lythyr gan Edmundo o garchar Caerdydd ac ynddo'r geiriau cofiadwy: 'I am not at Grand Hotel but in prison!' Ymddiheuriad oedd y llythyr am unrhyw anhwylustod a achoswyd i mi. Ni welais Edmundo wedi hynny ond byddaf yn meddwl amdano'n aml, ac roedd y saga lawn yn un anhygoel.

Pan ddaeth Edmundo i Gaerdydd o Lundain, roedd eisoes ar ffo rhag crafangau banc arall. Roedd wedi bod wrthi yn Llundain gyda'i giamocs anghyfreithlon. Daeth i Gaerdydd i rannu fflat gyda chyfaill yn y ddinas. Roedd ar y cyfaill eisiau arian er mwyn i'w fab gael dechrau busnes hufen iâ ac roedd angen cymorth i ddod â fan hufen iâ o'r Cyfandir i Gymru! Ond cyn gweithredu'r cynllun, bu ffrae rhwng y ddau. Rhyw brynhawn, prysurodd y cyfaill at yr heddlu gan ddweud fod gan Edmundo wn yn ei stafell, a'i fod yn beryglus. Gallwn ddychmygu'r heddlu yn prysuro yno. Doedd yno'r un gwn ond daeth lladrad y sieciau yng Nghaerdydd i'r golwg a chyfyngwyd Edmundo i'r tŷ nes i'r ymholiadau gael eu cwblhau. Yn y cyfnod yma y daeth i'n tŷ ni, y myfyriwr tlawd a'r arbenigwr ar y Dadeni Dysg. Efallai iddo gymryd credoau Machiavelli ormod o ddifri ac i gynllwynio fynd i'w waed! Fel y dywedais, chlywais i ddim gan Edmundo wedi'r carchariad heblaw yr un llythyr. Deellais wedyn gan ei ddarlithwraig yn y coleg iddo gael ei ryddhau ymhen chwe mis ac iddo fynd adre i Sbaen.

Dros y blynyddoedd, mae un olygfa ddychmygol wedi ymddangos ar sgrin y meddwl. Rydw i yn Madrid ar wyliau a rhyw brynhawn yn cerdded o gwmpas y ddinas yn rhyfeddu at bensaernïaeth yr adeiladau. Heb i mi sylweddoli, mae hi wedi tywyllu ac wrth gerdded i lawr stryd gul rwyf wedi colli fy ffordd yn llwyr; rwy'n ymwybodol fod sŵn traed y tu ôl i mi. Yn sydyn, mae giang o ddihirod o'm cwmpas a llafn cyllell yn sgleinio am eiliad yng ngolau car sy'n pasio pen y stryd. Wrth i'r giang gau amdanaf, daw llais awdurdodol o'r tywyllwch: 'Gadewch o.' Cama dyn o'r cysgodion – rydan ni'n dau'n adnabod ein gilydd yn syth – 'Edmundo!' 'Davide!' Beth ddaeth ohono mewn gwirionedd, tybed?

Rydw i wedi bod yn pendroni am sgwennu stori Annabel ers blynyddoedd. A dweud y gwir rydw i wedi osgoi'r syniad, ond bellach fedra i ddim peidio; mae rhyw raid arna i i ddweud yr hanes i gyd. Rydw i rŵan yn barod i ddweud y cwbwl er mor anhygoel ac anghredadwy yw'r holl beth.

Dechreuodd y saga ychydig wedi i mi ddychwelyd ar ôl bod yn ffilmio yn Rhufain. Un bore Sadwrn ym Mhontcanna, atebais alwad cloch y drws. Yno ar y rhiniog safai merch ifanc benfelen, â llygaid gleision pefriog. Ie, hon oedd Annabel. Roedd yn fyfyrwraig yn y brifysgol ac wedi gweld yr hysbyseb am fflat ar hysbysfwrdd yr ystafell gyffredin, a dyma hi. Gwahoddais hi i mewn ac estyn paned iddi. Deuai'r teulu o Swydd Efrog a dewisodd Gaerdydd gan fod ei chyfnither wedi mwynhau ei chyfnod yn y ddinas a disgwyliai Annabel hithau gael cyfnod cystal.

Wedi rhoi'r byd yn ei le, dangosais y fflat iddi. Oedd, roedd y lle'n ddelfrydol iddi a charai symud i mewn ymhen wythnos os yn bosibl. Byddai ei theulu'n dod â'i phethau i gyd i'r tŷ ac edrychai ymlaen at ddangos y fflat i'w rhieni. Roedd y rhent yn dderbyniol ganddi a'r lle'n gyfleus i'r coleg, y bws a'r siopau.

Yr wythnos ganlynol, symudodd Annabel i mewn. Roedd ei rhieni'n bobol hyfryd ac yn gyfeillgar a dymunol. Cyn hir, roedd Annabel yn gwbwl gartrefol, fel pe bai wedi bod yn y fflat erioed. Dros gyfnod, daeth ei doniau i'r amlwg. Roedd hi'n arlunydd medrus ac yn wniadwraig benigamp, yn gwnïo patrymau tlws a chain. Arbenigai mewn lluniau natur a phrynasom nifer ohonynt i'w fframio ar gyfer ein waliau.

Roedd Annabel yn dda iawn gyda'r plant a byddai'n eu gwarchod pan oeddem ni'n dau yn mynd i giniawau neu achlysuron cymdeithasol eraill. Ond rwy'n cofio'n dda y noson y newidiodd popeth, noson fy mhen-blwydd yn ddeugain oed. Roedd ein ffrindiau wedi ein gwahodd allan i swper ym Mro Morgannwg. Yn ffodus, roedd Annabel ar gael i warchod y plant ac roedd popeth yn hwylus. Cyraeddasom yr hen blasty yn y wlad tua wyth o'r gloch a setlo i lawr wrth danllwyth o dân agored.

Roedd yr ystafell yn un glyd iawn gyda chadeiriau lledr dwfn a charped cynnes dan draed. Roeddem i gyd yn gysurus ac yn paratoi am sgwrs ddiymdrech hyd berfeddion nos.

Am ddim rheswm yn arbennig, trodd y sgwrs at Annabel, ein tenant newydd. Cofiaf i mi ddweud ei bod yn denant ardderchog ond bod un peth od yn ei chylch, sef nad oeddem fyth yn ei gweld o gwmpas y tŷ. Gan fod y fflat ar dop y tŷ gallech ddisgwyl ei chyfarfod weithiau ar y grisiau ond na, ni welem hi o gwmpas heblaw yn ei hystafell. Ymateb digon diddrwg-didda oedd gan John pan ddywedodd, ''W'rach mai gwrach ydi hi.' Os do! Edrychodd y ddau ohonom yn ofidus i'w gyfeiriad. Credem fod yn well i ni fynd adre i weld fod y plant yn iawn!

Ceisiwyd ein perswadio fod popeth yn iawn, fod swper yn barod, a bod John wedi cynnau tân mawr ar ein cyfer. Ond doedd dim yn tycio – roedd y gair 'gwrach' wedi achosi arswyd, gofid a chonsýrn ynom. Gyrrais yn ôl yn gyflym i Gaerdydd y noson honno. Cyraeddasom y tŷ; roedd popeth yn llonydd a distaw. Aethom yn syth i weld y plant yn eu llofftydd ac yna i ystafell Annabel. Cnociais y drws, daeth llais ysgafn, 'Dewch i mewn.' Roedd yno wrth y ffenestr yn gwnïo rhyw batrwm lliwgar a chymhleth. Synnai ein gweld yn ôl mor gynnar. Rhoddais ryw esgus neu'i gilydd, gan holi a oedd popeth yn iawn. Oedd, roedd popeth yn iawn a'r plant wedi bod yn ardderchog, yn cysgu'n drwm.

Dros baned yn y gegin, tawelwyd y nerfau. Oedd, roedd y plant a phopeth yn iawn ond roedd geiriau John wedi codi amheuaeth nad oedd modd ei dileu! O fewn yr wythnosau a'r misoedd a'r blynyddoedd dilynol, roedd pethau rhyfedd ac anesboniadwy i ddigwydd a fyddai'n achosi arswyd i ni'n dau am flynyddoedd i ddod! Rydym yn dal i holi cwestiynau, a hyd yma ni ddaeth yr atebion!

Wedi graddio, symudodd Annabel i Swydd Efrog a chafodd swydd ger tref Efrog. Trefnwyd nifer o arddangosfeydd o'i gwaith mewn gwahanol ganolfannau a deuai llythyrau cyson ganddi yn manylu am ei gwaith, ei llety a'i gwyliau. Ac yna'r garwriaeth. Roedd yn trafaelio ar y trên un diwrnod o Efrog i Lundain pan gyfarfu â chanwr opera. Syrthiodd y ddau mewn cariad yn y fan a'r lle. Daeth llythyr yn cofnodi'r achlysur a llythyr arall yn y man i roi gwybod i ni eu bod wedi cael hyd i fwthyn hyfryd yn y wlad a'u bod yn cyd-fyw yno'n hapus iawn. Roedd darllen y llythyrau ar brydiau fel darllen nofel!

Ac yna, daeth y newyddion am y briodas. Roedd gwahoddiad i ni'n dau, wrth gwrs, a dechreuasom bendroni beth i'w brynu'n bresant priodas. Ond doedd dim angen pendroni'n hir. Cawsom wybod fod Max Olaf, y canwr opera rhyngwladol erbyn hynny, wedi marw'n sydyn ar daith yn yr Eidal. Roedd y cynlluniau priodas yn chwilfriw. Yn naturiol, roeddem yn drist iawn a'n cydymdeimlad ag Annabel yn ddwys; dau mor ifanc yn dechrau ar lwybr bywyd gyda'i gilydd, ond hoedl byr yw hoedl byd.

Aeth rhai wythnosau heibio ac roeddwn gartref yn fy ngwely gydag annwyd trwm. Gwrandawn ar y radio a chofiaf y sioc o glywed y cyhoeddiad y byddai Max Olaf yn canu yng nghyngerdd nesaf y Wigmore Hall yn Llundain! Na, doedd hynny ddim yn bosib! Ffoniais y neuadd yn Llundain yn syth i holi ai recordiad oedd yn cael ei chwarae?

'Recordiad?' gofynnodd y ferch ifanc ar y ffôn. 'Recordiad? Na, na, cyngerdd byw ydi o.'

'Max Olaf ei hun?' holais.

'Ie, ie, Max Olaf ei hun, yn fyw.'

Peidiodd y llythyrau ac ni chlywsom ddim wedyn. Llithrodd y blynyddoedd heibio. Gall dirgelwch o'r fath droi'n hunllef – ac fe wnaeth, ac y mae! Daw'r cwestiynau'n bendramwnwgl, un ar ôl y llall. Ai dychymyg pur oedd iddi gyfarfod â Max? Ai dychymyg oedd holl gynnwys y llythyrau? Ai marw yn ei meddwl a wnaeth y canwr rhyngwladol?

# Y CYTUNDEB

Dibynai fy mywoliaeth ar y ffaith bod HTV yn cadw'r drwydded. System anfoddhaol oedd system drwyddedau Teledu Annibynnol. Bob wyth mlynedd, yn y blynyddoedd cynnar, byddai'r awdurdodau yn hysbysebu'r drwydded a byddai'n rhaid i'r cwmni geisio o'r newydd am yr hawl i ddarlledu. Golygai hyn oll lawer iawn o gyfarfodydd!

Mae cyfarfodydd yn rhan annatod o'r diwydiant teledu; cyfarfod boreuol, cyfarfod adran, cyfarfod person-i-berson, cyfarfod byrfyfyr ar un o'r coridorau a'r cyfarfod cyhoeddus. Wedi dyfodiad Llafur i rym, cafwyd y 'cyfarfod agored' ond roedd yr hen gyfarfod cyhoeddus i fod yn 'agored' hefyd. Un o'r cyfarfodydd hynny oedd un o'r mwyaf digri y bûm i ynddo erioed er y bwriad iddo fod yn gyfarfod dwys a difrifol iawn. Hwn oedd cyfarfod cyhoeddus olaf yr IBA, yr Independent Broadcasting Authority, mewn cyfres o gyfarfodydd i benderfynu pwy fyddai'n cael y drwydded i ddarlledu yng Nghymru am yr wyth mlynedd nesaf! Hwn oedd y cyfarfod mawr; byddai'r Fonesig Plowden, Cadeirydd yr Awdurdod Darlledu, yn y gadair ac uwch-swyddogion yr Awdurdod Darlledu i gyd yno.

Y cwmni a wrthwynebai HTV oedd cwmni dan gadeiryddiaeth yr Arglwydd Hooson, un o frenhinoedd y Blaid Ryddfrydol. Doedd HTV yn cymryd dim yn ganiataol. Roedd y paratoadau'n helaeth a manwl. Roedd gan bawb eu tasg yn y paratoi. Fy ngwaith i, ymhlith pethau eraill, oedd paratoi brîff manwl ar gyfraniad Richard Burton i'r cwmni. Dros y blynyddoedd, bu llawer o holi a stilio ynglŷn â chyfraniad yr 'enwau mawr' yng ngweithgarwch y cwmni, a'u rhan yn ennill y drwydded yn y lle cyntaf. Roedd hi'n broblem gan fod rhai gwylwyr wedi disgwyl gweld Richard Burton a Stanley Baker ar y teledu bob nos ac eraill, mi gredaf, yn disgwyl eu gweld wrth y drws ac yn cerddedian yng nghaeau Pontcanna bob prynhawn. Roedd y ddau yn actorion prysur ar hyd a lled y byd a threfnwyd gyda'r Bwrdd y byddai dirprwyon yn eu cynrychioli pan na fyddent ar gael i fynychu'r cyfarfodydd eu hunain. Yn achos Richard, Mr Wishart ei gyfrifydd oedd hwnnw. Roedd y ddogfen a baratowyd gennyf ar gyfer y cyfarfod wedi'i pharatoi'n drwyadl a chofnodwyd pob manylyn o weithgarwch Richard i deledu Harlech o'r dechrau.

Neuadd Reardon Smith oedd lleoliad y digwyddiad mawr, y neuadd sy'n rhan o adeiladau'r Amgueddfa Genedlaethol ym Mharc Cathays yng nghanol Caerdydd. Roedd tîm HTV i gyd yno: aelodau'r Bwrdd Cymreig, cynrychiolaeth o HTV West, swyddogion, ac yr Arglwydd Harlech yn arwain. Ar ddechrau'r cyfarfod, gyda'r IBA yn rhes y tu ôl i fwrdd hir ar y llwyfan, cododd Alf Gooding, y dyn busnes a oedd yn gefn i grŵp Emlyn Hooson, ar ei draed a gwneud y cyhoeddiad rhyfeddaf erioed. Ymddiheurodd na fedrai'r Arglwydd Hooson fod yn bresennol: 'Lord 'Ooson cannot be 'ere today – 'e's on the continent.' Yr oedd Mr Gooding yn gollwng pob H!

Eisteddwn yn y gynulleidfa nesaf at Syr Alun Talfan ac un sedd oddi wrth yr Arglwydd Harlech. Ymateb 'Harlech' pan glywodd y geiriau anhygoel oedd sibrwd yn uchel yng nghlust Syr Alun, 'I wouldn't mind being on the Continent either!' Ond roedd gwaeth i ddod i grŵp ''Ooson'! Cododd eu cynrychiolydd rhaglenni ar ei draed – gŵr mewn oed o Fryste – a dywedodd mewn llais crynedig ac fel petai ar fin syrthio dros y sêt, 'fod y grŵp newydd yn mynd i ddod â bywyd newydd i faes rhaglenni'! Aeth y cyfarfod yn ei flaen a chododd gŵr o'r seti blaen gan ddweud ei fod yn niwtral ei farn ond y credai y dylai'r Arglwydd Hooson gael cyfle y tro hwn. Gwaeddodd Owen John Thomas (AC erbyn hyn) o gefn y stafell fod y dyn yn Rhyddfrydwr, yn ffrind i Hooson. Protestiodd y dyn ond roedd hi'n rhy hwyr – roedd yr hecliwr wedi gwneud ei bwynt. Ac yna, yng nghanol hyn oll, gofynnodd y Cynghorydd Gareth Roberts, 'Beth am drosglwyddydd Treffynnon?' Roedd panic ar y llwyfan – ni wyddai prif beiriannydd yr Awdurdod lawer am Dreffynnon! Cafwyd ateb cyffredinol. Ac yna, wrth i ni ddisgwyl, daeth y cwestiwn am gyfraniad Richard Burton. Roedd Syr Alun ar ei orau, wedi meistroli fy brîff yn berffaith; wedi'r cwbwl, onid dyna yw gwaith bargyfreithiwr? Wedi i 'Harlech' siarad, mae'n debyg i un o swyddogion yr Awdurdod yngan y geiriau, 'Follow that!' Anodd oedd gwneud hynny o'r 'Continent'! Cyfarfod i'w gofio oedd hwnnw!

Cofnodais yn fy nyddiadur sut y cyhoeddodd yr Awdurdod Teledu Annibynnol y buddugol yn y ras am y cytundeb; sôn am bolitics Awdurdod a chwmni!

*Dydd Sadwrn/Dydd Sul, Rhagfyr 28, 1980.*
*Cytundeb HTV i ddarlledu yng Nghymru a Gorllewin Lloegr am*
*wyth mlynedd o 1982.*

Roedd y diwrnod hwnnw'n bwysig, sef y diwrnod pan oedd yr Awdurdod Darlledu Annibynnol yn cyhoeddi pa gwmnïau oedd i roddi gwasanaeth teledu annibynnol yng Ngwledydd Prydain am wyth mlynedd o 1982 ymlaen. Bu'r wasg yn darogan hyn a'r llall am wythnosau, a'r cwmnïau'n disgwyl a chynllunio a thrafod am yn agos i flwyddyn. Diwrnod go dyngedfennol, felly.

Ar ddydd Sadwrn, 27 Rhagfyr, cychwynnais o Dy'n Fedw tua chanol y bore gan yrru i lawr i Gaerdydd. Newidiais yn ein tŷ ni yn Fairleigh Road, Pontcanna. Mynd wedyn i Heol y Bontfaen i brynu crys a thei newydd – ac yna dal y trên 4.40 i Lundain. Cyrraedd Llundain am 6 p.m. a chael tacsi i westy Sherlock Holmes yn Baker Street – gyferbyn â swyddfa HTV. Ar ôl swper euthum i'm gwely a chodi drannoeth am oddeutu naw. Brecwast hir, hamddenol, a'm meddwl yn drên, yn darllen y papurau Sul dros fy mrecwast (yn llythrennol!). Tua 10.20, croesais Baker Street, gan fynd i gefn y swyddfa lle mae fflat bychan gan HTV ar gyfer y penaethiaid pan fyddant yn Llundain. Yno i'm croesawu roedd fy nghydweithiwr Bob Simmonds a'r prif weithredwr R.W. Wordley. Roedd R.W. newydd ddychwelyd y noson cynt o Awstria, lle bu ar wyliau sgio – ar ôl y cyhoeddiad, bwriadai ddychwelyd yno. Roedd yr Arglwydd Harlech i ddod o Lyn Cywarch, ei gartref ym Meirion. Roedd y Prif Weithredwr wedi aros yn y fflat y noson cynt – wedi bod yn yfed coffi ers yn gynnar ac wedi darllen y prif bapurau Sul i gyd gan nodi'n fanwl storïau am y trwyddedau.

Croesawyd fi i'w plith â gorchymyn i estyn paned o goffi i mi fy hun o'r gegin. Pryderai'r Prif Weithredwr am yr Arglwydd Harlech. Ble roedd e? Pryd byddai'n cyrraedd? Roedd ysgrifenyddes y Prif Weithredwr yno hefyd yn trefnu ac yn cynorthwyo. Safai'r PW wrth y ddesg mewn bleser las, siwmper wen gwddw-uchel, sgidiau swêd a sanau sgio, ac oddi tanynt, sanau diogelwch sgio i amddiffyn ei figyrnau. Ceisiodd Bob a minnau ffonio Canolfannau Teledu Bryste a Chaerdydd, ond doedd dim ateb.

Yna, oddeutu un ar ddeg, cyrhaeddodd yr Arglwydd Harlech; daethai i Lundain y noson cynt o Harlech gan aros yn ei gartref yn y brifddinas. Nid oedd ar frys o gwbl i fynd i Swyddfa'r Awdurdod, a daeth i mewn i'r fflat i gael paned o goffi a sgwrs am hyn a'r llall. Yna cyrhaeddodd Syr Alun Talfan Davies, Cadeirydd y Bwrdd Cymreig – paned, llymaid, a chychwynnodd yr Arglwydd a'r Prif Weithredwr yng nghar Volvo'r cwmni, gyda'r gyrrwr swyddogol yn ei gap pig, i Swyddfa'r Awdurdod yn Brompton Road. Ac yna'r aros. I ni yn ôl yn y fflat, roedd cyfnod hir o aros – hyd 12.30 p.m. – o'n blaenau. Maes o law, cyrhaeddodd George McWatters, Cadeirydd HTV West, Tim Knowles ein cyfarwyddwr ariannol, a David Reay, ein prif beiriannydd. Roeddem yn aros ac yn disgwyl.

Am oddeutu 12.20 p.m. cyrhaeddodd y car y tu allan i'r fflat a daeth Harlech ac R.W. i fyny'r grisiau cul. Roeddwn ar ben y staer i'w croesawu. Roedd rhywun wedi dweud wrth eu gweld drwy'r ffenest nad oedd 'H' yn edrych yn rhy hapus, ond ar ben y staer roedd yn gwenu. Rhoddais law ar ei fraich a llaw ar gefn R.W. a'u llongyfarch yn wresog – ychydig oedd y geiriau. Eisteddodd yr Arglwydd Harlech ar un pen i'r bwrdd a dechreuodd ddarllen, gyda Syr Alun, R.W. a minnau'n cyd-eistedd o gwmpas yr un bwrdd. Darllenodd y llythyr, llythyr gan y Fonesig Plowden, Cadeirydd yr Awdurdod. Roedd dau bwynt pwysig i Gymru. Roedd HTV i gryfhau'r gynrychiolaeth Gymreig ar y Bwrdd, hynny yw y prif fwrdd, ac i benodi nifer cymwys o gyfarwyddwyr gweithredol a chanddynt wybodaeth am Gymru a'r iaith Gymraeg. Roedd HTV hefyd i drafod gyda'r Awdurdod yr angen am stiwdio gymwys i gyflawni ein holl ddyletswyddau. Yna dechreuodd y drafodaeth er mwyn llunio ateb a datganiad i'r wasg. Roedd camerâu HTV yn aros am y Cadeirydd yn y Brif Swyddfa yn Llundain.

Dywedodd yr Arglwydd Thompson wrth yr Arglwydd Harlech na fyddai'r Awdurdod yn datgelu'n gyhoeddus y rheol ynglŷn ag apwyntio cyfarwyddwyr gweithredol â gwybodaeth am Gymru a'r iaith Gymraeg. I'r cwmni, roedd unrhyw drafodaeth am gyfarwyddwyr gweithredol yn gymhleth iawn, yn fewnol gymhleth. Roedd yr Awdurdod wedi gresynu wrth siarad ag R.W. a 'H' fod Aled Vaughan wedi ymddeol pan wnaeth. 'Aled Vaughan went at the wrong time,' meddai'r Awdurdod. Credai R.W. fod angen cyfarwyddwr i Gymru. 'Enwch rywun,' meddai R.W. wrth Syr Alun, 'enwch rywun.' Ni fedrai Syr Alun wneud hynny yn y fan a'r lle.

Roedd cymhlethdod wedyn ynglŷn â sefyllfa Patrick Dromgoole, y dirprwy brif weithredwr rhaglenni. Beth fyddai ei sefyllfa ef pe penodid cyfarwyddwr rhaglenni i Gymru? Credai yr Arglwydd Harlech mai 'political sleight of hand' roedd ei angen i ddelio â'r mater. Ad-drefnu teitlau fyddai'r strategaeth orau. Dywedais innau fy mod wedi trafod swydd mewn perthynas â Chymru gyda nifer o bobl a bod amheuaeth yn aros ym meddyliau pobl am effaith a Chymreictod y sefyllfa. Awgrymodd yr Arglwydd y gellid newid teitl PD i fod yn ddirprwy brif weithredwr heb gyfeirio at raglenni.

Yn y datganiad terfynol, ni soniwyd am benodi cyfarwyddwr gweithredol o gwbwl – dim ond sôn am gynrychiolaeth o Gymru ar y prif fwrdd. Y gwir amdani, fodd bynnag, oedd fod mwy o Gymry ar y prif fwrdd nag o gynrychiolwyr HTV West. Ond asgwrn y gynnen oedd diffyg cyfarwyddwr gweithredol o Gymro neu Gymraes ar y bwrdd rheoli ac ar y prif fwrdd.

Ond och, pan gyrhaeddodd datganiad llawn yr Awdurdod am 4.30 p.m. roedd sôn am yr angen am gyfarwyddwr gweithredol a chanddo wybodaeth am Gymru a'r iaith Gymraeg – yr union bwnc llosg na fynnai'r cwmni sôn amdano gan y gallai esgor ar gynnen fewnol go iawn.

Aeth Bob a minnau i baratoi sgerbwd datganiad, aeth yr Arglwydd Harlech a Syr Alun i gael cinio yng ngwesty Sherlock Holmes ac aeth R.W. a'i ysgrifenyddes i swyddfa'r cwmnïau i glywed y newyddion. Yr oedd Bob wedi awgrymu geiriad fod yr Awdurdod wedi rhoddi'r cytundeb i'r cwmni 'with two minor conditions'. Derbyniodd yr Arglwydd Harlech, R.W., Syr Alun a'r lleill fy awgrym i na ddylid cynnwys y gair 'minor' gan y gellid ei ystyried yn sarhad ar yr Awdurdod ac, yn sicr, ni theimlwn i fod y ddau amod yn 'minor', yn enwedig yr angen am gyfarwyddwr gweithredol â gwybodaeth am Gymru a'r iaith Gymraeg.

Cytunwyd ar ddatganiad terfynol. Aeth yr Arglwydd Harlech i gynnal cyfweliad o flaen y camerâu ond daeth galwad ffôn gan Tim Richards o'r BBC i ddweud nad oedd Syr Alun yn awyddus i siarad â neb. Cefais ganiatâd R.W. i roddi'r datganiad iddo, h.y. y datganiad ysgrifenedig, dros y ffôn.

Aeth yr Arglwydd a Syr Alun adre. Aeth Bob i gyfarfod y wasg gan yr Awdurdod ac arhosais innau yn swyddfa Llundain i ffonio'r wasg yn ôl f'addewid. Ymhlith y rhai a ffoniais roedd Llion Griffith, golygydd *Y Cymro*. Roedd yn llawen o glywed y newyddion, ond roedd rhifyn yr wythnos honno eisoes yn ei wely megis

Roedd Swyddfa Llundain yn wag pan adewais i ddal y trên am adre. Gwyddwn fod un bennod ar ben, ond roedd brwydro mawr i ddod, brwydro mewnol. Pwy, sut a pham? O, na feddwn ar ddawn proffwyd!

Dychwelodd R.W. i Awstria i barhau â'i wyliau sgio – aeth yr Arglwydd i Feirion. Wedi diwrnod yn y swyddfa y Llun canlynol, euthum innau yn ôl at fy nheulu i Gwm Cynllwyd, Llanuwchllyn. Yr Arglwydd Harlech a minnau'n dychwelyd i'r un plwy ar ôl ennill y frwydr fel petai!

Roedd un sylw o eiddo'r Awdurdod yn un cofiadwy a gogleisiol. Wrth sôn am deledu Hafren, meddent wrth 'H' ac R.W., 'Not a bad application, we hope it gave you cause for concern'!

# PWY?

Mae llawer wedi sôn mai hwn a'r llall fu'n gyfrifol am gamp Teledu Harlech yn cipio'r cytundeb yn y lle cyntaf. Dywed rhai mai John Morgan oedd yn gyfrifol, dywed eraill mai oherwydd y sêr, Richard Burton, Stanley Baker a Syr Geraint y cafwyd y fuddugoliaeth, ond does gen i ddim amheuaeth fod pob un o'r 'consortiwm' gwreiddiol wedi chwarae ei ran. Roedd pwyslais Harlech ar weithredu o fewn Cymru ac o fewn Gorllewin Lloegr yn bwysig. Caerdydd a fyddai'r pencadlys ac ni fyddai'r drefn rhaglenni dyddiol yn dod o Lundain fel yn hanes TWW. Oedd, roedd enwau ac arian y sêr yn bwysig, e.e. arian Richard Burton ac Elizabeth Taylor, heb sôn am arian rhywun fel John James, ond yr oedd y plethwaith y soniais amdano, plethwaith y cyfarwyddwyr yn y gymdeithas, yn hollbwysig. Mae'n anodd gen i beidio â chredu fod cydweithrediad Eric Thomas â'r Awdurdod yn ystod cyfnod Teledu Cymru pan alwyd arno i lywio'r cwmni mewn cyfnod caled ac adnabyddiaeth Alun Llywelyn-Williams, Bangor, â Syr Ben Bowen Thomas, aelod o'r Awdurdod Darlledu a Chadeirydd Pwyllgor Cymreig yr Awdurdod, wedi chwarae rhan bwysig yn y cais am y cytundeb. Roedd Alun Llywelyn a Syr Ben ill dau yn gymdogion ym Mangor a'r ddau'n gweithio ym maes addysg. Roeddent yn deall teithi meddwl ei gilydd ac yn parchu barn y naill a'r llall.

Grŵp o bobol ifanc ddawnus a brwd â'u gwreiddiau'n ddwfn yng Nghymru a Gorllewin Lloegr oedd consortiwm Harlech. Doedd dim syndod eu bod wedi trechu TWW ac ennill y cytundeb. Dywed adroddiad yr ITA am 1967/68 – adroddiad heb unrhyw arlliw o eiriau Lord Hill! – 'In the case of the Wales and the West of England contract the Authority concluded after full consideration of the applications of the two competing groups and after interviewing both of them, that the Harlech group was to be preferred to TWW.'

# 'ETRWSCI'

Pan aeth fy nghyfaill, John Hefin (neu Jac fel y galwaf ef), a minnau ar y Cyfandir am y tro cyntaf, taith 'mini' oedd honno o Aberystwyth i Fflorens. Buom yn gyrru'r car un diwrnod am gymaint o amser nes i ni ddiflasu gyrru dim mwy. Mewn un dref yn yr Eidal, penderfynwyd gwthio'r car drwy'r dref; golygfa od oedd honno, gweld dau ddyn tal yn gwthio car fel petaent yn ei yrru! Y daith gyntaf oedd honno; fe'i dilynwyd gan deithiau haf i Sbaen a Ffrainc ac wedi hynny, teithiau teuluol, teithiau dau deulu i'r Eidal!

Cywasgwyd addysg oes i'r teithiau hynny, gwelsom bron holl gerfluniau Michelangelo sydd yn bodoli, yn Rhufain, Fflorens, Bruges, Paris a Llundain. Un haf, darganfu Jac y gwareiddiad Etrwscaidd a ffynnai yn yr Eidal yn y nawfed a'r wythfed ganrif cyn Crist, wedi ei ganoli yn ninas Tarquínia i'r Gogledd o Rufain. Gwareiddiad gwych oedd y gwareiddiad Etrwscaidd ac roedd mynd o dan y ddaear yn deulu mawr i archwilio un o'r beddrodau Etrwscaidd yn brofiad oes – beddrodau yn cynnwys stafelloedd ag arlunwaith gain ar y muriau.

Yn Sbaen, buom yn ymweld ag amgueddfa enwog y Prado a gweld gwaith yr arlunydd El Greco, nid yn unig yn y Prado ond mewn eglwysi yn ardaloedd Toledo a Granada. Roedd gwaith Goya yn werth ei weld a gwestai newydd Sbaen lle'r arhosem yn cael eu datblygu yn y cyfnod hwnnw – yr 'Alberg', gwesty ardderchog mewn hen adeiladau. Pan oeddem ni yno yn y chwe degau, roedd Franco yn fyw a chawsom un profiad od iawn. Eisteddem un bore yn bwyta ein brecwast mewn gwesty ym Madrid pan sylwais ar lun myfyriwr ifanc ar ddudalennau *The Times*. Roedd wedi melltithio Franco mewn sgwrs ag un o'r brodorion wrth deithio ar y trên drwy Sbaen, a'r brodor hwnnw wedi sôn wrth yr heddlu am ei sylwadau beirniadol. Daliwyd ef gan yr heddlu a'i holi, yna ei gadw dan wyliadwraeth mewn gwesty. Wrth i mi edrych o'm cwmpas y bore hwnnw, gwelais y myfyriwr yn yr ystafell frecwast – roeddem yn aros yn yr un gwesty! Aethom draw i gael sgwrs ag e a chael yr holl hanes. Wn i ddim beth ddaeth ohono, ond diolch byth am ryddid barn. Arhosodd profiadau'r daith gyfandirol honno yn fyw iawn yn y cof gan aros yn llyfrgell weladwy o drysorau diwylliannol dihysbydd a gwerthfawr. O dro i dro dros y blynyddoedd, bûm yn mynd i amgueddfeydd dim ond i weld un neu ddau o wrthrychau – dim ond cerfluniau Michelangelo yn y Louvre ym Mharis, dim ond gweld y Teulu Sanctaidd eto gan Michelangelo yn yr Uffizi yn Fflorens. O beidio â chanolbwyntio, gall dyn gael ei foddi gan y môr mawr o gelfyddyd. Am ddinas wych yw dinas Fenis, dinas y camlesi. Ifor Davies, yr arlunydd medrus, a gyflwynodd y Pensione Casa Davide i mi. Yno yr arhosodd John Hefin a minne pan aethom i weld yr arddangosfa Geltaidd fwyaf fu yn Ewrop erioed, arddangosfa 'I Celti', 'Y Celtiaid' yn y Palazzo Grassi ar lan y Gamlas Fawr. Ni welwyd yr un arddangosfa Geltaidd debyg i hon roedd hi'n wledd i'r llygaid. Cefnogwyd hi'n ariannol gan gwmni Fiat ac roedd plant ysgolion yr Eidal yn dod i'w gweld yn eu tro; mae yma wers efallai i ysgolion Cymru weithredu yn yr un modd pan fydd gennym arddangosfeydd gwerth chweil. O, na fuasai gan arddangosfa Celtica ym Machynlleth y pethau cyffyrddadwy hynny a oedd ganddynt yn Fenis: y cawg priddfaen cain y bu ein cyndeidiau'n ei gyffwrdd, y breichledau aur a oedd yn gloywi gynt wrth i 'chwedlau cain' gael eu traethu.

Erys profiadau'r gweld a'r cyffwrdd am byth: carreg wen chwarel farmor Carrara, gwaith alabastar Volterra, 'Swper Olaf' Leonardo ym Milan, cerflun ingol olaf Michelangelo yn y Castell Canolog yn yr un ddinas, gwaith pensaernïol eglwysi'r Eidal a De Ffrainc, y ffresgo eglwysig penigamp ar draws y cyfandir.

Un haf yn y saith degau, cesglais wybodaeth yn amgueddfa'r Rijk yn Amsterdam ac yn arddangosfa Van Goch yno ac yn yr Hague, a chefais ysbrydoliaeth ar gyfer llyfr ar yr arlunydd mawr ei hun. Mae'r wybodaeth gennyf, mae'r wefr o weld ei waith yn fyw – daw'r llyfr rhyw ben!

I'r 'Casa Davide' yn Fenis yr aeth Owain fy mab a minne i aros pan oeddem ar ein taith drwy'r Eidal yn yr wyth degau. Bu ein hymweliadau ag amgueddfeydd mor niferus fel y bu bron i ni ladd ein hunain yn ddiwylliannol! Pan fydd y cof yn pallu weithiau mae yna ddigon o bethau o gwmpas y tŷ i atgoffa dyn am hyn a'r llall, y jŵg briddgoch o Rufain, yr wyneb mawr priddfaen o'r un ddinas, y cawg pridd golau o Granada, y printiau fframedig o Wlad yr Etrwsgi a cherflun alabastar o Michelangelo o'r Louvre – er nad wyf yn debyg o'i anghofio fo!

# BLYNYDDOEDD YN HEDFAN

Wedi rhai hediadau stormus mewn awyrennau digon broc yn y chwe degau – i Sbaen yn arbennig – penderfynais beidio â hedfan fyth eto! Ond aeth amgylchiadau yn drech na mi. Tua chanol y saith degau, a minnau'n bennaeth y wasg a chysylltiadau cyhoeddus i HTV, cefais wahoddiad gan Owen Griffith a oedd yn gyfarwyddwr rhaglenni yn HTV, i ymuno ag ef a Gwyn Erfyl yn Rhufain, i gymryd rhan mewn rhaglen ddogfen ar Ddinas y Fatican. Byddwn yn sylwebu ar weithiau mawr Michelangelo sy'n frith yn y ddinas honno. Hysbysais Owen nad oeddwn yn hedfan ond y byddwn yn trafaelio i Rufain ar drên. Os cofiaf yn iawn, ateb cryno a gefais gan fy nghyfaill annwyl – byddai'n rhaid i mi hedfan neu beidio â dod! Hedfanais!

Cyflwyno Patrick Dromgoole, un o'r cyfarwyddwyr, i Bernard Sendall o'r IBA, gyda Lyn Evans ar y dde.

# Y CAIN A'R PRYDFERTH

Er i mi ymweld â'r Capel y Sistinaidd ac eglwys bwysicaf y gwledydd cred, Eglwys San Pedr yn Rhufain, o'r blaen, roedd cael bod yno ym 1981 i sylwebu ar beintiadau a cherfluniau Michelangelo ar gyfer rhaglen deledu Gwyn Erfyl, *Y Ddwy Ddinas*, yn un o freintiau fy mywyd. Y prynhawn arbennig hwnnw ym Mai 1981, roeddwn yng Nghapel y Sistin ar fy mhen fy hun gydag un milwr Swisaidd. Roedd y criw ffilmio yn gweithio mewn rhan arall o'r Fatican a minnau i aros amdanynt er mwyn cyflwyno campweithiau Michelangelo sydd wedi eu peintio ar nenfwd y Capel ac ar y mur y tu ôl i'r allor, sef 'Y Creu' a 'Dydd y Farn'. Yno, yn y dwys ddistawrwydd, gyda'r capel wedi'i gau i'r cyhoedd, cefais gyfle i ryfeddu mewn arswydus barch at waith y meistr. Wrth i mi eistedd yno yn yr hen gapel, clywais sŵn traed yn y pellter. O gerdded at brif ddrws y capel, deuai sŵn y cerdded yn nes. Yn y pellter, o'r tywyllwch, daeth Tad Catholig. Wrth ei weld yn dod yn y mwrllwch, gwelais ar sgrîn fy nychymyg y Pab Julius yn dod i weld a oedd Michelangelo wedi gorffen ei waith peintio!

Buan y chwalwyd y darlun pan gyfarchodd y Tad fi mewn acen Americanaidd. Holodd pwy oeddwn i; gwyddai ein bod yno. Y Tad hwnnw fyddai'n paratoi drafft cyntaf areithiau'r Pab ac roedd yn ddyn mawr ei ddylanwad.

Ger allor Capel y Sistin yn Ninas y Fatican yn sylwebu ar 'Y Creu' a 'Dydd y Farn'.

Y diwrnod arbennig hwnnw, fy ngwaith oedd sefyll ger yr allor yn y Capel unigryw a sylwebu ar y nenfwd ac ar y mur y tu ôl i'r allor lle y peintiodd Michelangelo ei ffresgo olaf, sef 'Dydd y Farn'. Ar y nenfwd, peintiodd Michelangelo, mewn dull arlunio ffresgo, stori dyn o'r Creu i'r Dilyw. Dechreuodd ar y gwaith ym 1509 gan orffen yn 1512 wedi pedair blynedd o lafur caled. Cyfieithais un o'i gerddi sy'n disgrifio ef ei hun yn gorwedd ar ei gefn yn peintio.

Mae fy marf yn troi at y nefoedd,
Mae cefn fy mhen ar fy asgwrn cefn
A'm hasennau i'w gweld fel telyn,
Disgyn y paent ar fy wyneb, ac yn fy llygaid.

Dychwelodd Michelangelo ym 1536 i beintio 'Dydd y Farn' gan ddechrau ym 1536 a gorffen bum mlynedd yn ddiweddarach ym 1541.

Ar gyfer ein ffilmio, daeth Owen Griffith, y cyfarwyddwr, â goleuadau anferth – goleuadau oerion – i mewn i'r capel i oleuo campweithiau Michelangelo – roedd y goleuadau mor llachar fel braidd y gallwn weld unrhyw beth! Atgoffwyd fi gan Owen mai yno i siarad yr oeddwn! Ond roedd gallu gweld yn ogystal â siarad braidd yn bwysig!

Roeddwn yn ymwybodol iawn o'm braint y diwrnod hwnnw. Roedd hi'n dipyn o wyrth ein bod wedi cael caniatâd i ffilmio yno. Ein criw ni oedd yr uned ffilm gyntaf erioed o Gymru i ffilmio yn y Capel – y cyntaf a'r olaf, mi gredaf, gan fod rheolau caeth yn bodoli yno bellach a hawliau ffilmio'n cael eu rheoli gan un cwmni, sef y cwmni Japaneaidd a dalodd am lanhau'r lluniau wedi canrifoedd o lwch a mwg.

O Gapel y Sistin, aethom i ffilmio yn Eglwys San Pietro in Vincoli, lle roeddwn i sylwebu ar feddrod Julius, y Pab Julius. Bu Michelangelo yn gweithio ar y beddrod yma yn Rhufain yn achlysurol am ddeugain mlynedd. Mae nifer o'r cerfluniau a wnaethpwyd ar gyfer y beddrod, y caethion, i'w gweld yn Amgueddfa'r Louvre ym Mharis.

Ar y diwrnod arbennig hwnnw, ychydig wedi i ni ddechrau ffilmio, peidiodd goleuadau'r Eglwys, sef y goleuadau hynny a oleuai'r beddrod. Er syndod mawr i mi, cydiodd y Tad Catholig oedd yng ngofal yr Eglwys yn nau ben y wifren drydan a'u cyffwrdd yn ei gilydd! Am ychydig, dychwelodd y golau. Er rhyfeddod mawr i ni i gyd, dyma ddyn Duw yn creu goleuni a pheryglu ei fywyd i alluogi criw ffilm o Gymru i ffilmio un o gerfluniau mawr y Dadeni Dysg, sef 'Moses' – cerflun o farmor gwyn Carrara gyda phlygiadau'r dillad yn berffaith a gwythiennau'r dwylo a'r breichiau yn wych eu ffurf a hynny mewn marmor caled!

Wnes i rioed freuddwydio wrth lunio fy llyfr ar fywyd a gwaith Michelangelo y byddai'r daith wedi dod â fi i sefyll o flaen y camera ger allor Capel y Sistin, ac o flaen y 'Pieta' a'r 'Moses' yn Rhufain!

O fewn rhai dyddiau, roeddem yn ffilmio yn sgwâr enfawr San Pedr yn Rhufain. Roedd y miloedd yno i wrando ar y Pab yn pregethu. O gwmpas y sgwâr, roedd yr heddlu a'r fyddin fel gwybed gyda'u gynnau'n barod i danio at unrhyw un a beryglai fywyd y Pab. Ni wyddem a fyddem yn cael cyfarfod â'r Pab ai peidio, ond roeddem yno rhag ofn y deuai cyfle. Yno hefyd y diwrnod hwnnw, roedd Syrcas Moscow gydag arth fawr ddu yn dawnsio o flaen y podiwm, lle'r eisteddai'r Pab gyda'i esgobion. Pan orffennodd y teyrngedau a'r

Y Pab a minnau, Sgwâr Sant Pedr, Rhufain.

95

Yng Ngerddi'r Fatican gyda chromen Eglwys Sant Pedr yn gefndir.

weddi, cerddodd y Pab gyda'i osgordd i blith y bobl. Ond er i ni aros, ni ddaeth cyfle i ni ei gyfarfod.

Fodd bynnag, wrth iddo gerdded ar hyd rhodfa o bobl, penderfynais fod yn rhaid i mi ei gyfarch. Roedd hanes fel pe bai'n mynnu hynny. Yn y dau ddegau, fel y soniais, daeth fy nhad i Rufain pan oedd yn Llywydd Myfyrwyr Prydain a chyfarfod â'r Pab a Mussolini. Gallai hanes ei ailadrodd ei hun ond i mi drefnu hynny! Cyfarfyddiad go wahanol oedd fy nghyfarfyddiad i, nid yn un o Balasau Rhufain yn swyddogol fel yn y dau ddegau ond ar ddamwain megis, yn Sgwâr San Pedr yng nghanol miloedd. Llamais yn fy mlaen o gyrion y rhodfa bobl ac estyn fy llaw i gyfeiriad y Pab. Y foment honno, anghofiais bopeth am fy niogelwch, anghofio am y gynnau a'r milwyr. Estynnodd y Pab ei law i ysgwyd fy llaw, cyfarchodd y ddau ohonom ein gilydd yn serchus. Gofynnodd i mi sut yr oeddwn, a dywedais innau ei bod hi'n fraint i mi gael ei gyfarfod! Gafaelwyd ynof gan filwr Swisaidd gyda gafael bendant a gofynnodd yn Saesneg, 'Pwy ydych chi?' Atebais innau'n gyflym gan ddweud wrtho yn union pwy oeddwn a beth a wnawn yno. Credodd fi a'm gollwng yn rhydd. O edrych yn ôl, roeddwn yn falch o fod wedi cyfarfod â'r Pab er byrred y cyfarfyddiad. Edmygaf ei safiad dros heddwch a chytgord.

Yr oeddwn yn Eglwys wych San Pedr pan fu i Owen Griffith, y cyfarwyddwr a'r cyd-gynhyrchydd, a minnau osgoi temtasiwn go fawr! Pan gyraeddasom yr Eglwys, roed 'Pieta' Michelangelo wedi'i ddiogelu gan wal fawr o wydr trwchus. Rai blynyddoedd ynghynt, roedd adyn wedi ceisio chwalu'r cerflun cain â morthwyl ac felly bu'n rhaid ei ddiogelu. Er ceisio perswadio'r awdurdodau i agor y drws i ni, gwrthodwyd caniatâd i ni fynd y tu hwnt i'r gwydr – *Non posible* am bris yn y byd! Mewn digalondid, cerddodd Owen a minnau ar hyd un o'r

Yn edmygu 'Pieta' Michelangelo yn Eglwys San Pedr, Rhufain.

coridorau ac yn sydyn ddarganfod ateb. Yno, mewn cilfach, roedd copi alabastar perffaith o'r 'Pieta', sef corff marw llipa Crist ar liniau Mair ei fam – un o'r cerfluniau, os nad y cerflun, godidocaf a grëwyd erioed. Dyma ni, meddem, fydd neb yn gwybod y gwahaniaeth. Cydwybod, mi gredaf a'n hataliodd rhag dechrau ffilmio. Oedden ni wedi trafaelio mil o filltiroedd i ffilmio copi alabastar? Nac oeddem oedd yr ateb!

Troesom yn ein holau a daeth y neges fod y trydanwyr, diolch amdanynt, wedi llwyddo i agor y drws yn y gwydr ac wedi mynd i mewn i'r stafell. Gallem, os gweithredem yn gyflym, ffilmio y 'Pieta' go iawn, y 'Pieta' o garreg galed Carrara!

Pan ddangoswyd y ffilm ar HTV, daeth llythyr i'r swyddfa gan un o'r gwylwyr yn gofyn ai wedi ffilmio'r copi alabastar oeddem ynteu'r un marmor? Atebais innau â'm llaw ar fy nghalon – y copi marmor wrth gwrs. Whew! Achubiaeth o drwch blewyn!

Wedi llunio llyfr ar Michelangelo yn ymwneud â gwaith bywyd yr athrylith, gyda'i waith yn Rhufain yn ganolog, rhaid oedd ei ddilyn gyda llyfr am arwr arall i mi, Rembrandt. Gwneuthum ymchwil i'w luniau mewn galerïau yn Amsterdam, yr Amgueddfa Brydeinig a Thŷ Rembrandt yn yr Hague, yn yr Iseldiroedd.

John Morris Jones ddywedodd:

A helaeth gamp Velasquez,
Sydd ddrych byw fel y byw beth,
Neu Rembrandt rymiant tramawr,
Ac yn ei wyll rhyw gain wawr.

Ydi, mae tywyllwch a goleuni yn rhan annatod o arlunio Rembrandt;
dylanwadodd Carravaggio, yr arlunydd o'r Eidal, yn drwm iawn arno,
yntau'n feistr ar oleuni a thywyllwch a'r cysgodion. Arlunydd mawr
yr ail ganrif a'r bymtheg oedd Rembrandt – cyfnod brwydro yn yr
Iseldiroedd am annibyniaeth oddi wrth Sbaen. Yng Nghymru, canrif y
brwydro rhwng plaid y Senedd a phlaid y Brenin a chyfnod gwysio'r
Cymry i fyddin y Brenin Siarl. Credir na chrwydrodd Rembrandt fwy
na rhyw chwe deg milltir o'i gartref, ond er bod ei fyd yn un cyfyng,
roedd y cyfanfyd o'i fewn. Symudodd mab y melinydd o ddinas
Prifysgol Leiden i Amsterdam. I arlunydd, roedd y porthladd enwog
yno'n lle delfrydol. Deuai defnyddiau cain a lliwiau paent amrywiol
o'r dwyrain ac roedd peintiadau gan arlunwyr enwog Ewrop ar furiau
adeiladau'r ddinas. Ond er i Rembrandt beintio uchelwyr, ei deulu,
masnachwyr, golygfeydd gwledig, melinau gwynt, lluniau'n seiliedig
ar storïau o'r Beibl, yn anad dim, peintiodd luniau ohono'i hun. O
ddechrau ei yrfa ym 1620 hyd flwyddyn ei farw ym 1669, creodd
hunangofiant mewn lluniau, dros naw deg ohonynt; o'r Rembrandt
gwyllt yr olwg hyd at y Rembrandt hardd ac urddasol mewn dillad
benthyg yn ei chwe degau. I mi, mae syllu i lygaid Rembrandt yn
brofiad gwefreiddiol. Yr arwr yma o arlunydd, dyn a ddioddefodd yn
arw yn ystod ei oes, yn groes i'r syniad arferol o arlunydd, nid o dlodi
i gyfoeth y datblygodd Rembrandt ond o gyfoeth cymharol i
lwyddiant ysgubol ac yna i dlodi affwysol. Yn wir, mor dlawd ydoedd
at ddiwedd ei oes fel y'i claddwyd mewn bedd di-nod yn y
Westerkerk yn Amsterdam. Collodd ei wraig, Saskia, ei ail wraig
Hendrickje a bu farw ei fab Titus ond, er gwaethaf hyn oll, parhaodd
Rembrandt i arlunio ac i weithio'n ddi-dor. Mae'n ddiddorol gwybod
bod un o luniau olew Rembrandt yng Nghymru heddiw, ym meddiant
teulu'r Pennant, Plas y Penrhyn ger Bangor. Rwy'n falch fy mod wedi
ceisio dod i adnabod yr enaid mawr yma.

Mae siâp a lliw a llun a theimlad llyfr heb sôn am ei gynnwys yn wych o beth. Wedi llunio cyfrolau ar arlunwyr, roedd arnaf eisiau dweud stori wrth blant fel y dywedodd fy Ewythr Dafydd wrthyf i am y Tylwyth Teg ers talwm, ac felly lluniais lyfr i blant, sef *Congrinero* – y gair gwneud hwnnw gan T.H. Parry-Williams a gyfunai ddau air Saesneg sef 'Conquering' a 'Hero'! Stori am arwr o lygoden yw Congrinero, a rhoddais enwau fy mhlant fy hun i gymeriadau'r stori, Owain, Elin a Gruffydd. Cyfieithwyd y llyfr i'r Aeleg – mae'n wych i awdur feddwl fod ei lyfr yn cael ei ddarllen ym mhellafoedd yr Alban! Cefais dystiolaeth gan Vaughan Hughes y cynhyrchydd a'r cyfarwyddwr teledu, am y sioc ddymunol a gafodd o weld fy llyfr mewn ysgol yno. Mae'n gyffrous iawn cael llyfr wedi ei gyfieithu i'r Aeleg. Ond gan fod yr Aeleg yn tueddu i fod yn hwy na'r Gymraeg, lle'r ysgrifennais i un llinell, mae'r Aeleg ambellwaith yn ddwy!

Stori 'gwtshlyd' gynnes ydi hon gyda dechrau, canol a diwedd twt iddi, stori i rieni ei darllen i blant cyn iddynt fynd i'w gwlâu. Derbyniwyd y llyfr gan Gyngor Llyfrau Cymru dan y cynllun cyfieithu i ieithoedd tramor, ac roeddwn yn ddiolchgar i Gwerfyl Pierce Jones am ei gweledigaeth.

Ysfa ryfedd yw llenydda, cyfuniad o bleser a phoen – pleser o geisio cyfleu syniad yn goeth neu greu cymeriad lliwgar a dweud stori a'r lŷg a'r blinder rhyfedd o groniclo'r cwbwl mewn geiriau. Ar y cyd gyda'm mab Owain y lluniwyd y llyfr *Fôn Fawr a Bili Bach*, y lluniau gan Sei a'r llyfr wedi'i gyflwyno i Elin fy merch – a oedd yn athrawes ym Mhrifysgol Lublin yng Ngwlad Pŵyl ar y pryd – a'i myfyrwyr a oedd yn dysgu Cymraeg. Taith ryfeddol, gwbwl ddychmygol dau yn chwilio am y perllannau perffaith, am goed – ac am daith! Mewn un rhan o'r stori, maent yn cael eu dal mewn storm ar Fôr Marwolaeth!

*Taith enbyd oedd honno, tonnau mawrion â'u hewyn yn wynnach na'r eira, pysgod enfawr â'u llygaid yn gochach na'r gwaed a'u dannedd o ifori pur yn gloywi yng ngolau'r lleuad. Pan holltodd yr hwylbren yn chwe rhan yng nghanol Môr Marwolaeth, safodd Fôn Fawr ei hun yng nghanol y gneuen, gyda'i grys yn hwyl yn nannedd y gwynt. Safodd yn gadarn gyda Bili Bach yn llechu wrth ei draed. Pan lenwodd eu cwch plisgyn â dŵr y môr, llyncodd Fôn Fawr y dŵr i gyd ag un llynciad anferthol a'i boeri'n ôl i'r môr – welodd Bili Bach ddim byd tebyg erioed. A phan beidiodd y gwynt, chwifiodd Fôn Fawr ei freichiau â'r fath nerth ac â'r fath orffwylltra nes creu corwynt a chwythodd y cwch bach filltiroedd ar filltiroedd dros y tonnau gwyrddlas. Braich dde Fôn Fawr oedd llyw y cwch, a'i lygaid pell-gyrhaeddol a'i reddf praff oedd eu cwmpawd.*

*Mewn crugyn o ddyddiau, gwelodd y ddau, ymhellach draw ar y gorwel, Fryn Lludw â phorffor y machlud yn ymestyn ar bob llaw; gwelent fryniau cartref.*

Llyfr gorau'r ganrif – wel, mae'n rhaid i mi gredu hynny! Proses ryfeddol yw ysgrifennu ar y cyd. Byddai Owain a minnau'n cyd-gyfarfod i drafod awgrymiadau ar gyfer rhediad y stori. Byddwn i'n awgrymu y dylai Fôn Fawr wneud hyn a'r llall a byddai Owain yn ymateb – weithiau'n cytuno neu weithiau'n anghytuno'n bendant iawn. Byddai Owain yn ei dro yn awgrymu sefyllfaoedd i'r ddau arwr ac, ar dro, yn trio mynnu y gallai Bili Bach gyflawni gweithredoedd cwbwl bananas! Trwy drafod a dychmygu, trwy ddadlau ffyrnig ar dro, a thrwy fynd â'n cymeriadau at ffiniau gorffwylltra weithiau, daeth Fôn Fawr a Bili Bach i fod – un o gampweithiau mawr byd llên! Rwy'n proffwydo y 'darganfyddir' y gwychder llenyddol hwn yn y man! Cawsom bleser mawr o blethu rhai sefyllfaoedd gwleidyddol i mewn i'n stori, ac ysbrydolwyd ni ar dro gan gymeriadau gwreiddiol – ond dychmygol yw'r cymeriadau terfynol wrth gwrs!

Un person a all ysgrifennu ar y tro, ac felly yn ein hanes ni'n dau. Byddai Owain yn ysgrifennu darn, a minnau'n ysgrifennu darn ac yna un ohonom yn plethu'r darnau i'w gilydd er mwyn sicrhau rhediad y stori. Cyhoeddasom y llyfr ein hunain yn enw ein gwasg breifat, Gwasg Creini Meini, a enwyd ar ôl y rhaeadr fawr ar dir Ty'n Fedw, a hwnnw'n enw anarferol. Buom yn ffodus iawn i gael lluniau unigryw gan Sei wedi eu tynnu ar dir Ty'n y Fedw. Yn fy marn i, mae tebygrwydd i waith Durer yn y lluniau hyn, yn arbennig felly yn ei ddyfrliwiau. Mae defnydd Sei o frown a gwyrdd a chysgod yn drawiadol ac yn llawn awyrgylch. Lansiwyd y llyfr ar faes yr Eisteddfod Genedlaethol.

# Y SAITH DEGAU

Bathodd fy hen gyfaill Dan Evans hysbyseb un tro i sôs HP – HP = hyfrydwch perffaith! Felly roedd hi i gael bod ym myd teledu yn y saith degau. Yn y cyfnod hwn, penderfynodd HTV ganolbwyntio ar gynyddu oriau teledu Cymraeg i blant – penderfyniad oedd yn cyd-redeg â sefydlu'r Mudiad Ysgolion Meithrin, mudiad y bu Syr Alun Talfan Davies yn Llywydd arno. Dyna beth oedd cyffro. Sefydlwyd Miri Mawr, un o'r rhaglenni pwysicaf i blant a welodd teledu yng Nghymru erioed. Llwyddodd Miri Mawr nid yn unig i fod yn boblogaidd ymhlith y plant lleiaf ond daeth yn rhaglen gwlt ymhlith myfyrwyr a phobl ifanc. Peter Elias Jones, Pennaeth yr Adran Blant, oedd tad llywodraethol y gyfres gyda'r cynllunydd Hywel Morris yn cael ysbrydoliaeth o lefydd annisgwyl wrth i'r cymeriadau rhyfeddol – Llywelyn, Caleb, Blodyn Tatws, Dan Dŵr a'r Dyn Creu – ddod yn fyw. Oedd, roedd John Pierce Jones yno (yn sgriptio ac yn actio), a John Ogwen, Michael Povey, Dafydd Hywel, Dewi Pws a Robin Griffith ac, yn ddiweddarach, Mei Jones.

Fy ngwaith i oedd gofalu bod y cymeriadau unigryw hyn yn cael cyhoeddusrwydd, a digon ohono. Byddwn hefyd yn gyfrifol am eu hymddangosiadau cyhoeddus i agor ffeiriau, ac am drefnu ymddangosiadau mewn ysgolion ac eisteddfodau.

Cofiaf pan ymunodd Caleb (Dafydd Hywel) â'r cast, daeth cwynion o un cyfeiriad ei fod yn rhy wirion, ac y byddai'n niweidiol i'r cwmni, a rhaid oedd ei dynnu o'r gyfres. Gymaint oedd y brotest gyhoeddus fel y bu'n rhaid ei roi yn ei ôl! Cofiaf un flwyddyn i mi ei hedfan i'r Eisteddfod mewn

Gyda'r arwr Caleb.

101

Y ddiweddar Sian Emlyn ar y chwith ac Elizabeth Miles ar y dde.

Ar set *Pwy fase'n meddwl* yn HTV Pontcanna gyda Rachel Thomas
mewn gwisg glöwr!

hofrenydd, i blith cannoedd o blant yn gweiddi ei enw. Cyhoeddasom lyfrau i gyd-fynd â'r gyfres, yr 'annual' Cymraeg, *Miri Mawr Llyfr 1*, *Miri Mawr Llyfr 2* ac yna *Llyfr 3 HTV* i ddilyn. Ar gyfer Llyfr 3, ysgrifennais gerdd i Elinor Jones:

> Mae'r newyddion yn drist a digalon
> O Affganistan i'r entrychion.
> > Drwy'r cwbwl i gyd,
> > I lonni ein byd
> Daw Elinor Jones â'i newyddion.

Mae'n arw meddwl nad yw cynnwys y newyddion wedi newid dim dros gyfnod maith! Aeth elw llyfrau Miri Mawr i helpu'r Ysgolion Meithrin. A'r byd pop wedyn; doedd dim diwrnod yn mynd heibio nad oedd rhywun neu'i gilydd o blith arwyr y cyfnod yn y stiwdio – Meic Stevens, Heather Jones, Geraint Jarman. Roedd Pontcanna'n ddigon bach i bawb gyfarfod â phawb – hyd yn oed cath y stiwdio a gysgai fel arfer ar y setî yn y dderbynfa!

Cofiaf i'r digrifwr Spike Milligan ddod i'r stiwdio un diwrnod. Wrth i mi ei arwain i mewn, crafangodd o gwmpas yn llythrennol yn y bin sbwriel wrth ddrws y stiwdio. Trwy gyd-ddigwyddiad, roedd sticer Miri Mawr yno ac fe'i glynodd yn ddiseremoni ar ei dalcen. Yn y cyflwr hwnnw yr ymddangosodd drwy'r rhaglen!

Roedd hi'n gymdeithas glòs, llifa'r atgofion yn ffrwd fyth-lifeiriol yn fy meddwl wrth feddwl am y cyfnod hwn nad â'n angof.

Maes o law, daeth y cyfle i mi wneud fy rhaglenni fy hun. Cyflwynais gyfresi o'r cwis *Pwy fase'n meddwl?* a chynlluniodd Hywel Morris anferth o set i mi. Cefais sgwrs ar y rhaglen gyda phobl hynod o ddiddorol. Cofiai Harriet Parry, merch Bob Tai'r Felin, weld drwy ffenestr gefn car, ei chartref yn Nhryweryn yn cael ei chwalu'n chwilfriw gan JCB – ei

Rhaglen o fro Thomas Hardy.

Gyda'r plant a Dafydd Parry ar grwydr yn ardal Llanrhychwyn, Dyffryn Conwy.

golwg ddirdynnol olaf ar y lle wrth adael am byth. Rwy'n falch fy mod wedi chwarae triwant o Ysgol Ardwyn am ddiwrnod yn y pum degau i ymuno â thrigolion Tryweryn wrth iddynt gerdded drwy strydoedd Lerpwl mewn protest – ffawd-heglu o Aberystwyth i ymuno â'm cyd-Gymry wrth iddynt geisio amddiffyn eu cwm a'u cartrefi. Cyrhaeddais tua diwedd y daith gerdded, ond mi rôn i yno!

Roeddwn wedi gadael Aberystwyth ar doriad gwawr y bore hwnnw, gan adael nodyn ar ddarn o bapur pinc ar fy ngwely, 'Wedi mynd i Lerpwl i brotest Tryweryn, 'nôl heno'! Rwy'n cywilyddio heddiw wrth feddwl am y gofid a achosais i'r teulu. Trwy ryw wyrth, cefais fy nghludo'n gwbwl ddidrafferth i Lerpwl – diwrnod o ffawd-heglu lwcus. Yn Lerpwl y cyfarfûm am y tro cyntaf â Ioan Bowen Rees a ddaeth yn frawd-yng-nghyfraith i mi'n ddiweddarach. Wedi'r brotest, trwy ryw lwc, roedd Glyn James o'r Rhondda yn mynd yn ôl i'r de drwy Aberystwyth a chefais daith ddiogel bob cam gydag ef a Noel Williams o ganol Lerpwl at giât Elm Bank. Cofiaf y distawrwydd yn y tŷ pan gerddais i mewn; roedd pawb mor falch o'm gweld fel mai croeso a gefais ac nid cerydd!

Pan ddechreuais gyflwyno rhaglenni, penderfynodd Owen Griffith fy nghyfarwyddwr beidio â rhoi trosglwyddydd sain yn fy nghlust rhag ofn i mi ei ateb yn ôl pan siaradai â mi ar ganol rhaglen, ond cefais y ddyfais yn nes ymlaen yn y gyfres a bu'n hynod ddefnyddiol pan ataliodd Owen fi rhag rhoi gwobr i un dyn a oedd wedi ateb bod rhyw ran arbennig o'r Punjab yn yr India – nid oedd!

Ymchwiliais ar gyfer cyfres ar awduron fel Wordsworth a'r teulu Brontë, George Borrow a Thomas Hardy – ymchwilio ac yna gyflwyno'r gyfres ar y teledu gyda Meredydd Owen yn cyfarwyddo, a chael y pleser o'i gweld yn cael ei throsglwyddo ar S4C dan y teitl *Gair o Wlad y Sais*. Wrth ymchwilio darganfûm bob math o gysylltiadau Cymreig. Dilynwyd y gyfres honno gan gyfres ar Gapeli Cymru gyda Carol Byrne yn cynhyrchu, a chael yr hyfrydwch mewn un raglen o gael cwmni'r diweddar Dafydd Parry wrth ymweld ag Eglwys Siwan ger Llanrwst. Cefais gyfle yn ystod y gyfres i gael cyfweliad gyda'm hewythr Dewi Prys Thomas, Pennaeth Ysgol Bensaernïaeth Cymru, ar bwnc pensaernïaeth Capeli Cymru.

Yr Athro Dewi Prys Thomas a minnau'n recordio'r rhaglen *Y Deyrnged Hardd*.

Yn Nant Peris gyda'm
harwr Kyffin Williams ar
gyfer y rhaglen deledu
*Arlunwyr*.

Mawrygai Dewi Prys onestrwydd pensaernïol capeli bychain Cymru, fel Capel Soar, Cwm Cynllwyd, Llanuwchllyn, o'i gymharu â chapeli rhwysgfawr, o safbwynt pensaernïaeth, trefi glan môr Cymru. Roedd ganddo ddiddordeb byw yng Nghapel Cynllwyd gan mai ei gyndeidiau a'i cododd!

Cyflwynais gyfres deledu *Arlunwyr* ar arlunwyr Cymru, o Kyffin Williams i Pegi Gruffydd a chael ymuno â Kyffin, fy arwr, wrth iddo baratoi ar gyfer ei luniau olew ar lethrau Nant Peris ac ar draethau Llanddwyn. Roeddwn yn falch o allu cyhoeddi ar y sgrin deledu, wrth gyflwyno Kyffin, mai ef oedd prif arlunydd Cymru gan osgoi'r geiriau amwys, 'un o brif arlunwyr y genedl'. Cartrefi, pobol, mynyddoedd ac arfordiroedd Cymru, fe'u cwmpasodd i gyd yn ei beintiadau olew pwerus. Cyffrowyd fi o weld ac astudio'i beintiadau gwych yn ystod ei daith i Batagonia ac, i mi, mae'r casgliad hwn yn y Llyfrgell Genedlaethol yn un o'i phrif drysorau. Galwodd Kyffin yn hir ac yn groyw am oriel gyflawn i luniau Cymru, ac mae'n drist o beth fod rhai o'i beintiadau olew, megis ei bortread o un o'm harwyr, Huw T. Edwards, wedi bod yn hel llwch yn yr Amgueddfa, heb gael ei arddangos yn deilwng – does dim cyfiawnhad dros hyn. Yn ystod y saith degau, comisiynodd HTV ef i ddarlunio brenhines ein llên, Kate Roberts, ac aethom ni'n dau i'w thŷ yn Ninbych i ymweld â hi. Croesawyd ni'n gynnes ac eisteddodd hi'n ufudd lonydd tra tynnai Kyffin ei llun ar y cynfas gwyn. Wyddwn i ddim am flynyddoedd nad y llun terfynol a ddangoswyd i Kate gan Kyffin y diwrnod hwnnw. Bu'n garedig, a dangosodd iddi lun yr oedd eisoes wedi'i baratoi gan gwblhau'r gwir lun o Kate Roberts yn ei henaint a'i llesgedd yn ei stiwdio yn Sir Fôn. Yn y llun terfynol a gyflwynwyd i'r Llyfrgell Genedlaethol gan HTV, mae Kyffin wedi dal llygaid byw Kate Roberts yn wych. Ffurfia'r llun hwn ran o gasgliad helaeth y Llyfrgell o bortreadau. Cofiaf yn dda y diwrnod y gwelodd Syr Alun y paentiad yn fy ystafell yn HTV am y tro cyntaf. Cafodd fraw o weld Kate Roberts yn realiti ei henaint ac nid oedd yn siŵr o'r paentiad nes i Rhydwen Williams, oedd yn ei gwmni'r diwrnod hwnnw, ddweud y geiriau, 'Ond fachgen, edrych, mae e wedi dal 'i llyged hi'.

Cyn i mi adael HTV ym 1989, dywedodd y cadeirydd, Idwal Symonds, wrthyf y carai'r Bwrdd Cymreig roddi anrheg i mi. 'Beth garech chi gael?' gofynnodd Idwal dros baned o de. Meddyliais yn

Idwal Symonds (ar y dde) yn cyflwyno llun gan Kyffin Williams (Y Grib Goch)
ar fy ymadawiad o HTV yn 1989.

gyflym. 'Mi fydde llun yn hyfryd iawn. Diolch yn fawr iawn am yr awgrym caredig.' 'Kyffin mae'n debyg, ie?' meddai Idwal. 'Wel ie, mi fydde hynny'n wych – diolch yn fawr.' 'Ol reit te, un bach,' meddai Idwal! Daeth y llun olew, o'r Grib Goch o Nant Peris, yn lliwiau cyfriniol Kyffin – gwyrdd, brown, gwyn, du a melyn. Diolch, HTV.

Yn Rhufain, Môn ac Arfon, bu llygaid craff y dyn camera, Gareth Owen, ar waith, 'dyn camera gorau Cymru'. Cefais gynnig yn y cyfnod yma gan Huw Davies, y cyfarwyddwr rhaglenni, i ganolbwyntio ar gyflwyno rhaglenni'n llawn amser, ond wedi ystyried, penderfynais lynu wrth fy mhriod swydd gan gofio cyngor A.J. Gorard, 'Peidiwch fyth â disgyn rhwng dwy stôl.' A dweud y gwir, roeddwn yn cael y gorau o'r ddau fyd – a mawr oedd fy mraint!

Un da oedd Syr Geraint Evans. Os dywedai Idwal Symonds, y cadeirydd wrthyf, 'Dafydd Meredith, mae angen i chi dorri eich gwallt,' byddai Syr Geraint yn fy nwrdio os torrwn ef yn rhy fyr! 'Your ears will stick out, Dafydd.' Ni fedrwn ennill! Yn ei gyfnod, daeth Syr Geraint â fflyd mawr o sêr opera'r byd i HTV i wneud rhaglenni. Daeth sêr o fydoedd eraill hefyd i'r stiwdio. Cofiaf Eartha

Kitt, y gantores, yn cyrraedd ryw fore yn llawn drama. Newidiodd ei phersonoliaeth pan ddiflannodd y dorf, a chawsom sgwrs ddifyr dros baned o goffi.

Cynhyrchwyd y rhaglen gyntaf gyda Tom Jones yn Neuadd Dewi Sant, Caerdydd. Proffwydodd pawb na fyddai Tom yn aros yn hir yn y parti a drefnwyd yng Nghastell Caerdydd. Yn ôl y trefniant, roedd y 'crate' o Don Perrignon a'r sigârs yn barod. Pan gyrhaeddodd yn ei Fercedes mawr du wrth ddrws mewnol y castell, roeddwn yno i'w groesawu, a chawsom gyfle i ddechrau sgwrs wrth gerdded i'r ystafell ar lawr cyntaf y castell. Ond doedd Tom ddim ar unrhyw frys; tynnwyd lluniau a chawsom barti go iawn a chyfle i drafod hyn a'r llall. Soniodd am blanhigfa goed ei reolwr ac yntau yn ardal Llandderfel, Meirionnydd, a'r diwrnod y bu yn y Llew Gwyn yn y Bala. Soniodd hefyd am ei adnabyddiaeth o Elvis Presley. Daethai'r ddau i adnabod ei gilydd yn dda. Soniodd Tom, er syndod i mi, fod Elvis yn ansicr iawn o'i wreiddiau o'i gymharu ag ef ei hun oedd mor sicr o'i wreiddiau a'i draed ar y ddaear – a'i fam fawr o dro yn ei roi yn ei le!

Yng ngwmni George a Tom yng Nghastell Caerdydd yn y saith degau.

109

Cadeirio cynhadledd i'r wasg i'r enwog Tom Jones, BAFTA Llundain.

Wedi'r cyfarfyddiad hwnnw, deuthum yn gyfeillgar â'i fab, Mark –
ei reolwr ers blynyddoedd bellach. Tra oeddwn yn Los Angeles,
ymwelais ag ef yn ei swyddfa yno, a chefais y fraint yn ddiweddarach
o gadeirio cynhadledd i'r wasg i Tom yn BAFTA Llundain. Roedd
mor amyneddgar a chwrtais, a phan oeddwn i'n dechrau diffygio a
meddwl y byddai'n well torri'r gynhadledd yn ei blas, roedd Tom yn
hapus i ateb cwestiynau pellach a dal i fynd! Yn ddiweddarach,
byddai Tom yn paratoi datganiad i mi yn S4C, i gefnogi *Hedd Wyn* ar
gyfer ymgyrch yr Oscar.

Cawsom yr un rhybudd pan ddaeth Shirley Bassey atom ar ôl
cyngerdd yn Neuadd Dewi Sant yng Nghaerdydd – 'Wnaiff hi ddim
aros yn hir,' meddai'r pesimistiaid. Ond do, arhosodd Shirley, ac
roedd un rheswm annisgwyl am hynny. Pan oedd yn ferch ysgol ym
Mae Caerdydd, daeth disgyblion yr ysgol i'r castell i ganu i'r Fam
Frenhines ar ei hymweliad â'r ddinas. Wrth fynd i mewn i'r castell,
cambihafiodd Shirley – dim ond rhyw chwarae plant diniwed – ac fe'i
gyrrwyd hi adre cyn y canu. Nid oedd wedi bod yn y castell ers
hynny. Ond y noson honno, ein noson ni, gorchfygodd y tabŵ
castellaidd!

Oes gen i ofn y cyhuddiad fy mod yn dilyn y sêr? Nac oes – rwy'n pledio'n euog! Yn fy marn i, ni wnaethom ddigon yng Nghymru i anrhydeddu ein sêr a'n henwogion – mor aml y buont yn broffwydi diarhebol yn eu gwlad eu hunain!

Fedra i ddim esbonio'n iawn pam bod y saith degau'n gyfnod mor benrhydd. Ai cyfnod cyn y cyfrifiaduron oedd o? Cyn y ffôn symudol? Cyn yr e-bost? Cyn ein cloi i mewn i systemau? Dwn i ddim; neu ai hel esgusodion yw beio technoleg? Ond roedd y saith degau'n gyfnod arbennig. Cofiaf un noson na welwyd ei thebyg. Penderfynodd grŵp bychan o bobl yn ardal Llantrisant a'r Rhondda anrhydeddu Stanley Baker drwy gynnal cinio iddo ym mwyty Driscolls yn y Porth. Y noson gofiadwy honno, aeth Luned a minnau yn ein dillad bolanderi i ginio'r ganrif. Roedd y trefnwyr wedi gwahodd croestoriad anhygoel o bobol yno, yn actorion a sêr byd chwaraeon, ac roedd mam Stanley yno. Pan gododd Stanley i siarad y noson honno, clywyd ei fam yn dweud yn uchel, 'Oh, he's a lovely boy.' Rwy'n credu fod Stanley, yr actor 'caled', yn teimlo rhyw 'chydig o embaras! Ond llwyddodd i beidio â dangos hynny. Wedi'r araith, gwahoddodd Stanley nifer o'r Rhondda i gyd-yfed ag e – yn eu plith y brodyr Houston, Donald a Glyn. Ac yna'r 'syrpreis': cerddodd y bocsiwr Henry Cooper i mewn i gynnig llwncdestun i arwr y noson. Aeth y cinio ymlaen ac ymlaen a neb ar frys i fynd i unman. Ac yna, yn yr oriau mân, awgrymodd rhywun fynd i weld Graham yn Aberafan. Graham Jenkins, brawd Richard Burton, oedd y Graham hwnnw. Neidiodd pawb i mewn i'w cerbydau a'i bomio hi i lawr i Aberafan. Anghofia i fyth, roedd yr 'Afan Lido' dan ei sang a Graham yn fawr ei groeso. Ni chofiaf pryd y cyraeddasom adre'r bore hwnnw.

Ychydig o flynyddoedd yn unig a aeth heibio cyn i mi fod yn y Rhondda eilwaith gyda Stanley – y tro hwn yn y gwasanaeth er cof amdano ar ben y mynydd uwchben Ferndale, lle gwasgarwyd ei lwch. Roedd côr Ferndale yno, côr yr oedd Stanley mor falch o fod yn llywydd arno. Doedd Stanley, o'r cof sydd gen i ohono, ddim yn berson hawdd i'w nabod ar y cyfarfyddiad cyntaf, ond fe ddangosodd ei oriawr i mi un tro – rhodd gan y côr, a'r enw wedi'i lythrennu ar y cefn.

Y diwrnod hwnnw, ar ben y mynydd yn y gwynt, a'r bobl yn cerdded i fyny ochrau'r cwm i'r gwasanaeth, cofiaf Harry Secombe yn pwyntio at dŷ ar lawr y cwm, 'Fan'cw,' meddai 'yr oedd Stanley yn byw.'

Ie, grŵp unigryw oedd cyfarwyddwyr Bwrdd Cymreig Harlech.

Pan oedd fy mam a minnau yn siarad rhyw fore, ymhell cyn i mi fynd i'r byd teledu, cofiaf iddi ddweud wrthyf, 'David, ar lwybr bywyd rwyt ti'n mynd i gyfarfod cythreuliaid – y job ydi gwybod mai cythreuliaid yden nhw.' Mor wir y geiriau! Cyngor anarferol ond cyngor da! Ryw fore ym Mhontcanna, fe'm galwyd i bresenoldeb un o'r penaethiaid o Fryste. Roeddwn wedi gyrru nodyn ato ar ei gais ond nid oedd wedi hoffi cynnwys y nodyn. Roedd y cynnwys yn ddigon diniwed; cyfleu neges yr oeddwn gan nodi ffeithiau moel ynglŷn â rhyw gyhoeddiad, ond penderfynodd fod bai arnaf fi! Dywedodd wrthyf mewn geiriau plaen, 'If you send me a note like this again, I'll throw you out of the window.' Roeddwn yn sefyll wrth y ffenestr ar y pryd. Cofiaf edrych allan a meddwl, 'Wel, tydi o ddim yn bell – mae'r llawr yn weddol agos.' Roeddem ar yr ail lawr! Ac yna cofiais ei geiriau – roedd hwn, wrth gwrs, yn un o'r cythreuliaid y soniodd Mam amdanynt!

Fodd bynnag, roedd popeth yn iawn; roedd y dyn yn gweithredu yn ôl ei natur! Penderfynais ei anwybyddu. O fewn dim, roeddem yn eistedd gyda'n gilydd yng nghyfarfod y Bwrdd Cymreig yn trafod pethau pwysig!

Cydweithwyr a chyfeillion yn dweud ffarwél o HTV (1989).

112

# YR ARGLWYDD HARLECH

Deuai'r Arglwydd Harlech i mewn i ystafell yn gwbwl ddigyffro. Cerddai i mewn a dechrau sgwrs fel pe bai'r ddau ohonom wedi bod yn sgwrsio ers oriau. Roedd yn gwrtais, yn bendant ei farn ac yn cymryd pwyll ond ddim yn wastrafflyd felly. Roedd hefyd yn gall ac yn gymodlon. Y gŵr hwn a gyfarfu â J.F. Kennedy pan oedd y ddau yn un ar hugain oed, a daeth yn Llysgennad Gwledydd Prydain yn Washington DC ar gais Kennedy pan oedd yntau'n Arlywydd. Hwn oedd cadeirydd HTV, gŵr a roddodd ei stamp ar y cwmni o'r dechrau. Da o beth oedd i Syr Alun Talfan Davies, Wynford Vaughan Thomas a Martin Cadbury fynd i weld David Ormsby Gore – yr Arglwydd Harlech – yn ei gartref yn Nhalsarnau, Meirion, a'i berswadio i ymuno â chonsortiwm Harlech fel cadeirydd ac i geisio cipio trwydded Teledu Annibynnol Cymru a Gorllewin Lloegr.

Y weithred hon a sicrhaodd y byddai Cymru'n faes gweithgarwch i'r gwleidydd a'r diplomat abl am flynyddoedd maith. Mae gen i ddyled fawr iddo. Byddai bob amser yn diolch am waith dyn yn trefnu derbyniad neu ddigwyddiad arall gan y cwmni – doedd dim rhaid iddo, ond dymunai wneud. Wedi un o'r derbyniadau yng Nghaerdydd yn dilyn opera gan Alun Hoddinott, daeth carden bost i'm llaw y bore canlynol: 'Diolch am y trefniant neithiwr – noson dda' – wedi ei harwyddo, 'H'. Dyna i gyd, ond roedd yn ddigon. Roedd yn gadeirydd Shelter, yn gadeirydd Bwrdd Sensro Ffilmiau Prydain, yn gyn-Aelod Seneddol.

Hanai, o un ochr i'r teulu, o deulu'r Cecil, neu Seisyllt a rhoi eu henw Cymraeg iddynt. Y gŵr hwn a gadwodd ddwy ochr Harlech, Gorllewin Lloegr a Chymru, at ei gilydd ac ef a bwysleisiodd wrth sefydlu'r cwmni ym 1968/69 fod ysbryd newydd yn y tir, fod ar bobl ifanc eisiau llais, fod angen i bob diwylliant gael ei weld a'i glywed a'i ddiogelu, fod pobol yn gwrthryfela yn erbyn cydymffurfio caeth. Does gen i ddim amheuaeth fod ardal Talsarnau a'r Rhiniogau wedi helpu i ffurfio'i gymeriad. Pan oeddwn yn ymweld â'i gartref, y Glyn, Glyn Cywarch, Talsarnau, soniodd wrthyf gyda balchder mawr am y tŷ a ffurf yr adeiladau yn y fro a gofiai o'i blentyndod.

Yn y cyfweliad am y drwydded deledu dywedodd Harlech, er sioc i'w gyd-gyfarwyddwyr, mai'r grŵp hwn, sef grŵp Harlech, fyddai'r grŵp olaf o Gymru i geisio am drwydded. Roedd ei eiriau'n rhai proffwydol, a daeth ei broffwydoliaeth yn wir. Roedd ganddo ddwy stad, Brogyntyn ger Croesoswallt, lle bu'n aelod seneddol, a Stad y Glyn ger Talsarnau. Rhan bwysig o stad y Glyn yw fferm y Las Ynys lle trigai Ellis Wynne a lle yr ysgrifennodd ei *Weledigaethau*. Dywed y llenorion y gallai Harlech gynnwys Ellis Wynne ymhlith ei gyndeidiau ac rwy'n falch fy mod wedi rhoi copi o'r llyfr am Ellis Wynne yn y gyfres *Writers of Wales* iddo yn anrheg pan gyhoeddwyd ef.

Bob hyn a hyn, bu'n rhaid i'r gwleidydd a fu'n setlo materion rhyngwladol yng Ngenefa a Zimbabwe ddatrys problemau yn nes adre. Rwy'n sicr fod ymdrin â'i denantiaid ym Meirion wedi bod yn goleg da iddo, a'u sgiliau hwy wedi dylanwadu arno. Am gyfnod, bu ef a'i gyd-gyfarwyddwr, Stanley Baker, yn cynnal cyngherddau canu pop a dyna pam y cefais i gais ryw fore yn y saith degau i fynd i Orsaf Caerdydd yn fy Nghortina newydd i gludo Mick Jagger a nifer o fand y Rolling Stones o'r orsaf i Gastell Caerdydd lle roeddent yn bwriadu cynnal gìg ymhen rhai misoedd. Roedd Mick Jagger, er mawr gywilydd i mi, yn gwybod llawer mwy na mi am y castell a'i bensaer, Burgess. Y fi oedd y 'chauffeur' a'r dehonglydd y diwrnod hwnnw!

O ran ei statws o fewn y cwmnïau teledu annibynnol ac yng nghoridorau yr Awdurdod Teledu Annibynnol, byddai'n anodd cael neb gyfuwch â'r Arglwydd Harlech. Byddai'n siarad gyda'r un didwylledd yn y cyfarfod blynyddol â Miss Harries o Bontypridd, gwraig a chanddi ychydig gyfranddaliadau yn y cwmni, ag a fyddai â chynrychiolwyr y banciau a'r cwmnïau ariannol mawr. Dyn oedd dyn ar bum cyfandir i'r Arglwydd Harlech.

Mae'n amlwg y bu ei dad yn gryn ddylanwad arno. Roedd ganddo hoff stori am ei dad pan oedd ef yn gadeirydd Banc y Midland. Mynnai hepgor ei Rolls Royce a thrafaelio ar fws yn Llundain. Ni phoenai ryw lawer ychwaith am wisgo cotiau perffaith. Y bore hwnnw gofynnodd rhyw druan ar y bws iddo, 'What do you do?' 'I work in a bank,' oedd yr ateb. 'Oh yes,' meddai'r llall, 'it's difficult to get on there these days isn't it?' Rhoddai'r stori hon ddifyrrwch i'r mab.

Roedd fy magwraeth innau wedi gofalu fy mod yn ystyried mai dyn oedd dyn ar bum cyfandir, ac roeddwn mor falch o weld y polisi'n gweithredu reit ar y top!

Ar y chweched ar hugain o Ionawr 1985, daeth sioc ysgytwol. Lladdwyd yr Arglwydd Harlech mewn damwain car ar y Gororau rhwng Cymru a Lloegr ger Pont Montford, rhwng Amwythig a Chroesoswallt, wrth iddo yrru adre o Lundain i Dalsarnau yn ei Audi. Y diwrnod trychinebus hwnnw, gyrrais ar fy union o Gwm Cynllwyd i Gaerdydd i baratoi toriadau o'r wasg am y drychineb ar gyfer aelodau'r Bwrdd ac i ddelio â'r galwadau. I'm swyddfa y diwrnod hwnnw daeth George McWatters, cadeirydd Gorllewin Lloegr ac Idwal Symonds, cadeirydd HTV Cymru. Eisteddem ein tri yn syfrdan. Byddai'n rhaid paratoi datganiad. Yr oedd brwydr yr olyniaeth ar ddechrau ac ni fyddai teledu Harlech, HTV erbyn hynny, fyth yr un fath! Gwelais gyfnod yn dechrau a chyfnod yn gorffen. Dim ond chwe deg chwech oed oedd y Cadeirydd, llawer rhy ifanc i'n gadael. Meddai'r *Daily Telegraph* mewn teyrnged, 'Lord Harlech, a worldly wise man of great vision,' a bu penawdau bras yn y wasg ar raddfa eang.

Cymaint oedd ei ddoethineb fel nad oeddwn i'n synnu dim pan glywsom am ei ran dyngedfennol yn yr helynt argyfyngus rhwng America a Ciwba. Pan ddeallwyd fod rocedi dinistriol o Rwsia ar dir Ciwba yn bygwth dinasoedd America, gosodwyd gwarchae ar yr Ynys gan yr Unol Daleithiau. Yr Arglwydd Harlech a awgrymodd wrth yr Arlywydd Kennedy y dylai'r cylch gwarchae fod yn agos at yr Ynys. Byddai hyn yn golygu y cymerai llongau Rwsia fwy o amser i gyrraedd y cylch gwarchae – ac felly y ceid mwy o amser i drafod er mwyn datrys y ffrae a fygythiai heddwch byd!

Un o'r dyletswyddau olaf a wneuthum ar ei ran oedd gyrru neges ben-blwydd yn ei enw at Syr Goronwy Daniel yn S4C, a gofalais fod y neges wedi'i llunio'n dwt ac yn ddestlus o ran graffeg fel y gweddai i Sianel Genedlaethol ac i Arglwydd Glyn Cywarch!

Yng Ngorffennaf 1987, trefnais gyfarfod ar ran Bwrdd Cyfarwyddwyr HTV – cyfarfod ar y cyd â'r British American Arts Association i lansio ysgoloriaeth er cof am y Cadeirydd, cyfarfod yng ngwesty St Ermin yn Llundain. Daeth Charles Price II, Llysgennad America yng Ngwledydd Prydain, i'r cyfarfod hwnnw yn Llundain a dangoswyd rhaglen ddogfen gan Emyr Daniel ar fywyd a gwaith David Harlech.

Claddwyd yr Arglwydd Harlech ym mynwent eglwys fechan Llanfihangel y Traethau, nid nepell o'r Glyn, yn Nhalsarnau. Daeth Ted Kennedy, brawd ei hen gyfaill John F. Kennedy, a Jackie Onassis, gweddw JFK, i'r angladd ac, yn anarferol, canodd côr lleol 'Hen Wlad fy Nhadau'.

Drannoeth yr angladd, euthum ar bererindod bersonol i Lanfihangel y Traethau i dalu fy nheyrnged olaf. Tra oeddwn yn y fynwent, cyfarfûm â thenant ffarm y Las Ynys, yntau yn Ellis Wyn. Croesawodd fi i'r ffermdy a chefais gyfle i gyfarfod â'r teulu a darganfod fod ei wraig yn perthyn i gefndryd i mi. Clywais am ddawn Harlech, y tirfeddiannwr, yn dwyn perswâd er mwyn datrys problem; ie, gwleidydd yn yr 'anheddau bychain a'r neuaddau mawr'.

Ted Kennedy a Jackie Onassis yn angladd yr Arglwydd Harlech, Talsarnau; y tu ôl iddynt, Syr Geraint Evans a George McWatters.

116

Ymhen ychydig, cynhaliwyd gwasanaeth er cof am y Cadeirydd yn Abaty Westminster yn Llundain a daeth croesdoriad rhyfeddol o bobol i'w goffáu. Cefais air â nifer y diwrnod hwnnw, yn cynnwys ei gyfeillion, yr Arglwydd Carrington a'r Arglwydd Macmillan, Cadeirydd cwmni cyhoeddi Macmillan ac yntau'n fab i'r enwog Harold Mcmillan, a benododd Harlech yn Llysgennad.

Fel y soniais, roedd Ellis Wynne yn un o gyndeidiau Harlech. Mae cerdd y Bardd Cwsg i 'Angau' mor greulon o wir yn achos y llysgennad disglair:

> Gad'el tir a gad'el tai,
> (Byr yw'r rhwysg i ddyn barhau);
> Gad'el pleser, mwynder mêl,
> A gad'el uchel achau.

# Y BYD TELEDU

Bu newidiadau mawr iawn yn ystod fy nau gyfnod ym myd teledu: yn HTV y saith degau roedd yn uchel gyfnod undebaeth. Roedd cyfnodau argyfyngus yn digwydd yn gyson a swyddfa'r wasg yn gorfod delio yn aml gyda streic dros hyn a'r llall. Golygai hynny siarad yn ofalus iawn â'r wasg, gan y gallai un gair neu eiriau difeddwl arwain at waethygu sefyllfa ac efallai beryglu bywoliaethau. Ac felly, byddem yn paratoi datganiadau'n ofalus ac roedd yn rhaid glynu wrth y sgript. Cofiaf un noson ddramatig pan ddaeth golygydd y *Western Mail* ar y ffôn; roeddem yng nghanol streic, y datganiad byr wedi ei roi, a dyna ni. Roedd John Humphreys, y golygydd, yn awyddus i gael datganiad llawn. Ni chafodd y gohebydd y geiriau y dymunai eu clywed ac felly daeth y 'bòs' ar y ffôn. Diwedd ein sgwrs oedd i mi ddweud wrth John, 'Dyna'r datganiad; mae gennych chi eich gwaith chi i'w wneud ac mae gen innau fy ngwaith i' – ac felly y bu! Rwy'n falch o ddweud ein bod wedi cydweithio'n heddychlon â'n gilydd. Roeddwn yn falch o'i weld yn Eisteddfod Llanelli, wedi hen ymddeol ac mewn hwyliau da.

Bu'r cysylltiad rhwng y *Western Mail* a minnau yn un agos. Cofiaf, yn ystod fy nghyfnod yn HTV, i mi gael galwad yn oriau mân y bore – roedd un o'r argraffwyr, 'ar y garreg' megis, wedi sylwi ar gamgymeriad mewn hysbyseb ac yn ffonio i'm hysbysu, er mwyn i mi gael cyfle i'w gywiro! Bu Neil Fowler, y golygydd, a minnau mewn cysylltiad cyson dros y blynyddoedd a mawr yw fy nyled iddo am ei hynawsedd ar bob achlysur. Mae cynifer o enwau'n britho'r cof: Cliff Phillips (PA), Clive Betts, Rhodri Owen . . . Gweithiais yn agos gyda Hannah Jones a Karen Price, y ddwy sy'n gyfrifol am ddudalennau celfyddyd a'r cyfryngau yn y papur cenedlaethol. Ar achlysur fy ymddeoliad, cefais gyfweliad hir gyda Karen ar gyfer y papur – bu hi'n hael ei geiriau ac ni theimlai fod angen lempen geiriol ar ôl pob gair dyrchafol, fel y myn rhai papurau a chylchgronau o dro i dro. Bûm hefyd mewn cysylltiad cyson â'r *Daily Post*, o ddyddiau Arthur Williams, Iorwerth Roberts, Ivor Wynne ac Emyr Williams, ac yn ddiweddarach â Tom Bodden a ddysgodd Gymraeg mor dda.

Yn Cannes, bu gennyf berthynas weithiol dda gyda Julian Newby, golygydd y *Daily News*, a chyfarwyddwr cynhyrchu'r cylchgrawn, Patrick Chevry. Cafwyd llawer o hwyl gyda Patrick a'i staff wrth roi copi a lluniau S4C yn ei wely, megis! Cyhoeddwr yw Patrick, yn ymarfer ei ddawn ar lan y Môr Canoldir – cefais lawer cymwynas ganddo. Ym Mharis y mae Patrick a'i deulu'n byw.ª Sefydlodd ei deulu Ŵyl Mip cyn gwerthu i Reed Midem.

Ni fyddai wedi bod yn hawdd i mi wneud fy ngwaith heb ffotograffwyr medrus, dynion fel Gareth Morgan, Huw John, Richard Bosworth, Tegwyn Roberts, Andrew James, Mike Isaac, Gerallt Llywelyn, Adrian Rogers, heb sôn am Alex Berliner yn Los Angeles, a'r enwog deulu Coatsalion yn Cannes. Ac wrth sôn am Cannes, mae'n anodd peidio â chofio am bobol wych fel Catrin Lemaire o westy'r Gray Dalbion lle cynheliais nifer fawr o achlysuron a lle y lansiwyd sawl rhaglen gofiadwy – cyd-gynyrchiadau meistrolgar rhwng S4C a RTE, a La Cinquième a Discovery a'r cwmnïau cynhyrchu o Gymru, Opus a chynyrchiadau John Gwyn, i enwi ond dau. Yn y gwesty hwn ar lan Môr y Canoldir mae'r salad tomato gorau yn y byd a'r pwdinau blasusaf erioed. Byddwn hefyd wedi bod ar goll heb gymorth y technegydd medrus Marc Couranjou – gŵr annwyl a pharod ei gymwynas bob amser.

Arferai Roy James, ein hathro Daearyddiaeth yn Ardwyn, olrhain ein tras: 'Look at him, Lewis Griffiths Cornel Ofan – typical Celt', ac yna, 'Meredith, I don't know what you are. Mediterranean type, I suppose'. Gyda'r haul a'r bwyd ysblennydd, rwy'n hapus iawn i fod yn 'Mediterranean type'! Ond 'fast forward' yw hyn oll – roeddwn yn trio sôn am gyfnodau'r streicio!

Penllanw'r holl streicio yn y saith degau oedd streic fawr Eisteddfod Genedlaethol Caernarfon ym 1976. Ni chofiaf achos y gynnen – arian, mae'n debyg – ond yn ystod yr Eisteddfod, aeth y trydanwyr ar streic. Penderfynasant aros yn eu gwesty ym Metws-y-coed, a dyna ni. Aeth tri ohonom o'r cwmni i roi llythyrau diswyddo iddynt.

Dychwelais i faes yr Eisteddfod ac, ar yr adeg honno, y fi oedd unig swyddog HTV yng nghampws y cwmni ar y maes. Roedd llawer i'w wneud gan fod y trydan i gyd yn weithredol a'r campws yn beryglus. O'r diwedd, gyda help 'Manweb', cefais drefn ar bethau. Roeddwn yn

Barry, 'genius' y pebyll, yn derbyn rhodd o set deledu am ei wasanaeth
gan Stella Mair a minnau.

falch o weld diwedd yr Eisteddfod honno ac euthum adre i Feirion i
orffwys. Ond, rai dyddiau'n ddiweddarach, daeth galwad o Gaerdydd
gan fy nghyd-weithiwr, y Pennaeth Cynhyrchu. Roedd holl offer HTV
yn dal mewn pabell ar y maes ac roedd yntau wedi methu tynnu'r offer
i lawr – gwerth miloedd ar filoedd o bunnau o offer technegol. Y
broblem a wynebai HTV oedd nad oedd neb yn fodlon torri'r streic –
gofynnwyd i mi ddatrys y broblem a datgymalu'r campws. Roedd
gennyf gysylltiadau da â chwmni Woodhouse a'i reolwr ar y maes, sef
Barry. Woodhouse oedd berchen y pebyll ar safle HTV ac felly roedd
gennyf ryw afael arnynt. Cytunodd Barry. Datgymalwyd yr holl offer a
daeth gyrwyr HTV i nôl y cyfan mewn faniau niferus. Yn anffodus, nid
oeddent yn fodlon llwytho dim, dim ond gyrru'r faniau o'r De i'r
Gogledd ac yn ôl! Llwythwyd y faniau rywsut a dychwelais i Feirion o
faes gwag yr Eisteddfod i geisio cael ychydig mwy o orffwys!

Newid mawr arall rhwng dau gyfnod oedd y ffaith fy mod, yn y
saith degau, yn treulio cryn dipyn o amser yn y stiwdio, yn rhan
ganolog o'r broses, yn cydweithio'n ddyddiol gyda'r cynhyrchwyr a'r
cyfarwyddwyr, yr adran goluro a chynllunio, heb sôn am y gyrwyr a'r

cludwyr setiau, y trydanwyr a'r gwŷr camera a sain – y gwŷr a'r gwragedd hynny oedd yn cynnal y diwydiant. At y criw talentog yma i gyd y deuai'r actorion a'r actoresau, y sgriptwyr a'r corau a'r cantorion. Roeddwn yno yn y stiwdio pan ddeuai'r cynulleidfaoedd mawr a bach. Roeddem, yn ôl y drefn, ar garreg y drws yng nghanol y berw oll. Does gennyf ddim amheuaeth mai hwnnw oedd y lle gorau i fod.

Erbyn i mi ddychwelyd i ganol y byd teledu yn S4C ym 1993, roedd pethau'n dra gwahanol. Roedd grym yr undebau wedi diflannu bellach, a'r newid mawr sylfaenol oedd bod yr holl gwmnïau cynhyrchu y tu allan a thu hwnt i Ganolfan Deledu S4C mewn mannau ar hyd a lled Cymru; roedd natur y diwydiant wedi newid, a'r angen am stiwdio anferth wedi peidio yn wyneb datblygiadau ym myd technoleg ac o ran gwleidyddiaeth teledu. Mae'n golled fawr i weinyddwyr sianel deledu nad ydynt yn cysylltu'n gyson â'u pobol – yn griw cynhyrchu ac yn gynulleidfaoedd, ac maent yn ymwybodol o hynny. Rhaid ceisio cael ateb rywsut neu fe fydd gennym do o bobol ifanc yn gweithio mewn canolfan deledu nad ydynt wedi profi bwrlwm creadigol 'gwneud' rhaglenni teledu.

Mater trafodaeth pwysig arall yn ystod fy nghyfnod teledu, yn HTV yn arbennig, oedd y gair 'elw'. Ystyrid y gair yn air budr iawn gan rai, a defnyddid ef mewn dull dirmygus i lambastio teledu annibynnol, yn arbennig gan rai o'r BBC ac unigolion o blith ymgyrchwyr iaith a diwylliant Cymru – fel pe na bai'r gwareiddiad gorllewinol yn dibynnu ar rywrai yn rhywle yn gwneud elw. Roeddwn i, ar y llaw arall, yn falch o weithio i gwmni masnachol, cwmni a ddibynnai'n gyfan gwbwl ar ei adran hysbysebu yn gwerthu hysbysebion. Fel cyn-werthwr gofod hysbysebu i'r Bwrdd Croeso, roeddwn yn gallu f'uniaethu fy hun yn llwyr â'r ochr fasnachol, ac wedi'r cwbwl, onid oedd Michelangelo ei hun, cyn dechrau ar unrhyw waith i Bab neu uchelwr, wedi gofalu bob tro fod telerau'r cytundeb wedi eu setlo cyn iddo ddechrau'r gwaith a bod elw iddo yn y prosiect!

Er 1969, bûm yn ymwneud â theledu yn swyddogol, a chyn hynny cefais y pleser o gymryd rhan mewn rhaglenni yng nghyfnod TWW – rhaglenni amrywiol ac ambell raglen i'r BBC, fel y tro hwnnw pan actiais ran yr Ysgrifennydd yn nrama Molière, *Y Cybydd*. Doeddwn i ddim yn yngan gair yn y ddrama honno, drama deledu fyw gyntaf

BBC Cymru, dim ond neidio i fyny ac i lawr a chrio wrth i Dilwyn Owen (y Cybydd) ddyrnu desg a gweiddi, 'Sgwennwch e lawr, sgwennwch e lawr!'

Ond mae arnaf ddyled i'r BBC am adael i mi ddefnyddio'r tonfeddi radio lawer gwaith hefyd. Bûm yn paratoi penawdau'r papurau newydd ar dro, gan ddechrau gweithio am 6 o'r gloch y bore, awr annaearol i mi, ond roedd y croeso yn Ystafell Newyddion y BBC yn Llandaf yn dwymgalon ac yn ysbrydoliaeth, a'r paneidiau te yn gysur ac yn gymorth! Cymerais ran mewn rhaglenni dewis recordiau a chyfweliadau, a rhaglenni trafod gyda'r arwresau Beti George ac Elinor Jones, heb sôn am sgyrsiau byrion di-ri gyda Hywel a Dei ar faes ac ar ffôn! Ystyriaf y radio yn gyfrwng pwerus tu hwnt ac un o'm breintiau yn y maes oedd cael aml gyfarwyddyd gan fy nghyfaill oes, Wyndham Richards, wedi i mi baratoi fy hoff bytiau ar gyfer *Wythnos i'w Chofio*. Mae'r her o geisio creu 'mood' a'r awyrgylch cywir dim ond gyda goslef a thinc a thôn yn her arbennig, heb sôn am arswyd dechreuol darlledu byw. Does dim byd yn gwneud i'r adrenalin lifo'n ddi-ddewis fwy na chlywed llais yn eich clustiau yn dweud y geiriau, 'Mi fyddwn ni efo ti ar ddiwedd y gân . . .'

Ac felly, o ddiwedd y pum degau hyd 2001, clywais lawer trafodaeth a darllenais lawer o eiriau am deledu Cymraeg a Chymreig. Aeth egni gweinyddwyr, actorion ac actoresau, cynhyrchwyr a chyfarwyddwyr, heb sôn am ymgyrchwyr ac athrawon – pob sector o'r gymdeithas yng Nghymru, yn wir – i drafod teledu a'r iaith Gymraeg, a da o beth oedd hynny. Mae'n wych o beth i mi fod yr iaith, wedi canrifoedd o ddioddef ergydion yn ei herbyn, ac ymgyrchoedd bwriadol i'w lladd a'i difa, wedi bod ar y brig, yn destun trafod, o dan y chwyddwydr ac yn ganolog yng Nghymru am gyhyd. Yn y cyfnod hwn, cynhyrchwyd oriau lawer o raglenni teledu Cymraeg, ac nid pawb sy'n sylweddoli corff mor sylweddol o ddiwylliant gweledol a grëwyd gan deledu Cymraeg. Arhoswch am funud i ystyried faint o ddramâu unigol, o gyfresi drama, o raglenni dogfen swmpus, o raglenni cerdd a cherddoriaeth gwreiddiol, o raglenni materion cyfoes a newyddion, o raglenni celfyddydol, sydd wedi eu dangos ar deledu. A hyn oll yn wyneb gwleidydda teledol ieithyddol ffyrnig a di-baid am ddeugain mlynedd. Drwy gydol y cyfnod hwn, bu rhai wrthi'n ddygn yn creu ac yn gweithio'n greadigol yn wyneb tensiynau a phwysau ac mae dyled Cymru a'r Gymraeg iddynt yn anhraethol. Bu raid i lawer o gynhyrchwyr a darlledwyr roi eu bysedd yn eu clustiau a bwrw ymlaen â'u gwaith yn wyneb gwrthwynebiad ac ofnau mewnol weithiau a phwysau gwleidyddol oddi allan.

Drwy'r cyfnod yma cyn creu S4C, roedd un safbwynt o du'r BBC na allwn ei ddeall. Dywedai arweinwyr y BBC nad achubwr iaith oedd y BBC ond darlledwr yn gyntaf, ac os oedd y gweithgarwch yn falm i'r iaith, wel, ardderchog. Roeddem ni yn HTV, ar y llaw arall, yn cyhoeddi'n glir ein bod yn cynhyrchu rhaglenni Cymraeg er mwyn sicrhau parhad yr iaith. Beth oedd y broblem ynglŷn â dweud hyn? Gwyddem mai darlledwyr oeddem, roedd hynny'n berffaith amlwg!

Roedd agweddau gwahanol yn bodoli yn HTV a'r BBC hefyd ynglŷn â phrotestiadau iaith y saith degau. Ar y cyfan, Aled Vaughan a minnau fyddai'n delio â'r protestiadau iaith, a phob protest arall. Rwy'n amau nad oeddem mor barod i alw'r heddlu ag oedd ein cyfeillion yn Llandaf. Esboniodd y ddau ohonom lawer gwaith i nifer o brotestwyr fod croeso iddynt yn HTV bob amser, a phaned o de wrth gwrs! Ac roeddem bob amser yn barod i drafod. Ond os oedd tor-cyfraith i ddigwydd, yna roedd hynny rhwng yr unigolyn a'r gyfraith – agwedd digon teg, mi gredaf. Sylweddolem bob amser nad hwliganiaid o bell oedd ein hymwelwyr ond, yn aml, aelodau o'n teulu a chydnabod!

Clywais gan gyfaill dro yn ôl i ddirprwyaeth o Gymdeithas yr Iaith ddod i HTV i drafod gyda Syr Alun, Wynford ac eraill. Roeddent mewn peth gofid ynghylch y cyfarfod, ond nid oedd angen iddynt boeni. Cawsant amser ardderchog, gyda Syr Alun yn amlinellu ei gynllun i agor cadwyn o westai Cymraeg ledled Cymru!

Cofiaf yn ystod un brotest i Aled Vaughan a minnau esbonio i'n gwesteion fod yn rhaid i ni eu cario o ganol y fynedfa ym Mhontcanna i ochr yr ystafell, gan fod angen lle i bobl fynd a dod. Pwy gariwyd gennym y diwrnod hwnnw, ni chofiaf – mae'n siŵr bod rhywun yn rhywle yn cofio. Roedd yn bwysig ceisio gofalu nad staff gwrth-Gymreig oedd yn delio â'r materion hyn. Cofiaf yn dda am un achlysur amheus iawn. Roedd grŵp o iaith-garwyr wedi bod yn y stiwdio, ac ar ôl yr ymweliad darganfuwyd fod gwydr lens un o'r camerâu wedi ei grafu'n ddifrifol, gan beri gwerth miloedd ar filoedd o ddifrod. Ni chredem fod y weithred wedi ei chyflawni yn ystod yr ymweliad ac, er nad oedd gennym brawf, credem mai elfennau o'r garfan a ofalai am ddiogelwch mewnol oedd yn gyfrifol, ond ni chafwyd prawf o ddim. Cofiaf un achlysur, pan oeddwn yn hebrwng grŵp bychan o ymwelwyr o gwmpas y stiwdio, i'r Pennaeth Diogelwch alw arnaf; roedd arno eisiau gair ar frys. Gadewais yr ymwelwyr am ychydig a mynd i'w gyfarfod yn y dderbynfa. Roedd yn awyddus i'm rhybuddio fod aelodau o Gymdeithas yr Iaith ymhlith yr ymwelwyr! Diolchais iddo a dychwelyd at fy ngwesteion. Roeddwn yn eu hadnabod i gyd yn dda, os nad yn perthyn iddynt, a chawsom ymweliad ardderchog!

Bu un digwyddiad doniol iawn pan ddaeth giang o brotestwyr i'm swyddfa a minnau i ffwrdd ar y pryd. Credai'r wraig garedig oedd yn gwneud y te mai 'ymwelwyr gwahoddedig' oedd y protestwyr, a pharatôdd de ar hambwrdd i bawb, er mawr syndod i'r iaith-garwyr! Mae'n ddiddorol cofnodi y gallai'r ymwelwyr fod wedi dod i ymweld â Theledu'r Gorllewin Cyf. gan mai'r bwriad gwreiddiol yn nechrau 1967 oedd enwi'r cwmni yn Great Western Television Ltd ond fod yr enw Teledu Harlech wedi'i fabwysiadu erbyn diwedd 1967.

Cefnogai HTV awgrymiadau Pwyllgor Crawford y dylid cyflwyno'r bedwaredd sianel yng Nghymru cyn gynted â phosibl, a hynny heb aros am y penderfyniad ynghylch Sianel 4 yn Lloegr. Credai HTV y byddai gan y cwmni ddefnydd o ddwy sianel fel y BBC, gyda'r Gymraeg ar yr ail sianel, gan adael un o sianeli HTV ar gyfer rhaglenni Saesneg yn unig. Ni dderbyniwyd argymhellion HTV, a bu'n rhaid derbyn y byddai rhaglenni Cymraeg y BBC a HTV ar un sianel. Mewn cyhoeddiad ym 1982 dywedodd yr Arglwydd Harlech:

> *'Rydym wedi bod yn awyddus erioed i wneud cyfraniad pwysig i ddarlledu yn yr iaith Gymraeg. Mae'r ffordd yn glir erbyn hyn i HTV gyfrannu'n sylweddol er cyfoethogi gwasanaeth rhaglenni S4C fel y rhagwelwyd yn y Ddeddf Darlledu. Bydd datblygu'r cyfleusterau newydd, a'r cynnydd mewn staff ar gyfer hyn, yn cael ei gyflymu ar unwaith.'*

a chyhoeddodd S4C ym Mehefin 1982:

> *'Roedd Syr Goronwy Daniel yn arbennig o falch pan gafodd arwyddo'r cytundeb rhwng S4C a HTV am bump o'r gloch brynhawn Iau, Mai 27. Cymerodd Syr Goronwy ran flaenllaw yn*

*y trafodaethau maith ynglŷn â'r cytundeb. "Gydag arwyddo'r cytundeb hwn," meddai, "mae'r holl gynseiliau wedi eu gosod. Rwy'n rhag-weld mai Haf 1982 fydd un o'r hafau prysuraf yn hanes y genedl".'*

Bu dyfodiad S4C ym 1982 – gan ddefnyddio'r bedwaredd sianel yng Nghymru ar gyfer ei darllediadau – yn ateb sicr i wasanaeth teledu yn yr iaith Gymraeg. Roedd ateb gwell fyth ar y gorwel, fodd bynnag, lle gellid defnyddio sianel ddigidol ar gyfer yr iaith Gymraeg yn unig, sianel lle nad oedd angen rhannu'r gofod gyda rhaglenni Saesneg Sianel 4 Lloegr. Ond ym 1982 roedd hynny ymhell yn y dyfodol! Rhaid cofio, fodd bynnag, fod y gymysgfa o raglenni Cymraeg S4C gyda rhaglenni Saesneg Sianel 4, a nifer o'r rheini'n rhai poblogaidd iawn, wedi (ac yn) sicrhau 'ratings' uchel i'r Sianel ac felly'n gymorth i werthu hysbysebion. Bu'n ofid i mi ers blynyddoedd lawer beth fydd yn digwydd i'r incwm hysbysebu pan na fydd dim o'r rhaglenni Saesneg poblogaidd yn cael eu dangos ar S4C. Bryd hynny, bydd diwrnod y frechdan deledol, brechdan gyda'r Gymraeg yn ganolog ac yng nghanol y tafelli o Saesneg, wedi dod i ben.

Cyn 1982, roedd rhaglenni Cymraeg megis *Yr Wythnos* ar y brig ar HTV a golygai hyn fod y di-Gymraeg yn mynd yn gandryll! Fel y dywedodd cynghorydd o Abertyleri wrthyf un tro, 'David, I've never hated the Welsh language as much as I have this week!' Roedd wedi colli un o'i hoff raglenni! Dyfynnwyd y llinell hon gan Ned Thomas yn ei lyfr *The Welsh Extremist*. Roedd hi'n crisialu'r sefyllfa'n greulon berffaith – roedd y Gymraeg yn cael ei niweidio am nad oedd technoleg yn gwasanaethu anghenion ieithyddol Cymru. Meddylier am ba hyd y bu Cymru'n aros am drosglwyddydd Treffynnon! Oni bai am weithredu cadarnhaol S4C yn y naw degau, byddai'r ardal honno'n dal i aros!

Credai'r diweddar Athro Jac L. Williams ac eraill na ddylid 'ynysu' (yn eu tyb hwy) y Gymraeg i un sianel, ond yn hytrach y dylid cadw'r Gymraeg ar HTV a'r BBC i fod yn lefain yn y blawd, megis. Credai Alun R. Edwards yn HTV y dylid bod wedi cadw rhai rhaglenni Cymraeg ar HTV, hyd yn oed ar ôl sefydlu S4C, a bu'n galw am hynny oddi fewn i'r cwmni.

Ond cyfuniad pwerus oedd y cyfuniad a ddaeth ag S4C i fod – teimladau'r Cymry Cymraeg i fynnu sianel deilwng i'r iaith Gymraeg,

Peter Elias Jones a minnau yn Eisteddfod yr Urdd dan y slogan
'Y gorau yn gyson i Gymru'.

gyda phinacl y teimladau hynny yn safiad hunanaberthol Gwynfor, a
theimladau'r di-Gymraeg i fynnu sianel lle gallent weld 'the proper
programmes' yn eu hiaith hwythau. Rwy'n amau mai'r 'proper
channel', y 'proper programmes', oedd y rhaglenni hynny a welent yn
y rhestrau yn y *TV Times* a'r papurau dyddiol. Gymaint y gri hon fel y
gallai hyd yn oed raglenni arbenigol yn Saesneg am Gymru achosi
problemau! Y mae'r ffaith nad yw cylchgronau a phapurau newydd
eang eu cylchrediad yng Nghymru yn rhoi sylw teg i S4C yn eu
rhestrau rhaglenni yn broblem fawr iawn i'r iaith Gymraeg.

Ond ofer rywsut yw edrych yn ôl, a rhaid symud ymlaen; daeth
S4C i fod, a bu'n llwyddiant digamsyniol. Rhoddodd y sianel urddas
i'r iaith. Bellach mae'r sianel yn gallu cynrychioli Cymru ledled y
byd, yn gallu adrodd ein stori ni wrth bobloedd y gwahanol
gyfandiroedd. I aralleirio Gwynfor pan soniodd am yr economi,
'dylai'r bobol reoli technoleg nid technoleg reoli'r bobol'. Gyda
dyfodiad gwasanaeth digidol S4C (h.y. sianel arall heblaw y sianel
ddaearol) – y gwir sianel Gymraeg gyda dros wyth deg awr yr
wythnos o raglenni Cymraeg – o'r diwedd, mae technoleg yn
gwasanaethu'r iaith Gymraeg o ddifri. Mae hi wedi bod yn broses hir!

O sôn am Gwynfor, cefais y fraint ym Medi 2002 o alw yn y Dalar
Wen ym Mhencarreg i'w weld, ac yntau'n 90 oed. Wedi croeso
cynnes gan fy Modryb Nannon, cyfnither fy mam, a sgwrs am y teulu

a Chwm Cynllwyd, euthum i weld Gwynfor yn ei ystafell. Roedd yn orweddog, ond mewn hwyliau ardderchog. Cawsom sgwrs ein tri am dipyn o bopeth, a chyfle i chwerthin am droeon trwstan teuluol y dyddiau gynt. Gwynfor y gwleidydd, Gwynfor yr arwr cenedlaethol – a Dewyrth Gwynfor i mi!

Drwy gydol y saith degau, gwelais dwf madarchaidd y trosglwyddyddion wrth i'r system ddarlledu newid o 'very high frequency' VHF i 'ultra high frequency' UHF. Y drefn yn HTV oedd mai fi a'm hadran oedd yn trefnu'r dathliadau i agor y trosglwyddyddion. Wedi i ni wneud y trefniadau a pharatoi rhestr o westeion mewn ymgynghoriad â'r IBA, byddai'r IBA, a minnau ar ran HTV, yn rhannu'r gost. Golygai hyn gydweithredu agos gyda swyddog yr ADA yng Nghymru, y diweddar Lyn Evans, a fu'n gyfaill ac yn gydweithiwr da a charedig. Oherwydd y berthynas agos yma 'ar y ddaear' fel petai, roedd gennyf wybodaeth bersonol o leoliad trosglwyddyddion Cymru a gallwn esbonio i'r gwylwyr a'r cwynwyr sut, lle a pham!

Ni fyddai man y dathlu bob amser yn agos at y trosglwyddydd! Cofiaf ddathlu agor un o'r rhai cyntaf, sef trosglwyddydd Blaenau Ffestiniog. Penderfynais y byddai gwesty Portmeirion yn lle da i gael dathliad – yn lle da iawn! Ac felly y bu; cytunodd yr ADA a chawsom sgram go iawn yn y gwesty ardderchog hwnnw o flaen tanllwyth o dân, a'r eira'n dew ar lawr y tu allan. Ar y diwrnod arbennig hwnnw, cododd Syr Ben Bowen Thomas, Cadeirydd yr ADA yng Nghymru, ar ei draed wrth y bwrdd bwyd ym Mhortmeirion. Edrychodd drwy'r ffenest i gyfeiriad Ffestiniog a llefaru'r geiriau, 'Edrychaf i'r mynyddoedd draw, lle daw im help ewyllysgar', Roedd trosglwyddydd Ffestiniog wedi'i agor yn swyddogol!

Roedd hi'n ddiddorol iawn i mi mai o'r Eidal y daeth llawer iawn o'r offer technegol ar gyfer y trosglwyddyddion. Roedd hyn yn gwneud iawn am y benthyciad ariannol a gafodd Edward y Cyntaf gan fancwyr yr Eidal i adeiladu ei gestyll gorthrymus lawer canrif ynghynt. Melltith mewn un cyfnod, a bendith yn y llall!

Derbyniodd HTV lawer o wobrau rhyngwladol am ei raglenni, a daeth y cwpwrdd gwobrau yn fan pwysig yn y stiwdio. Yn ddiweddarach byddai Ellis Owen, y Pennaeth Rhaglenni, a minnau yn cael difyrrwch mawr wrth ddadlau ynghylch pwy fyddai'n glanhau 'y cwpwrdd trôffis'.

127

# CÂN, WY A BANANA!

Pe bawn i wedi aros ym myd dysgu neu ym myd twristiaeth, ni chredaf y byddwn fyth wedi cyfarfod â'r cymeriadau y cyfarfûm â hwy yn y byd teledu. O ddydd i ddydd, deuai cymeriadau gwreiddiol iawn i'r Ganolfan Deledu yng Nghaerdydd; yn wir, roedd fel pe bai goleuadau llachar y sgrin deledu'n eu denu atom. Gwelodd a chlywodd fy nghyd-weithreg, Catrin Lloyd Rowlands, a minnau bethau rhyfedd iawn dros y blynyddoedd, a bu hiwmor cynhenid a gwytnwch Catrin yn help difesur i ddelio â'r sefyllfaoedd; yn hyn o beth nid wyf yn dibrisio cyfraniad gwiw fy nghyd-weithwyr Sandra, Linda, Mari a Nicholas. Buont yn wrol yn wyneb fy 'moncyrsrwydd' i ac eraill!

Cofiaf un gŵr a ddaeth ar ymweliad digon diniwed, ond wedi mynd ag ef i mewn i'r stiwdio dechreuodd ganu'n uchel gan ei gynnig ei hun yn ganwr ar gyfer rhaglenni. Wedi'r ymweliad cyntaf, di-rodd, dechreuodd ymweld â ni'n rheolaidd, gan ddod â wyau ffres i'w ganlyn! Ymweliad rhyfeddach fyth oedd ymweliad y gŵr a'r wraig yn cario bagiau siopa helaeth. Roeddent wedi dod i gwyno am yr hysbyseb ar y sgrin y noson cynt, hysbyseb oedd wedi achosi embaras mawr iawn i'r wraig. Pan geisiais ddarganfod natur yr hysbyseb, roedd y mater yn ormod o embaras iddi! Ni allai ddweud wrthyf. Mrs Evans oedd ei henw, ac wedi i mi holi cyfeillion am hysbyseb yn cynnwys yr enw 'Evans' a'r chwilio hwnnw'n aflwyddianus, gofynnodd tybed a fyddai ei hail enw yn help. Pwysodd y wraig i'm cyfeiriad gan ddweud, 'My second name is Mildred!'

Os nad oedd ein pennaeth hysbysebion yn gwybod am hysbyseb yn cynnwys yr enw 'Mrs Evans', yn sicr ni fyddai 'Mildred' yn golygu llawer iawn iddo! Wedi i ni fethu â datrys ei phroblem, cododd 'Mildred' o'i chadair a dweud wrth ei gŵr, 'Come on, love, he's not going to help us,' a cherddodd y ddau allan o'm stafell ac o'r stiwdio, gan fy ngadael mewn penbleth hyd y dydd heddiw! Ni allaf ond dyfalu efallai mai cyfeirio roedd 'Mildred' at hysbyseb sebon Fairy Liquid lle'r oedd merch fach yn peintio wyneb ar botel sebon blastic, a'r sebon hwnnw yn 'Mild-red Fairy Liquid'! Odiach nag od!

Un bore, daeth galwad o'r dderbynfa i ddweud bod gŵr ifanc am fy ngweld ynglŷn â choed! Cerddais i'r dderbynfa i'w gyfarfod, ac edrychai'n ddigon normal! Dywedodd ei fod yn awyddus i gynnig coed i HTV. Gofynnais iddo pam yn union iddo ddewis teledu HTV ar gyfer y caredigrwydd yma. Esboniodd yn ddigon rhesymol ei fod yn gyrru heibio i'r Ganolfan Deledu bob dydd ac wedi sylwi nad oedd llawer o goed yn tyfu o gwmpas yr adeilad. 'O'r gore,' meddwn i. 'Diolch yn fawr, mi gymerwn ni'r coed gan eu bod am ddim. Dewch â nhw fory, a diolch yn fawr eto.' Y diwrnod canlynol, dychwelodd y dyn ifanc â dwy goeden mewn potiau pridd; gyda phob coeden roedd llun. 'Be ydi hwn?' holais wrth edrych ar y llun cyntaf. 'O,' meddai'r dyn, 'dyma lun y goeden, fel mae hi'n tyfu i'w llawn dwf yn Affrica!' Roedd hi'n goeden anferthol, yn ymestyn i'r entrychion. 'A be ydi hwn?' meddwn, yn cyfeirio at ryw lwmpyn bach lleiaf yn y byd wrth fôn y goeden. 'O, jiráff ydi hwnne,' meddai. Oedd, roedd hi'n goeden fawr iawn!

Yna holais am y llun oedd yn cyd-fynd â'r goeden arall. 'O, fel hyn mae'r goeden yma'n tyfu'n fawr yn yr Amason,' meddai. Os oedd y goeden Affricanaidd yn fawr, yna roedd yr Amasoniad yn tyfu i gyfeiriad lloeren Rupert Murdoch yn y gofod! Penderfynais dderbyn y ddwy goeden yn dawel a diolchais i'r gŵr coediog am ei garedigrwydd. O fewn mis, dechreuodd y goeden Affricanaidd ddrewi'n ofnadwy a bu'n rhaid cael ei gwared; gwywodd y goeden arall. Gormod o ddail te, mi gredaf! Petaent wedi tyfu i'w llawn dwf, byddent wedi peryglu seiliau unrhyw adeilad – a hyd yn oed wedi tanseilio Croes Cwrlwys ei hun!

Ond ni fu yr un ymweliad rhyfeddach nag ymweliad y dyn a oedd yn bwgwth ei saethu ei hun. Dechreuodd y ddrama pan alwyd arnaf gan ein dynion diogelwch wrth giât allanol HTV, yn gofyn am gymorth. Roedd dyn wedi ei rwystro rhag dod i'r Ganolfan Deledu. Cyhoeddodd, wedi iddo gael ei stopio, ei fod yn mynd i'w saethu ei hun! Daeth rhyw deimlad samaritanaidd trugarog drosof y diwrnod hwnnw a gorchmynnais i'r dynion diogelwch ddod â'r gŵr druan i mewn i glydwch y Ganolfan, er gwaethaf eu protest, gan ei bod hi'n amlwg fod arno angen help. Cofiaf y geiriau, 'Bring him in? But he's going to shoot himself!' Gorchmynnais i'r gofalwyr ddod â'r gŵr i'r Ganolfan, ac felly y bu. Wedi i mi eu cyfarfod yn y dderbynfa, gwelais ŵr gwael yr olwg yn eistedd rhwng dau ddyn cryf. Gofynnais i'r gofalwr ein gadael a chynigiais baned o de i'r gŵr. Wrth gerdded i gyfeiriad y ffreutur, dywedodd wrthyf ei fod yn wael, ond nad oedd neb yn gwrando arno, a'i fod wedi bod yn gweithio yn Ynyslas, Aberystwyth. Cawsom sgwrs gynnes am Aberystwyth, Ynyslas a'r Borth. Wedi cyrraedd y ffreutur, estynnais baned o de iddo a chymerodd fanana i'w gynnal! Gwelwn fod y truan mewn cyflwr enbyd a gelwais ar ddoctor y cwmni; yn y diwedd, cyrchwyd ef i'r ysbyty.

Dyddiau digon cyffredin oedd dyddiau'r digwyddiadau anghyffredin hyn i gyd – pob diwrnod wedi dechrau'n ddigon normal!

Ond roedd un digwyddiad yn un hollol orffwyll. Eisteddwn wrth fy nesg ym Mhontcanna ryw fin nos, pan ddaeth galwad ffôn gan Ken Rees, un o'n newyddiadurwyr. A fyddwn i'n dod draw i Glwb HTV ar frys, gan fod gwrthryfel ar fin digwydd? Prysurais draw i'r Clwb. Wrth gerdded at yr adeilad, gwelwn actor, y diweddar Ray Smith, a'r bardd eingl-Gymreig, y diweddar John Tripp, ill dau 'chydig yn ddedwydd, ben-ben gyda Ken wrth ddrws y Clwb. Gwaeddai Ken wrth y ddau am fynd adre, gan nad oeddent yn aelodau, a gwaeddai Ray a John yn uwch eu bod yn benderfynol o fynd i mewn i'r Clwb. Roedd y sefyllfa'n argyfyngus, gyda Ray yn bygwth dyrnu Ken a Ken yntau'n gyn-blismon yn ei herio i wneud hynny. Roeddwn yn adnabod Ray a John yn dda a cheisiais ymresymu â hwy, ond yn ofer. Yn ddirybudd, cydiodd John Tripp ynof a dechrau dawnsio gyda mi gan lafarganu 'Come on David, let's have a dance'! Beth wnewch chi â gŵr tal, canol oed, sydd i fod yn ŵr cyfrifol, ond sy'n mynnu eich llusgo o gwmpas gan alw'r symudiadau trwsgwl yn ddawns? Llwyddais i berswadio John i sobri a'i reoli ei hun, ond erbyn hyn roedd Ray a Ken ar fin dyrnu'i gilydd. I ganol y cythrwfl swnllyd yma, cyrhaeddodd yr heddlu. Roedd Ray wrth ei fodd – dyma oedd drama go iawn. Cododd ei ddyrnau i gyfeiriad trwyn y plismon gan ddweud yn orfoleddus, 'Come on, officer, hit me!' 'Look,' meddai hwnnw'n fygythiol, 'if you persist with this stupidity I will!'

Yn y cyfamser, roeddwn yn parhau i erfyn ar y ddau i stopio, a'u gwahodd am ddiod gyda mi yn nhafarn yr Halfway, nid nepell o'r Clwb. Am eiliad credwn fod Ray yn mynd i blannu i mewn i'r PC o ddifri, ond daeth newid meddwl, sobrodd ryw ychydig, ailadroddais fy ngwahoddiad ac, er syndod i mi, cytunodd y ddau i'm dilyn. Roedd y cresis ar ben a heddwch yn teyrnasu! Ryw fis yn ddiweddarach, cyfansoddodd John Tripp gerdd glodfawr i mi, darn o farddoniaeth rwy'n ei thrysori'n fawr!

Credaf fod gan bob cwmni preifat a chyhoeddus gyfrifoldebau cymdeithasol. Beth yw pwynt grym os na chaiff ei ddefnyddio er mwyn dynoliaeth?

Diolchwn yn ddyddiol am gydweithrediad Catrin Lloyd Rowlands wrth ymdrin â dynoliaeth, ond nid dyna unig waith Catrin! Roedd yn llenor cydnabyddedig yn ei hawl ei hun ymhell cyn bod tudalen Gymraeg y *TV Times*, a oedd yn ganolog i'w goruchwylion. Golygodd Catrin y dudalen hon gyda graen, ac roedd gan y dudalen Gymraeg gylchrediad gyda'r uchaf yn hanes yr iaith!

Yn croesawu'r Tywysog Siarl i ganolfan HTV yng Nghroes Cwrlwys.

131

Y Tywysog Siarl a'r Dywysoges Diana yn arwyddo dogfennau yn ystod ymweliad
â Chroes Cwrlwys yn y 1980au.

A sôn am ymwelwyr, deuai ymwelwyr brenhinol atom o dro i dro a'r pryd hynny byddai prysurdeb mawr gan Heddlu De Cymru, gyda hofrenyddion yn chwyrlïo o'n cwmpas a chŵn atal bomiau yn stwffio eu trwynau i bobman. Roedd yr achosion hyn yn gyfle i gael sgwrs am bethau eraill heblaw coed anferth a jiráff!

# Y Daith Gerdded

Nid yn aml y gwelir cynulleidfa capel yn cerdded ar daith noddedig dros bellter o ddeng milltir i godi arian at drwsio to a harddu capel. Ond dyna a ddigwyddodd ar ddydd Sul, Medi 28ain, 1986. Y diwrnod arbennig hwnnw – diwrnod gwyntog a glaw mân yn disgyn – fe gerddodd ymron i hanner cant o bobl Cwm Cynllwyd, yn henoed, canol oed a phlant, a minnau yn eu plith, o Gapel Cynllwyd, heibio i ffermdy Talardd, i fyny Cwm Croes, drwy Fwlch Surddyn ac i lawr i Flaen Mawddwy. Drwy gerdded yn y fath fodd, casglwyd dros £600. Defnyddiwyd yr arian i dalu am ail-doi Capel Cynllwyd, Capel Soar, a pheintio'r tu mewn a'r tu allan i'r capel; cafodd ei wneud yn ddiddos ac yn gymwys i gynnal gwasanaethau crefyddol a bod yn ganolfan cymdeithasol i Gwm Cynllwyd am flynyddoedd i ddod, fel y bu am ganrifoedd lawer. Pan gynhaliwyd Cyfarfod Cynllwyd, ein heisteddfod leol ni, yn y capel yn Nhachwedd 1986, yr oedd Cynllwyd yn gallu gwahodd pawb i adeilad clyd a diogel.

Cychwynnwyd y daith o'r capel ei hun, fel y soniwyd, a gallem fod wedi ein hatgoffa ein hunain gydol y daith am lecynnau ac iddynt arwyddocâd hanesyddol. Bu Howell Harris yn aros yn Nhalardd yn ystod ei ymweliad cyntaf â Meirionnydd yn y ddeunawfed ganrif. Gallem oedi wrth Tŷ Mawr i sôn am George Borrow yn ymweld â Chwm Croes ac yn croniclo'r hanes yn *Wild Wales*. Byddai Tudur Penllyn, a drigai yn y Weirglodd Gilfach, wedi ysgrifennu cerdd gofiadwy, mae'n siŵr, wrth weld y fath fintai yn cerdded heibio. Yn y Weirglodd Gilfach hefyd y cynhelid seiadau yn ystod y Diwygiad Methodistaidd, a byddai Howell Harris ei hun wedi cael sioc o weld cynifer o gredinwyr, nid yn dod i'w erlid fel a ddigwyddodd yn y Bala, ond i gefnogi ei achos. Dywedid iddo gael ei synnu un noson seiat yn y Gilfach o weld y gynulleidfa oll, yn ddynion ac yn ferched, yn gweu, a'r gweu hwnnw'n peidio ac yn troi'n orfoledd wrth wrando ar bregeth Harris. Wrth fynd heibio i'r Weirglodd hefyd, gallem weld y bont Rufeinig glasurol dros yr afon. Mae'n rhyfedd meddwl bod y Rhufeiniaid, neu o leiaf eu milwyr cyflog, hefyd wedi bod yn cerdded yn y cwm yma.

Cerddasom yn fintai gref heibio i Gwm Ffynnon, a'r Aran, gwaetha'r modd, yn llechu mewn niwl. Wedi mynd drwy Fwlch Surddyn, anelwyd am flaen y ffordd newydd a dorrwyd o'r ddaear gan Bengeulan Mawddwy. Mae'r Ddyfi wedi torri ceunant dramatig iawn iddi ei hun ym Mlaen Mawddwy, gyda hafnau dyfnion a sŵn y dwndwr yn fiwsig i'r glust. Cerddem i lawr dyffryn lle bu'r bardd William Wordsworth yn ei dro yn cerdded gyda'i gyfaill o Ruthun, Robert Jones.

Er y dynfa ar y pengliniau, roedd hi'n werth mentro i lawr y llechwedd i gael paned o de a chacen a brechdan gan y gwragedd a'r gwŷr caredig a fu wrthi'n paratoi ar ein cyfer. Un peth oedd y cerdded. Heb y cefnogaeth, ni fyddai wedi bod yn bosibl codi'r arian. Cafwyd cefnogaeth o bobman – o Gaerdydd, o gasgliadau mewn marchnadoedd, a chyfraniadau o bob rhan o Gymru.

Bu darllediad ar y radio am y daith, a deilliodd ychydig o arian o'r sgwrs fer honno – oll yn gyfraniadau gwerthfawr. Ond yn ogystal â'r casglu, cafwyd bendith o'r cerdded; cawsom oll hwyl a sbort ac ysbrydolodd y daith ambell gerdd ddigri a chocosaidd! Cerddodd rhai y deng milltir yn ysgafn droed tra llusgodd eraill ar draed ansicr ond, er gwaethaf popeth, yr achos a gafodd y fendith. Byddai'n braf pe gallai rhywun ddarganfod dull llai lyglyd o godi arian! Ond roedd y daith hon yn newid i mi o weithgarwch teledol di-baid.

Y Daith Gerdded

Dros ddeugain o bobl,
Yn henoed a phlant,
un ci,
a fi,
Yn cychwyn cerdded
Dros bont Talardd,
Yn ffri.
Hen law mân a'r tywydd yn bŵl,
A finne'n cerdded ar draed camel –
Y ffŵl.
Erbyn cyrraedd Tŷ Mawr,
Awydd eistedd i lawr

Yn ymyl y Gilfach,
Yn teimlo'n reit afiach.
Wrth wal Nantllyn,
Fy anadl yn brin,
Ac Arfon yn ei wely –
Doeth iawn oedd hynny.
Gweld ffordd Seimon Gwynfor
Yn serth a llechweddog;
Poen yn fy nghoes
A theimlo yn groes;
Rhyw ddechrau tuchan
A'r traed camel yn gwegian
A dechrau sylweddoli
'Mod i'n dipyn o woli
Mewn cwmpeini bugeiliaid
Oedd wedi arfer cerdded.
Syrthio 'nôl at y ci
Oedd yn tuchan fel fi.
Yn ymyl Cwm Ffynnon,
Holi Jac
Oedd hi'n ffor' bell o fan'no,
Ac ynte yn clwyddo
A deud
'Dim ond rownd cornel.
Weldi'r lwmp bach 'cw fan'cw?
Ychydig i fyny,
Mi ei di dan ganu.'
Pawb wedi diflannu,
Ac yna ebychiad
Gan un o'r cerddwyr:
'Mi geith to'r capel ddisgyn yn blecto
Cyn y cerdda i eto.'
A minne'n amenio,
A 'nhraed i yn chwyddo.
Mi arhosa i yma
Yng nghanol y tywydd;
Mi arhosa i yma

Yn hapus a llonydd.
Ail nerth i fynd mlân,
A 'nhraed i ar dân,
I gopa Bwlch Surddyn
A 'mhen yn y gwynt.
Yn anffodus i mi,
Mae'r ci'n mynd yn gynt.
Fe gyrhaeddwyd i Fawddwy
Yn gwegian bob cam,
A chael paned o de
A chacen jam.
O pam, o pam y bu'r gosb greulon hon,
A minnau ddydd Sadwrn yn hapus a llon.
Ac yna mi glywais ryw lais oddi fewn
Paid bod yn hy, paid bod yn ewn,
Mae'n ddyletswydd ar bawb –
Traed normal a chamel –
I gerdded a cherdded
Er mwyn y capel.
Da ti, paid â chwyno –
Fe gei, fel y ci,
Orffwys dy draed
Yng nghlydwch dy dŷ!

Cerdd a luniwyd yn dilyn taith gerdded noddedig dros yr Aran o
Gynllwyd i gyrion Llanymawddwy i godi arian i drwsio to Capel
Soar, Cwm Cynllwyd.

# DATHLU CYFIEITHU'R BEIBL

Pan gyhoeddwyd fod Pwyllgor Cenedlaethol i'w sefydlu i ddathlu cyfieithu'r Beibl, 1588–1988, etholwyd cyn-Archesgob Cymru, G.O. Williams, yn gadeirydd. Yn fuan wedi hyn, cysylltodd W.R.P. George, Cricieth, â mi yn fy ngwahodd i fod yn Ysgrifennydd Pwyllgor y Wasg a fyddai'n atebol i'r Pwyllgor Cenedlaethol. Cytunais, a dechrau ar y gwaith. Ffurfiwyd Pwyllgor i ddechrau dan gadeiryddiaeth W.R.P. George, ac ar ôl ei ymddiswyddiad ef, daeth Owen Edwards, Cyfarwyddwr S4C, yn gadeirydd. Roeddwn yn falch fod fy hen gyfaill Iorwerth Roberts, y *Daily Post*, wedi gallu ymuno â ni. Llwyddasom i gael cyhoeddusrwydd da ac effeithiol i stampiau'r dathlu, i'r medalau aur, arian ac efydd o waith y Bathdy Brenhinol, ac i weithgarwch helaeth ledled Cymru dan arweiniad y Pwyllgor

Yn dathlu cwblhau medal cyfieithu'r Beibl yn y Bathdy Brenhinol, Llantrisant (chwith i'r dde): Owen Edwards, Prif Gynllunydd y Bathdy ac Emrys Evans.

Cenedlaethol. Wrth sôn am y medalau, cofiaf mewn un Eisteddfod imi werthu medal i chwaer Richard Burton, Hilda.

Cyfrannodd *Y Cymro*, drwy law Llion Griffiths, y gannwyll fwyaf a welodd Cymru erioed, Cannwyll y Cymro, a bu'n goleuo capeli, eglwysi a neuaddau trwy Gymru. Roeddwn yn gyfarwydd iawn â'r cynllun i gyfieithu'r Beibl gan fod fy nhad wedi gweithredu ar y panel cyfieithu, a'r cyfieithiad wedi bod yn cyrraedd ein tŷ ni fesul tudalen am flynyddoedd. Cydweithiwn yn agos ar y Pwyllgor Cenedlaethol gydag Alun Creunant Davies a'r Dr Emrys Evans – ef oedd pennaeth ariannol y Pwyllgor Cenedlaethol, a mawr fu ei lafur trwy gydol yr ymgyrch. A fu unrhyw berson yn fwy ei sêl a'i weithgarwch dros faterion crefyddol a Chymraeg a Chymreig na'r Dr Emrys Evans? Cefais y pleser o gydweithio'n agos ag ef ar brosiectau mawr a bach. Rhaid derbyn mai brodor o Sir Drefaldwyn yw Emrys ond mae'r ffaith fod Mair ei wraig o Aberystwyth yn destun cymeradwyaeth hael!

Bu G.O. Williams yn Gadeirydd rhwydd i gydweithio ag e, a phenllanw'r blynyddoedd o drefnu oedd gwasanaethau a gynhaliwyd drwy Gymru benbaladr. Rhaid cyfeirio'n arbennig at y gwasanaeth a gynhaliwyd yn Llanrhaeadr-ym-Mochnant, lle bu'r Esgob Morgan yn llafurio, a'r gwasanaeth yn Abaty Westminster lle bûm yn dyst i gyflwyno copi o'r cyfieithiad newydd i'r Frenhines Elizabeth, gan mai Elizabeth arall a gomisiynodd gyfieithiad 1588. Drwy gydol y cyfnod paratoi, bu cwmni HTV yn gefn i mi yn fy ngwaith gyda'r Pwyllgor Cyhoeddusrwydd a'r Pwyllgor Cenedlaethol, a chefnogai'r Bwrdd Cymreig yr holl weithgarwch i'r carn.

# M

Bûm yn gyfrifol am enwi un rhan o gwmni cysylltiadau cyhoeddus Strata Matrix, ond doedd dim byd tebyg i enwi fy nghwmni fy hun gyda llythyren yn cynrychioli fy enw. Sôn am egoistiaeth! Benthycwyd y gair 'Strata' yn union o enw mynachlog yng Ngheredigion, Strata Florida (Ystrad Fflur), enw cofiadwy a hawdd ei ddweud, a'r un modd *M*.

Erbyn 1990, roeddwn yn argyhoeddedig mai cwmnïau bychain deinamig oedd piau'r dyfodol. Cofiaf i Bennaeth Cysylltiadau Cyhoeddus Cwmni Lloyds yn Llundain sôn wrthyf mai cwmnïau bychain a ddefnyddiai ef mewn gwahanol rannau o'r byd, cwmnïau o ddim mwy na phump o bobol. Roeddwn eisoes wedi cael profiad o ddefnyddio cwmni PR mawr fy hun. Ar ddydd Llun, efallai y byddwn

Trefniant Cwmni *M* i S4C a'r RTS – darlith goffa Huw Wheldon gan Sian Phillips: John Hefin (Cynhyrchydd) ar y chwith a Sian Phillips.

Julie Christie yn arddangos crys-T Cwmni *M* Gŵyl Ffilm Ryngwladol Cymru,
Aberystwyth.

Y Fonesig Yamani, Sheik Yamani, Gweinidog Olew Sawdi Arabia a Grant Watshe,
Cyfarwyddwr Banc Barclays.

yn siarad â Cindy; ddydd Mawrth nid oedd Cindy ar gael ac ni wyddai Jake beth oedd y gwaith a wnâi Cindy ar fy rhan. Erbyn dydd Mercher nid oedd Jake ar gael – roedd ar gwrs carlam am dri mis – ond roedd Isobella Clarence Smith yn delio â'r gwaith, ond ei bod ym Mharis y diwrnod hwnnw! Garech chi siarad efo Rupert? – fo ydi ei bòs hi!! Sefyllfa drychinebus. Pan sefydlais i *M*, roedd tri ohonom – pedwar maes o law – Ruth fy chwaer yn rhedeg materion gweinyddol ac ariannol, a Rhys Tudur a minnau yn y maes. Yn ddiweddarach, ymunodd Owain fy mab am gyfnod yn drefnydd y Gogledd. Roedd pawb yn gwybod busnes y llall ac roeddem ar gael rownd y cloc os byddai angen. Byddem yn fodlon symud mynyddoedd ar gyfer ein cleientau, ac os fyddai angen gwthio'r môr yn ei ôl, fe gymerai hynny ychydig fwy o amser. Slogan y cwmni oedd, 'Y cwmni sy'n cysylltu pawb'! Agorais swyddfa yn adeilad Penhill ym Mhontcanna gan logi gofod gan Crosthwaite Henderson drwy Dafydd Hampson, ac roeddent hwythau yn eu tro yn llogi'r gofod gan Grant Thornton. Teimlwn yn gartrefol iawn yno. Doedd dim ond rhai blynyddoedd nad oedd garej a ddefnyddiai HTV ar y lleoliad cyn i'r brodyr McArthy godi swyddfeydd yno.

Gweithiem i groestoriad o gwmnïau drwy Gymru benbaladr, o Fanc Barclays i BT. Roedd hwn hefyd yn gyfnod prysur i mi o ran ymwneud â'r gymdeithas. Roeddwn wedi parhau i fod yn aelod o Bwyllgor Cyhoeddusrwydd y Sioe Amaethyddol wedi fy nghyfnod yn HTV, a chael cyfle i gydweithio gyda'r prif weithredwr, David Walters, a chyda Peter Guthrie, dau ŵr y mae gennyf y parch mwyaf tuag atynt. Llwyddodd David i osod ei stamp gwaraidd a theg, heb sôn am ei garisma, ar holl weithgarwch y Sioe. Roedd gennyf y parch mwyaf hefyd tuag at eu rhagflaenwyr, Arthur George a John Wigley, gwŷr annwyl. Dysgais lawer ganddynt a buont yn garedig iawn wrthyf. Gweithredwn hefyd ar Bwyllgor Marchnata'r Eisteddfod Genedlaethol. Roedd cael cydweithredu gydag Elfed Roberts, y Cyfarwyddwr, yn bleser. Mae'r ŵyl yn ddiogel yn ei ddwylo ef. Llwyddodd Elfed, a deil i lwyddo i fod yn weinyddwr praff a chadw ei ddynoliaeth. Gall awdurdod fynd i bennau rhai yn y maes eisteddfodol fel mewn meysydd eraill; nid pawb fedr gadw balans!

Cefais alwad un diwrnod gan Haydn Rees, cyn-Brif Weithredwr Sir y Fflint, hen gyfaill i mi a chefnder i Alwyn Rees, golygydd mentrus *Barn*

141

a gŵr y treuliais lawer o amser yn ei gwmni yn Aberystwyth fy ieuenctid gyda'i fab Siôn. Cais Haydn Rees oedd i mi fod yn gynrychiolydd Gogledd Cymru ar bwyllgor newydd oedd i'w ffurfio, sef ABSA Cymru – pwyllgor i hybu cefnogaeth gan fusnes i'r celfyddydau. Cytunais, ac ymunais ag Euryn Ogwen Williams fel un o'r aelodau cyntaf. Yn y man, ymunodd Gerald Davies ac eraill. Rhoddais lawer o egni i gynorthwyo swyddfa Gymreig ABSA, ac nid yn unig egni ond amser hefyd, ac roedd amser yn arian. Cefais y pleser, ar ran Pwyllgor Cymru, o groesawu Peter Brooke AS pan oedd yn Weinidog Diwylliant a chael ei hysbysu fod fy Modryb Mag wedi bod yn 'nanny' i'w dad, Henry Brooke, y cyn-Weinidog dros Faterion Cymreig. Cefais gyfle i sefydlu'r gyfundrefn mewn sawl cylch yng Nghymru.

Yn wyneb fy holl ymdrechion di-dâl ar ran Pwyllgor Cymru o ABSA, roedd hi'n eironi mawr i mi pan gefais fy hun, yn fy nghyfnod dros-dro yn S4C, yng nghanol holl gythrwfwl helynt y Pengwyn Pinc a'r ffrae ynglŷn â pherthnasu arian cyhoeddus gydag arian preifat ac nid perthnasu arian cyhoeddus gydag arian cyhoeddus. Ond er gwaethaf yr holl holi *quasi*-cyfreithiol a'r adroddiad llywodraethol, y Cyngor Roc a gafodd yr arian, a da o beth oedd hynny, ac ni elwodd yr un unigolyn ar ddim, er gwaethaf ymgais fy nghyn-gydweithiwr a'm cyfaill Gwilym Owen i beintio pawb a phopeth yn ddu ac yn sinistr! Ond gwyddom mai hynny sy'n gwneud stori dda: rydw i'n deall y gêm, Gwilym!

Ond mi gofiaf mai Gwilym y profociwr a minnau a achosodd y gwrthryfel mwyaf yn hanes teledu! Roedd TWW yn eu sioeau allanol, megis yr Eisteddfod, yn hoff iawn o ffens *chintzy* a blodau'r greadigaeth o gwmpas eu campws. Penderfynodd Gwilym a minnau chwalu'r hen drefn. Fel trefnwyr Eisteddfodol Harlech, gyrasom bob ffens a'r môr o flodau ar ffo – dewch atom oedd y gwahoddiad bellach, cerddwch trosom, waeth pwy ydych chi, meddiannwch ni! Yn Eisteddfod Llangollen yn 1969 cafodd nifer o undebwyr sioc! Meddai un cyd-weithiwr wrthyf, 'Where have all the flowers gone, David?' 'They've gone back,' meddwn innau. Roeddwn wedi llogi rhyw ddetholiad bach o flodau yn hytrach na'u prynu fel yr arferai TWW ei wneud, a'r blodau hynny bellach wedi eu dychwelyd. 'Gone back?' oedd yr ateb anghrediniol, ac yntau wedi arfer mynd â blodau adre o'r eisteddfod ers blynyddoedd lawer!

Tua'r un pryd, ymunais â Phwyllgor Cerdd Byw Nawr o dan gadeiryddiaeth y Fonesig Crickhowell a chael y pleser o weithio gyda Threfnydd Cymru, Gillian Green. Yn ystod fy nghyfnod ar y pwyllgor hwn, cyfarfyddwn yn aml â'r cyn-Ysgrifennydd Gwladol, Arglwydd Crickhowell. Bu'n gefnogol iawn i'm cwmni ac fe'm synnwyd wrth ddod i wybod am ei wreiddiau yn Sir Aberteifi, nad oeddwn yn gwybod amdanynt cynt. Mae'n anodd gen i gredu weithiau fy mod wedi cyfarfod pob un o Ysgrifenyddion Gwladol Cymru ers y cyntaf. Cofiaf fel doe Jim Griffiths, y cyntaf oll, yn dod i agor Arddangosfa Cymru ar Orsaf Waterloo, ac eraill wedyn yn eu tro. Pan ddaeth Cledwyn Hughes i Waterloo yn ystod ei dymor yntau, a minnau'n ei groesawu, gofynnodd i mi, 'Oes gennych chi frawd, Mr Meredith?' 'Oes,' atebais. 'Ydi o'n sefyll yn f'erbyn i yn Sir Fôn?' 'Ydi.' 'Dymunwch yn dda iddo fo!' Roedd fy mrawd, John, yn sefyll dros y Blaid ym Môn! Ond roedd gan Cledwyn a minnau berthynas deuluol drwy gyfnither fy nhad, Mari Wynn Meredith. Roedd hi'n perthyn i Cledwyn drwy ei fam a byddem ar hyd y blynyddoedd yn trafod hynt a helynt Mari Wynn, Bangor a Benllech.

Achosodd swydd Ysgrifennydd Cymru benbleth mawr i mi ar un achlysur. Roeddwn yn trefnu seremoni i agor adeilad 'Riverside House' ar Heol yr Eglwys Gadeiriol yng Nghaerdydd. Ond roedd y Llywodraeth ar fin newid ac ni wyddai neb pwy fyddai'r Ysgrifennydd dros Gymru oedd yn mynd i agor yr adeilad. Ni allwn gael unrhyw synnwyr gan y Swyddfa Gymreig – ni wyddent, gan nad oedd y Prif Weinidog wedi dweud – ond roedd yn rhaid i mi gael yr enw fel y gallai Ieuan Rees gerflunio'r llechen laslwyd ar gyfer y seremoni. Roedd diwrnod yr agoriad yn prysur agosáu ac nid oedd gennym enw! Ond cafodd Ieuan Rees, y cerfluniwr, syniad gwreiddiol! Gwyddem y byddai'r Ysgrifennydd newydd yn un o ddau, ac felly rhoddwyd un enw ar un ochr y garreg a'r enw arall ar yr ochr arall. Paratowyd y gwaith. Yn y man, daeth y penderfyniad a gwthiwyd yr enw aflwyddiannus wyneb i waered yn y wal. Mentraf ddweud y bydd y garreg hon yn achosi tipyn o benbleth i archaeolegwyr y dyfodol!

Roedd pwyllgor arall yn galw, sef yr ymddiriedolaeth i hybu cerfluniau mewn mannau cyhoeddus yng Nghymru – a chefais yr hyfrydwch o weithio gyda'r trefnydd, Tamara Kricorian. O edrych yn ôl, dwn i ddim sut y cefais i amser i wneud popeth. Yn ogystal â'r

Rhys a Ruth y tu allan i Dŷ Pontcanna, Swyddfa *M*.

Canlyniad y 'pancad' yn Ninas Mawddwy!

slogan, 'Yn cysylltu pawb', defnyddiwn eiriau Benjamin Jawett ar fy nghyhoeddusrwydd Saesneg, 'Never explain, never retreat, get it done and let them howl (we always explain to our clients)'! Soniais wrth un o'm cleientau un diwrnod ein bod yn trefnu popeth heblaw 'assassinations', a daeth yr ateb parod, 'dyna biti, gallwn roi lot o waith i chi!'

Gwnaethom lawer iawn o waith i Fanc Barclays ynglŷn â'u canolfannau busnes newydd ar draws De Cymru. Bu'n fanc gwych i weithio iddo, banc a gyfrannodd yn hael i'r Eisteddfod Genedlaethol a bu, fel y gwelais o'm profiad fy hun, yn gefn i fusnesau bychain.

Wedi rhyw ddwy flynedd ym Mhenhill, symudais y cwmni i'r tŷ ym Mhontcanna a gwnaeth Ieuan Rees, cerflunydd gorau'r byd, blât enw gwych i mi ar gyfer y wal allanol – plât o lechen lwyd Aberllefenni. Rhyw flwyddyn wedi sefydlu'r cwmni, roeddwn yn yr Ŵyl Geltaidd yn Inverness. Dychwelais yn syth oddi yno i Gynhadledd Undydd gyda'r Eisteddfod Genedlaethol – a drefnwyd gan y Cyfarwyddwr, Emyr Jenkins, yn Llanwrtyd – ac oddi yno adre i Feirionnydd.

Yn Ninas Mawddwy y Sadwrn hwnnw, daeth rhyw adyn i wrthdrawiad â mi – a dweud y gwir, benben â mi. Torrais nifer o esgyrn a threulio gwyliau hir yn yr ysbyty, ond roeddwn yn fyw i ddweud y stori. Tua'r adeg yma y penderfynais hysbysebu'r cwmni ar y teledu ar S4C a HTV – rhag ofn i'r cleientau feddwl 'mod i wedi mynd i'm haped am byth! Bûm yn ffodus i gael gwasanaeth hael Arfon Haines Davies i wneud y trosleisio a threfnwyd yr hysbysebion ar HTV yn ystod toriad cyntaf newyddion 'deg o'r gloch' – yr amser gorau i hysbysebu. Diolch, Arfon!

Un flwyddyn, noddais ddarlith gan Jan Morris yng Ngŵyl y Gelli, gan ddathlu'r achlysur drwy ei gwahodd hi ac Elizabeth, mam ei phlant, a staff *M* i de hyfryd yng ngwesty Bernard Ashley, sef Llangoed Hall, ger Llyswen, Brycheiniog. Mae angen dathlu weithiau pan fo achos, ac roedd darlith Jan Morris yn sicr yn werth ei dathlu!

Cefais lawer sialens yn nyddiau *M*. Un o'r prif rai oedd cyhoeddi llyfr ar gyfraniad Cymru i fyd ffilm, ymchwilio ar ei gyfer, a'i gynllunio a'i gyhoeddi ymhen ychydig wythnosau ac yna ei lansio yng ngŵyl ffilmiau fwyaf y byd, yn Cannes. Bu asiantaeth Combrógos yn gymorth gyda'r golygu, Keith Trodden ar ran y BBC

145

Gyda'm harwr Harvey Keitel wedi lansiad y ffilm *The Piano*
yng Ngŵyl Ffilmiau Cannes.

Yng Ngŵyl Ffilmiau Cannes efo cyfarwyddwr *Macbeth* (Ffilm Polanski).

146

yn help gyda'r cynllunio, a chafwyd awgrym ysbrydoledig gan Ruth i gysylltu geiriau mewn nifer o ieithoedd â llythrennau'r wyddor – a oedd yn asgwrn cefn i'r llyfr, *A – Ardderchog, excellent, excelente, eccellente*. Wedi cwblhau'r ymchwil, y fi, ar y pryd, oedd arbenigwr y byd ar y pwnc! Nid oeddwn wedi sylweddoli gynifer o'r sêr oedd wedi bod yng Nghymru. Roedd gennyf luniau o Alan Ladd yn Nhrawsfynydd, Gregory Peck a Sophia Loren wrth bont ddŵr Crymlyn, a'r enwog Polanski ar y traeth ym Morfa Bychan yn ffilmio *Macbeth* i gwmni Playboy! Ac Ingrid Bergman yn Eryri yn cogio ei bod yn China! Pan sefais ar fy nhraed yn Cannes i wahodd Dafydd Elis Thomas, Cadeirydd Sgrîn Cymru a oedd yn gweithredu'r diwrnod hwnnw ar ran y Cyngor Ffilm hefyd, i lansio'r llyfr, roeddwn yn ffyddiog mai'r llyfr *Take Wales* oedd y gorau a'r cyntaf o'i fath yn y byd!

Yn y cyfnod yma hefyd cafodd *M* y pleser o hyrwyddo'r rhaglen *Heno*, gan weithio i gwmni Teledu Annibynnol Agenda dan gadeiryddiaeth Ron Jones.

Yr Arglwydd Dafydd Ellis Thomas (cannol) yn lawnsio 'Take Wales'
(chwith i'r dde) Peter Greenwaway, Mari Beynon (Sgrin) a John Hefin (y Cyngor Ffilm)

# FFLORENS, FENIS A'R ALWAD FFÔN

Yn ystod haf 1980, ar daith gofiadwy, euthum â'r plant ieuengaf, Elin a Gruffydd, ar wychdaith i'r Eidal. Croesi Ffrainc yn y Volvo mawr gwyn a brynais wrth adael HTV. Trafaelio'n ddiymdrech ar ffyrdd gwych Ffrainc, yr *autoroutes*, a'r hen gar yn llyncu'r milltiroedd. Crwydro dros fwlch y Simplon rhwng Ffrainc a'r Eidal, i lawr at Lynnoedd Magiore, ar draws i Fenis ac yna i lawr draws gwlad i Fflorens i aros yn *Pensione* Evelyn Morris o Landdeiniolen, sy'n byw yn Ninas y Dadeni ers blynyddoedd lawer bellach. Taith odidog oedd hon. Roedd yn gyfle i weld gwychder y Dadeni unwaith eto: galeri llawn rhyfeddodau'r Uffizi, cerfluniau Michelangelo a mawredd dinas Siena. Teimlwn yn euog am nad oedd fy mab hynaf, Owain, gyda ni – am ryw reswm, roedd ar ei wyliau yn rhywle arall.

Yn haf 1992, felly, roedd yn rhaid gwneud taith arall i'r Eidal (unrhyw esgus!). Y tro hwn, roedd Owain a minnau mewn Volvo coch, a'r bwriad y tro hwn oedd canolbwyntio ar Fenis a'r Gogledd hyd at dref Cortina ym mynyddoedd y Dolomitiau; ac Owain yn 23 oed, gallem rannu'r gyrru ac esmwytháu'r baich yn arw. Do, gwelsom ryfeddodau, pob galeri luniau yn Fenis, yr Academia, y Gugenheim, arddangosfa Peter Greenaway a chyrchfannau celfyddydol eraill. Dim ond ar ôl i ni ein boddi ein hunain – nid yn y camlesi ond yn y canolfannau diwylliannol hyn – y cychwynasom i'r Gogledd o Fenis i archwilio palasau'r pensaer Palladio sy'n blastar o gwmpas Isole de Vincenzia, nid nepell o Fenis.

Yn ystod y daith hon, derbyniais alwad ffôn oedd i newid fy mywyd yn bur ddramatig. Daeth yr alwad i mi gan fy chwaer, Ruth, a oedd yn gyfrifol am weinyddiaeth fy nghwmni cysylltiadau cyhoeddus o'i bencadlys yng Nghaerdydd. Roedd prif weithredwr S4C, Geraint Stanley Jones, am gael gair â mi. Nid oedd hyd yn oed Palladio yn gallu cystadlu â'r alwad hon, galwad gan yr arch ddarlledwr!

Canlyniad yr alwad oedd i mi dderbyn cais i fod yn gyfrifol am adran y wasg a chysylltiadau cyhoeddus S4C am chwe mis; aeth y chwe mis yn flwyddyn, aeth y flwyddyn yn ddwy ac yna aeth y ddwy yn wyth wedi i mi dderbyn gwahoddiad Huw Jones, a oedd yn brif weithredwr erbyn hynny, i dderbyn swydd barhaol o fewn S4C. Rheolai a rheola Huw S4C gyda dycnwch a thrylwyredd gan gerdded y llwybr digidol gyda hyder. Ac felly, ym 1993, roeddwn yn ôl yng nghanol y byd darlledu. Ys dywedodd Trevor Fishlock, y darlledwr a'r newyddiadurwr ffraeth, am feibion a merched y mans, 'They are to be found in the comfortable warrens of HTV, BBC (and S4C),' ac mi ychwanegwn innau – gwir, ond drwy chwys eu talcen! Peth rhyfedd ydi ffawd: oni bai i Manon Williams, fy rhagflaenydd, fod ar gyfnod mamolaeth ac oni bai iddi benderfynu, wedi hynny, mynd i weithio i fab hynaf y Frenhines, ni fyddai drws S4C wedi agor pan wnaeth.

Pan ymunais i ag S4C, sefydlodd fy nghydweithiwr ei gwmni cysylltiadau cyhoeddus ei hun, Cwmni Rhys Tudur. Wedi ei farw annhymig ym 1996, ysgrifennais deyrnged iddo ar gyfer papur bro Caerdydd, *Y Dinesydd*:

> *Pan sefydlais i gwmni cysylltiadau cyhoeddus ym 1990, ymunodd Rhys Tudur â mi yn fwrlwm o fywyd, yn barod am bob sialens, yn gydweithiwr cydwybodol. Yr Annibynnwr (Rhys!) a minnau'r Methodist Calfinaidd yn cydweithio i herio pawb yn y byd cysylltiadau cyhoeddus o Facedonia i Lanfyllin. Wrth gwrs, gwyddai Rhys fod fy nain yn Annibynwraig ac felly roedd achubiaeth i mi! Wrth i ni gipio cytundebau o dan drwynau rhai cwmnïau mawr iawn, roedd meistrolaeth Rhys ar gyfrifiaduron yn ganolog i'n llwyddiant. Wrth imi f'amgylchynu fy hun a'r cwmni â'r diweddaraf ym myd yr AppleMac, ymhyfrydai Rhys fwyfwy yn ei ddefnydd ohonynt. Roedd hefyd yn feistr ar y ddynoliaeth, camp hytrach yn bwysig yn y byd cyfathrebu.*
>
> *Doedd dim pellter yn rhy bell ganddo na'r un broblem yn rhy fawr. Anhepgor i mi ar fynych deithiau oedd gallu dyfynnu rhyw linell o emyn – yn aml, llinell yn unig fyddai hi – tra gallai Rhys barhau â'r geiriau, yn arbennig os oedd hi yn y* Caniedydd*! Siarad cyhoeddus, cyflwyniad i fanc (gweithiem i Barclays a Banc Julian Hodge), Cymdeithas Cerdd Dant Cymru, cwmnïau teledu – byddem yn bathu sloganau cofiadwy iddynt oll, a hynny wedi trafod difyr am air a geiriau a'u miwsig a'u hystyr a Ruth, ein pennaeth cyllid, yn cyfrannu. Roedd 'Teg Edrych Tuag Adre' yn slogan gofiadwy i Gymdeithas Tai Gwynedd.*

*Roedd ei adnabyddiaeth o Gymru yn amhrisiadwy, a'i gysylltiadau a'i gydnabod ym mhob cornel yn gwneud y darlithiau a glywem o dro i dro am bwysigrwydd 'networking' braidd yn ddiystyr! Bu'n nerth ac yn graig i mi wrth i ni'n dau rwyfo cwch y cwmni heibio i rai creigiau bygythiol a thros raeadrau go wyllt ar brydiau, ond cael y pleser hefyd o hwylio'r moroedd tawel. Rwyf yn ei golli'n ofnadwy. Bu'n fawr ei gymwynas i lu mawr o bobl, rhoddodd yn rhydd o'i ddoniau a'i ddysg, a charodd ei deulu yn angerddol. Wrth feddwl amdano yr eiliad hon, daw un o hoff benillion fy nhad i'm cof:*

> *They told me, Heroclaitus,*
> *They told me you were dead,*
> *They brought me bitter news to hear*
> *And bitter tears to shed.*

> *I wept as I remembered*
> *How often you and I*
> *Had fired the sun with talking*
> *And sent it down the sky.*

# BLYNYDDOEDD S4C

Ystyriwn mai rhan ganolog o'm gwaith ym maes cyhoeddusrwydd
oedd gofalu bod gan S4C y delweddau gorau, y delweddau mwyaf
pwerus posibl i wneud 'impact' ar y byd. Yn Hollywood a Cannes,
ym marchnadoedd gwerthu a phrynu rhaglenni teledu Mip a Mip
Com yn flynyddol bob gwanwyn a gaeaf, does dim pwrpas mynd yno
heb y deunydd cyhoeddusrwydd gorau. Roedd S4C Rhyngwladol yn
haeddu f'ymdrechion eithaf wrth iddynt hyrwyddo rhaglenni S4C ym
mhedwar ban byd. Mae'r gystadleuaeth drwy'r byd yn un galed: mae
Warner Bros ac enwau mawr America yn gwario ffortiwn ar
gyhoeddusrwydd ac yn cipio'r sylw. Ond gyda thipyn o ddychymyg a
phenderfyniad diwyro, mae'n bosibl gwneud marc. Dyma oedd y
meddylfryd a roddodd y morfil yn harbwr Cannes!

   Yn y Palais des Festivals, neuadd arddangos fawr sy'n ganolog i'r
dref ar lan y môr, roedd fy hen gyfaill, Brian Harris, pennaeth Teledu
Pearsons, wedi cipio'r prif ofod hysbysebu uwch mynedfa'r neuadd ac
roedd Warners yn ddi-symud mewn man amlwg ger y porth allanol.
Ond doedd neb wedi meddwl am yr harbwr, heblaw fel lleoliad i
gychod ar gyfer partïon di-ri. Yr harbwr, felly, oedd fy nharged!

Y Morfil Mawr yn harbwr Cannes.

151

Mario Basini, gohebydd y *Western Mail*, a minnau yn sefyll o flaen Morgan y Morfil yn harbwr Cannes.

Pan ddaeth y gyfres *Testament* i'r fei, a phan dderbyniwyd fy awgrym o forfil anferth, gan fod stori Jonah yn rhan o'r gyfres, dechreuais y frwydr i sicrhau caniatâd i wneud pethau rhyfedd ar y Môr Canoldir!!

Bûm yn ffodus iawn i gyfarfod â Paul Ebrey, cynllunydd a chrefftwr medrus. Adeiladodd Paul, o Gilgwrwg yng Ngwent, bob math o bethau dros y blynyddoedd – yn eu plith y mamothiaid mawr a welwyd yn yr Amgueddfa Genedlaethol – ac ef oedd yr union ddyn i adeiladu'r morfil! Pan ddechreuais fy ymchwil, darganfûm fod y sefyllfa yn un gymhleth. Roedd harbwr Cannes dan reolaeth yr harbwrfeistr, ac yntau dan reolaeth Cyngor y Dre. Mae helyntion dinas Cannes yn adnabyddus; er bod ardal Cannes yn grefyddol iawn, mae'r meiri o bryd i'w gilydd yn y carchar am ryw drosedd, fach neu fawr. Felly roedd hi pan ddechreuais ar fy ngwaith – maer Cannes dros ei ben yn y gell!

Tu hwnt i'r harbwr, allan yn y môr mawr, awdurdodau morwrol Ffrainc sy'n rheoli, a byddai'n rhaid mynd i Toulon i'w gweld nhw, ac os methu cael caniatâd yno, byddai'n rhaid mynd i Baris i weld yr Arlywydd fel petai!

Pan aethom, wedi hir gynllunio, i weld yr harbwrfeistr, dyn annwyl a charedig, cawsom groeso da. O ffenestri mawr swyddfeydd yr harbwr, gallem weld pob twll a chornel o'r porthladd, a chyda sbienddrych bwerus gallem weld yn bell allan i'r môr. Penderfynwyd ar leoliad i angori'r morfil wedi sgwrs a thrafodaeth ardderchog. Ar ôl y sioc gychwynnol, pan oedd anghrediniaeth yn leinin eu llygaid, cydiodd y syniad o forfil yn nychymyg y swyddogion! Roedd y dŵdl ar gefn amlen dros baned o de Earl Grey yng Nghymru gyda Paul Ebrey y gweledydd yn dechrau dod yn ffaith, a chynlluniau'r bwystfil – a oedd wedi eu lledaenu ar fwrdd swyddfa'r harbwr – yn edrych yn wych. Do, adeiladwyd Morgan y Morfil, a chludwyd ef ar gefn lorri o Gymru i Dde Ffrainc. Adeiladwyd ef ar ben hen fad achub o lannau'r Hafren; roedd un peth yn sicr, ni fyddai Morgan yn boddi.

Llong Ra, duw yr haul, yn harbwr Cannes i hyrwyddo cyfres S4C – *Yr Aifft* – gyda Ken Heptenstall, cyfaill o hyrwyddwr.

Yn sefyll o flaen cwch
'Gogs'
yn harbwr Cannes,
marchnad deledu Mip.

Achosodd y morfil gyffro mawr yn Cannes yr wythnos honno ac erys yng nghof gwerthwyr a phrynwyr rhaglenni teledu o bedwar ban. Gwelwyd y pennawd 'Cannes you beat S4C', a stori Morgan, yn y *Stage and Television Today* a dychrynwyd carfan gwbwl annisgwyl o drigolion Cannes.

Y diwrnod y rhoddwyd Morgan yn ei le yn yr harbwr, roedd gen i broblem gas. Ar y cei, lle roedd Morgan i fod i ollwng angor, eisteddai rhes o yfwyr meths, giang ohonynt, a haid o hen gŵn budr sglyfaethus a pheryglus yr olwg. Sut ar wyneb y ddaear oedd symud y rhain? Ond, yn sydyn, heibio i'r cychod drudfawr can miliwn o bunnau, a'r rheiny'n sgleinio yn yr haul, llithrodd Morgan drwy'r dŵr o'r llecyn lle y rhoddwyd ef wedi'r daith o Gymru. Roedd Morgan yn prysuro ar sbîd i gyfeiriad y meddwon. Gwaeddodd un ohonynt, 'Grande baleine, grande baleine!' – 'Morfil mawr, morfil mawr!' Chwalwyd hwy'n llwyr, casglwyd y poteli, sgrialodd y cŵn a'u perchenogion, a diflannu i ran arall o'r cei mewn braw. Diflannodd fy mhroblem, ac roedd digon o le i Morgan!

Y diwrnod hwnnw, tra oeddwn yn cael cinio, penderfynodd criw y morfil fel petai, fwrw allan o ddiogelwch yr harbwr ac allan i'r môr mawr. Yr hyn a welodd holl fynychwyr tai bwyta glan y môr Cannes y diwrnod hwnnw oedd yr anghenfil yn croesi'r bae, a baner S4C ar ei gefn, heibio i'r Carlton a'r Majestic a draw dros y tonnau!

Wedi llwyddiant y morfil, dilynais ef gyda chwch Ra, duw yr haul, ar gyfer cyd-gynhyrchiad ar yr Aifft gyda'r sianel 'Discovery'. Wedi hynny, rhoddais gwch Gogs yno a chwch y Babaeth i hysbysebu'r gyfres ar Babau'r Canrifoedd. Bu'r rhain oll yn llwyddiannus, ond y morfil a gynhyrfodd y dyfroedd! Ac er na ddywedodd neb yn yr harbwr ddim byd pendant, roeddwn yn rhyw deimlo y byddent wrth eu bodd yn gweld Morgan yn ei ôl! Ond er i mi ganolbwyntio ar yr harbwr, rhaid nodi fod y pennau mawrion o Stalin, Che Guevara, Mao a Lenin a drefnais dan ysbrydoliaeth Cenwyn Edwards i hyrwyddo'r cyd-gynhyrchiad ar Gomiwnyddiaeth, wedi gwneud argraff ar y tir mawr yn Cannes hefyd! Roeddynt mor real fel y gwrthododd un wraig sefyll yn ymyl Mao yn Cannes gyda'r geiriau, 'Fedra i ddim sefyll wrth y bwystfil yna ar ôl beth wnaeth o i fy mhobol i'. Dim ond pen 'fibreglass' oedd o!

Hyrwyddo cyfres S4C ar Gomiwnyddiaeth gyda help pedwar o ddynion byd-enwog! Ym marchnad deledu Mip, Cannes, De Ffrainc.

Mor ffodus y bûm o gael cymorth amhrisiadwy fy nghydweithwyr yn yr Adran Gyhoeddusrwydd yn S4C wrth baratoi ar gyfer y gweithgarwch oll, a chael cymorth ardderchog yr hyrwyddwr Ken Heptenstall o gwmni Headlands ar leoliad yn Ffrainc. Amgylchyner fi, os gwelwch yn dda, â phobl wâr, eangfrydig, a llydan eu gorwelion.

Roedd Ken – a deil i fod – yn gyfuniad anarferol o'r gofalus, y manwl, a'r cyfrifol, yn ogystal â bod yn llawn dychymyg, yn llawn menter a chanddo'r ddawn i weld hiwmor sefyllfa. Byddem yn chwerthin ar brydiau nes bod y dagrau'n powlio, a gallai fod yn beryglus os byddem ar dro – fel yr oeddem yn New Orleans – ar ben adeilad uchel! I symud mynyddoedd, mae angen meddylfryd herfeiddiol. Ond y mae Ken bob amser yn agored i syniadau newydd a'r technegau cyfathrebu diweddaraf. Mawr yw fy nyled am iddo harneisio'r profiadau a gafodd gyda theledu Granada, Yorkshire, Pathe News, Phaidon, Teledu'r Alban a nifer o gwmnïau cyfathrebu eraill gwledydd Prydain, wrth weithio gyda mi ar ymgyrchoedd S4C ar hyd a lled y byd.

Ym marchnad deledu Mip Com, Cannes gyda seren *Star Trek* William Shatner (canol).

# CYFARFOD Â CLINTON

'I'll sign that Hilary paper!' Clywaf lais yr Arlywydd Clinton yn dweud y geiriau y funud hon. Roeddwn yng Ngŵyl y Gelli ar wahoddiad caredig Cadeirydd S4C, Elan Closs Stephens – nid CBE ar y pryd, ond CC, sef Cadeirydd Carismataidd!

Dilynais yrfa ryfeddol Bill ar hyd y blynyddoedd ac edmygaf ei ddawn fawr iawn i gyfathrebu â phobl – mae'n rhyfeddol. Pan ddaeth y gwahoddiad i mi ymuno ag Elan a gwesteion eraill o fyd y cyfryngau – Dewi Llwyd, Dylan Iorwerth, Betsan Powys, Lois Eckley, Alun Davies ac aelod o Awdurdod S4C, Janet Lewis Jones – yn narlith Bill yng Ngŵyl y Gelli, llamais at y cyfle. Byddai Clinton yn darlithio ar faterion rhyngwladol, a chinio'n dilyn y ddarlith. Llamu at y gwahoddiad a ddywedais; na, rhuthrais at y gwahoddiad, ac er fy mod ar ffyn baglau ac yn o stiff, y gwahoddiad hwnnw oedd y ffisig a'm hyrddiodd yn ôl i fywyd cyhoeddus.

Roedd y Gelli dan ei sang, a miloedd o bobl yno. Yn y babell orlawn o fewn tir Castell y Gelli gwrandawsom ar Clinton yn trin a thrafod heddwch a chymod gan weld a phrofi trosom ein hunain allu un dyn i gyfareddu cynulleidfa. Wedi'r ddarlith, roedd y lle'n sang-di-fang, a phobl wrth y cannoedd yn rhuthro i siarad â'r athrylith mawr. Yn unol â'i gymeriad atyniadol, cerddodd Bill i blith y bobl gan ysgwyd llaw, cyfarch ac edrych i fyw llygaid pawb; nid edrychiad hy nac ofnus, nid edrychiad, 'Ie, be ydech chi isio?' neu, 'Pwy ydech chi?' ond edrychiad, 'Diolch i chi am siarad efo fi – dewch yma, dewch i ni gael sgwrs – rydw i'n awyddus i wrando arnoch chi – helô a su'mai – wel, dyma ni wedi cyfarfod o'r diwedd.' Cyfriniol iawn yw dawn y dyn. Oherwydd fy anhwylder, ni fedrwn gyrraedd ato i gael ei lofnod ac felly estynnodd cyfaill i mi bapur iddo ar fy rhan. Nid unrhyw bapur oedd hwn, ond taflen etholiadol Hilary Clinton o Efrog Newydd. Roedd Gruffydd, fy mab, wedi dychwelyd oddi yno ar ôl bod yn recordio fideo ar gyfer un o'i ganeuon pop ac wedi cael gafael ar rai o daflenni etholiadol Hilary. Pan estynnwyd y papur i Bill, un o'r miloedd a estynnwyd iddo'r noson honno, cerddodd ymlaen gan ei anwybyddu, neu'n hytrach ysgubwyd ef ymlaen gan y dorf. O fewn rhyw ddwy eiliad i'r anwybyddiad, trodd ei ben, estynnodd ei fraich ac amneidio gan weiddi'r geiriau, 'I'll sign that Hilary paper!' Roedd gen i syniad go dda na fyddai Bill yn anwybyddu papur etholiad mor bwysig, yr unig un yn y Gelli Gandryll y noson honno, rwy'n eitha siŵr! Do, cefais ei lofnod ac yna, yn y cinio, gyfle i gael gair byr personol ag ef gan ymddiheuro iddo fod fy ngeiriau mor drwsgwl ym mhresenoldeb arwr; ei ymateb caredig oedd fy sicrhau fy mod yn gwneud yn dda – 'You're doing well'. Y gwleidydd, y cyfathrebwr rhwydd, y dyn mwyaf pwerus yn y byd yn ei ddydd, a'r meidrolyn!

Dywedir na chafodd un weinyddes ei gyfarfod ar ôl y cinio; credai'r arlwywyr y byddai'n well iddi beidio â mynd i ofyn am ei lofnod, gan y byddai'n siŵr o ofyn, 'A be ydi'ch enw chi?' Byddai hithau wedi gorfod ateb, 'Monica'.

Yn derbyn cymrodoriaeth gyntaf BAFTA Cymru gan Bryn Roberts, cadeirydd BAFTA yng Nghymru.

158

# HELYNT YR IÂR

Bendithiwyd Caerdydd â nifer o fwytai Eidalaidd ardderchog: 'Salvatore', 'Saverios' (a newidiodd ei enw a'i berchennog yn ddiweddar), 'Merola' a 'La Lupa'. Maent oll mor groesawus, a bydd dyn yn cael y teimlad o'u mynychu, ei fod wedi cyrraedd, ei fod yn ddiogel, ac yn gynnes gan deimlo gwres yr Eidal rywsut, ac awyrgylch Firenze a Rhufain a Venezia.

Daw Roberto, perchennog 'La Lupa', o Rufain a bu'n gweini bwyd ar y Via Veneto yn y ddinas honno. Gŵr gwâr, deallus a gŵr o grebwyll. Rheol Roberto yw ei fod yn croesawu pawb – fel y dywed, does wybod pwy ydi pwy. Gallai'r sawl sy'n dlotyn ymddangosiadol wrth y drws ddod â chant o gyfeillion i wledda yn 'La Lupa', a gallai'r person di-nod hwnnw fod yn gwsmer proffidiol am ddegawd! Ond hyd yn oed heb ystyried yr ochr fasnachol, mae Roberto'n amlwg yn ffond o bobl.

Eisteddwn yng nghlydwch 'La Lupa' un noson pan ddigwyddodd yr annisgwyl. Roeddwn yn bwyta fy mhasta'n dawel ar fy mhen fy hun pan gerddodd Barry Humphreys, Dame Edna Everidge ei hun, i mewn yn gwisgo clogyn du urddasol. Adnabûm ef/hi yn syth. Eisteddodd wrth y drws gan ymuno â nifer o bobl o'r byd teledu yng Nghaerdydd. Wedi gorffen fy mhasta, dywedais nos da wrth Roberto, 'Buano note, Roberto,' a'i chychwyn hi at y fynedfa. Wrth fynd at y drws, roeddwn yn mynd heibio i Barry Humphreys. Dywedais 'helô' wrth fy nghydnabod, a 'Good night, Mr Humphreys,' wrth yr ymwelydd. Stopiodd fi gyda chwestiwn,

'Are you coming to my show?' Yr oedd yn ymddangos am rai dyddiau yng Nghaerdydd.

'I'm sorry,' meddwn i, 'I can't come. I'm going home to North Wales – my hen is ill.'

'Your hen is ill?' meddai a syndod yn ei lais.

'Yes, I'm afraid,' atebais, 'it's very ill!'

'What's the name of your hen?'

'Iorwerth,' meddwn innau.

'Iorwerth?' meddai Humphreys. 'Iorwerth? Isn't that a man's name?'

'Yes,' atebais, 'but that's the name of my hen!'

Roedd y dyn mewn anghrediniaeth lwyr a'r criw oll yn eu dyblau'n chwerthin! Do, euthum adre i Feirion y noson honno. Bu farw Iorwerth, un o ieir Gruffydd fy mab, a chleddais hi wrth un o'r llwyni banadl prydferth sy'n tyfu ar lechweddi Ty'n Fedw! Yn ôl ei ymateb, mae gennyf ryw gred y bydd y digrifwr mawr yn siŵr o gofio Iorwerth! Ni soniais wrtho fod gan Iorwerth chwiorydd o'r enw Elben Cribata, Mwlsyn, Planc a Dennis. Byddai hynny wedi bod yn ormod iddo!

Yn dweud stori 'Iorwerth' ar raglen 'Nia' gyda Stewart Jones a Nia Roberts.

# CERDDED Y CARPED COCH!

Mae dwy wobr fawr adnabyddus yn y byd gorllewinol, y Wobr Nobel a'r Oscar, ac o'r ddwy, mae'n debyg mai'r Oscar yw'r fwyaf adnabyddus a'r wobr sy'n denu'r gynulleidfa deledu fwyaf yn y byd. Pan ddaeth y newyddion annisgwyl am yr enwebiad yng ngwanwyn 1993, roedd yn rhaid i S4C a minnau addasu'n gyflym iawn. Erbyn 1993, roeddwn wedi cyfarfod â phob enillydd Oscar o Gymru. Cyfarfûm â Ray Milland yn Stiwdio Pontcanna yng Nghaerdydd; enillodd ef y wobr am ei bortread grymus o feddwyn yn ffilm Billy Wilder, *Lost Weekend*. Yn yr Eisteddfod y cyfarfûm â Huw Griffith a'r wobr fawr yn dod i'w ran am ei bortread o *sheik* yn ffilm William Wyler, *Ben Hur*. Gwelwn Jack Howells yn ddyddiol; roedd yn cyfarwyddo rhaglenni i HTV ac enillodd ef am ei ffilm ar Dylan Thomas; bu'n ddigon lwcus i gael Richard Burton i'w llefaru. Bûm

Huw Jones ar y chwith (rhes flaen) yn arwain cynrychiolwyr S4C
yn seremoni'r 'Oscar' yn Los Angeles.

161

yn cadeirio cynhadledd i'r wasg i Anthony Hopkins yng Nghaerdydd pan enillodd am ei bortread o'r cymeriad erchyll hwnnw, Hannibal Lecter.

Doedd enillwyr yr Oscars ddim yn ddiarth i mi, felly, ond roedd ymgyrch Oscars yn beth newydd. Mae'n debyg mai cynnal ymgyrch o'r fath yng ngwledydd Prydain, y byd a Los Angeles yw nod unrhyw gyfarwyddwr cyhoeddusrwydd, ond doedd dim amser i ddadansoddi a doethinebu – rhaid oedd bwrw ymlaen â'r trefniadau.

Am gyffro! Roeddwn i a Swyddfa'r Wasg a Chysylltiadau Cyhoeddus yng ngofal un o'r ymgyrchoedd cyhoeddusrwydd mwyaf cyffrous posibl yng nghyswllt un o ddigwyddiadau mwyaf Hollywood. Yn wir, seremoni'r Oscar yw un o'r darllediadau teledu mwyaf o ran gwylwyr, yn y byd gorllewinol, gydag amcangyfrif o ryw ddau can miliwn o bobl yn ei gwylio. Roedd datganiadau i'w paratoi a deunydd cyhoeddusrwydd i'w yrru i bedwar ban. Arweiniwyd yr ymgyrch o'r

Gyda fy nau arwr, Melody a Ziggy, o gwmni hyrwyddo Block Korenbrot, Beverly Hills, Los Angeles.

162

Adran yn S4C – y hi oedd yn arwain y byd! Cyn pen dim, roeddwn ar fy ffordd i Los Angeles, gyda Paul Turner y cyfarwyddwr a Huw Garmon i'm dilyn, i lansio ymgyrch gyhoeddusrwydd i'r ffilm *Hedd Wyn* er mwyn ceisio dylanwadu ar aelodau'r Academi i'w chefnogi. Ond nid cyn i mi wneud penderfyniad pwysig, sef dewis asiantaeth gyhoeddusrwydd yn LA. Ystyrwyd nifer gan Ian Jones (Pennaeth S4C Rhyngwladol ar y pryd) a minnau ac fe benderfynasom ar gwmni bychan o bump o bobl, Block Korenbrot, neu yr anfarwol Ziggy a Melody. Ni fyddai fy mywyd i wedi bod yr un fath heb y darganfyddiad hwn – am gymeriadau gwych! Y nhw fu'n gefn i S4C ac i minnau yn ystod pedair ymgyrch Oscar ac roedden nhw'n gefn gwych. Cwmni cyhoeddusrwydd yw Block Korenbrot sy'n arbenigo mewn hyrwyddo ffilmiau ac sy'n asiantaeth i Sony Picture Classics, yng Nghalifffornia. Pwylwr o Chicago yw Ziggy ac mae e wedi gweithio gyda'r mawrion i gyd gan gynnwys y cyfarwyddwr ffilmiau Truffaut, ac actorion fel Burt Lancaster. Melody, ei gyd-gyfarwyddwr, yw asiant y nofelydd Jackie Collins. Mae'r ddau'n adnabod Hollywood fel cefn eu llaw, neu'n well! Y ddau'n aelodau o'r Academi a rheolau cystadleuaeth yr Oscar wedi eu hysgrifennu ar lech eu calon. Yn ddiamau, y mae Melody Korenbrot a Ziggy Kozlowski eu hunain yn haeddu Oscar, neu wobr sy'n gyfuwch ag anrhydedd dosbarth cyntaf Cymru! Yn gyson, mae o leiaf un o'r ffilmiau y maent yn eu hyrwyddo yn ennill Oscar.

Ymhen dim, roeddwn yn cyfarfod â Melody a Ziggy yn eu swyddfa yn Melrose Avenue, Beverly Hills, ac yn croesawu criwiau ffilm NBC a CNN ac eraill i gyfweliadau gyda Huw Garmon a Paul Turner.

Lle peryglus ydi LA. Un noson tra oeddwn yn eistedd yn fy stafell yng ngwesty'r Park yn ardal Beverly Hills yn siarad ar y ffôn efo Dei Tomos yn y BBC yng Nghaerdydd, daeth sŵn mawr yn sydyn o wal y llofft, sŵn rhuo uchel – dim ysgwyd, dim cryndod! Roedd daeargryn wedi taro Santa Monica, rhyw daith hanner awr mewn tacsi o LA i gyfeiriad y Môr Tawel. Y diwrnod wedyn, cefais yr holl hanes gan fflyd o bobl. Dyn tacsi yn ei wely yn Santa Monica yn meddwl, pan ddaeth y cryndod mawr a'r sŵn, fod y Rwsiaid wedi ymosod. Eraill yn diolch i'r drefn eu bod mewn tai ac iddynt seiliau pren. Dywedodd un o borthorion gwesty mwyaf Santa Monica wrthyf ei fod yn bwriadu ffoi cyn gynted â phosibl, ei bod hi'n beryg bywyd yno!

Yn llongyfarch Joanna Quinn ar ennill enwebiad Oscar am *Yr Enwog Fred* yn Hollywood, Los Angeles.

Cyn Cinio'r Academi wedi seremoni'r Oscar yn Los Angeles, o'r chwith: Geraint Talfan Davies, Rheolwr BBC Cymru a Carol Rosen, Teledu HBO, Efrog Newydd.

Plygodd priffyrdd anferth fel darnau o garbod toredig, Roedd hi'n anodd credu. Ond roedd bywyd LA yn mynd yn ei flaen ar y cyflymdra arferol – gan milltir yr awr! Ond daw bendith o bob melltith. Yn ein gwesty y noson honno, cyfarfuom â Craig, adeiladydd, hanner Albanwr a fedrai olrhain ei dras i un o lwythau brodorol America. Roedd Craig yn LA ar gyfer y busnes adeiladu a byddai digon o waith iddo! Oherwydd rhuthr pendramwnwgl y ddinas, doedd dim amser, felly, i boeni am ddaeargrynfeydd ac aethom ymlaen â'r ymgyrch gan ufuddhau i un o ddeg gorchymyn y diwydiant, 'Rhaid i'r sioe fynd rhagddi'!

Cyn cynnal y sgwrs efo Dei Tomos, roedd Paul Turner a minnau wedi mynd i un o sinemâu LA i weld y ffilm *Schindler's List*, a bu'n rhaid i mi adael yn gynnar i dderbyn yr alwad o Gaerdydd. Poenai Paul, chwarae teg iddo, fy mod i'n mynd i gerdded o'r sinema i'r gwesty a derbyniais ei gyngor drwy fynd i siop lyfrau gerllaw'r sinema i ffonio am dacsi. Daeth y tacsi i flaen y siop a chludwyd fi'n ddiogel. Does neb yn cerdded yn LA – yn sicr ddim yn ystod oriau'r nos! Pwy sy'n dweud mai bywyd o 'gwtcheiddiwch' yw bywyd dyn PR?

Doeddwn i ddim i wybod ar y pryd y byddwn yn cael y fraint o gynnal pedair ymgyrch yn LA ac ar draws y byd, pedair ymgyrch Oscar gyda pherthynas agos â'r ddau brif gylchgrawn ym myd y ffilmiau – *The Hollywood Reporter* a *Variety* – ac y byddwn yn cyfarfod â'u golygyddion, gan gipio sylw cloriau blaen y cylchgronau byd-eang hyn i hyrwyddo cynnyrch gwych S4C. Mae rhai pobl yn sinigaidd iawn eu hagwedd tuag at wobr yr Oscar. Ond pwy yn ei lawn bwyll, meddaf i, sy'n mynd i anwybyddu'r cyfle i fod dan chwyddwydr cyhoeddusrwydd byd-eang? Pwy fyddai'n gwrthod y cyfle i roi Cymru ar lwyfan byd a throi heibio'r cyfle euraidd i gystadlu â'r goreuon? Clywais un Cymro blaengar yn dweud na fedr S4C ddal i ymhyfrydu yn y clod am enwebiad gan mai *ennill* yr Oscar sy'n bwysig. Fy ateb i yw: gall, wrth gwrs. Mae dweud y fath beth yn dangos camddealltwriaeth dybryd o anferthedd y gamp o ennill enwebiad. Ni ddaw'r anrhydedd i ran pawb; yn wir, nid yw byth yn dod i ran y mwyafrif!

Ie, pedair ymgyrch Oscar. Dilynwyd llwyddiant *Hedd Wyn* gan y rhaglen animeiddiedig, *Yr Enwog Ffred*, o waith Joanna Quinn. Dilynwyd honno gan *Chwedlau Caergaint*, wedi eu hanimeiddio ac yna, yn 2000, derbyniodd ffilm arall enwebiad, sef *Solomon a Gaenor*.

Ni sylweddola Cymru faint gweithgarwch Adran Cysylltiadau Cyhoeddus a'r Wasg S4C; llwydda'r adran hon i roi nid yn unig S4C ond Cymru gyfan ar fap y byd. Mae'n anodd i mi ddechrau diolch i Aled Islwyn, un o brif nofelwyr Cymru ac Uwch Swyddog y Wasg, Rachel Lord, fy ysgrifenyddes, Sian Morgan, Angharad a gweddill y staff am eu cymorth aruthrol yn yr ymgyrchoedd hyn pan fo'r cwmni a Chymru dan chwyddwydr cyfryngau'r byd. Os gyrrodd Gwydion Griffiths un copi o *Hedd Wyn* i bedwar ban, fe yrrodd gannoedd ar gannoedd o gopïau a phecynnau gwybodaeth i'r pum cyfandir.

Dewisa Pwyllgor Ffilmiau Tramor yr Academi rhwng 20 a 50 o ffilmiau bob blwyddyn ac mae'n pwyso a mesur y ffilmiau hyn i gyd ac yna'n dewis y pum gorau. Yna mae aelodau'r Academi, rhyw bum mil ohonynt, yn San Ffransisco, Los Angeles, Efrog Newydd a Llundain, yn pleidleisio ac yn dewis un ffilm, a honno fydd yn ennill yr Oscar. Y gamp fawr felly yw dylanwadu ar yr aelodau i gefnogi eich ffilm chi. Mae miliynau o ddoleri'n cael eu gwario ar yr ymgyrchoedd hyn gan fod ennill yr Oscar yn gallu rhoi ffilm ar y map

Joanna Quinn a minnau'n cywhwfan y Ddraig Goch y tu allan i'r gwesty yn Los Angeles adeg ymgyrch Oscar.

a hynny'n golygu ennill arian mawr yn sinemâu'r byd a chyfle i chwifio baner cwmni cynhyrchu a gwlad y ffilm fuddugol.

Yn ystod ymgyrch *Hedd Wyn*, bu'n rhaid torri tir newydd. Roedd yn rhaid sefydlu cysylltiadau newydd gyda'r wasg ryngwladol ac yn arbennig gyda chylchgronau o bwys. Daeth Bob Butler, golygydd cynhyrchu cylchgrawn y diwydiant ffilm, *Variety*, yn gyfaill da a bu'n fawr ei gymwynas. Cofiaf y tro cyntaf i mi fynd i weld Bob i mi ddweud wrth ei ysgrifenyddes fel cyflwyniad, 'I'm from the mountains of Wales.' Bob tro wedi hynny, byddai hi'n gweiddi, 'Bob, the man from the mountains is here!' Golyga ymgyrch Oscar weithio oriau diddiwedd yn ystod yr oriau mân gan nad yw LA yn effro go iawn tan ei bod yn hanner nos yng Nghymru! Gwnaeth *Hedd Wyn* argraff fawr ar aelodau'r Academi. Gwelai rai sefyllfa debyg i Vietnam yr Americanwyr ynddi – dynion ifanc mewn cyfnodau gwahanol yn cael eu llusgo i ffosydd dieithr a chael eu lladd a'u hanrheithio. Deuthum i adnabod Cyfarwyddwr yr Academi, Bruce Davies, sydd o dras Gymreig, ac Otto Sporrei, trefnydd yr holl seremoni fawr yn LA. Bu Otto bob amser yn graig o gefnogaeth a mawr yw fy nyled iddo am gymorth parod gydol yr amser.

Gosod y sylfeini a wnaeth *Hedd Wyn*. Wyddwn i ddim y byddai tri chynhyrchiad arall i ddilyn. Buan y daw diwrnod y seremoni, a phan ddaw mae yna brysurdeb pendramwnwgl. Dyma ddyddiadur nodweddiadol o ddiwrnod Oscar:

Gwesty'r Sofitel, LA, 7.30 a.m, dydd Sul.
Codi a chael brecwast mawr – bacwn, wy Benedict, tatws, madarch, teboteidiau o de – pam nad yw'r Americanwyr wedi clywed am debot?
8 a.m. Ffonio Michel Berac o gwmni ceir Ascot i sicrhau bod popeth yn iawn. Ffonio Ziggy i gadarnhau'r trefniadau. (Mae yna 2,000 o 'limos' yn LA ar ddiwrnod y seremoni.)
9 a.m. Gair efo Alex Berlin, un o brif dynwyr lluniau LA sy'n gweithio i ni yn ystod yr ymgyrch. Bydd Alex yn y seremoni i dynnu lluniau i mi wrth i ni gerdded i mewn ar y carped coch – lluniau i'w gyrru'n ôl i Gymru drwy'r cyfrifiadur.
10 a.m. Heb i mi sylweddoli, bydd yr amser rŵan yn dechre rhuthro heibio. Galwad ffôn i ystafellodd sêr ffilm S4C a'r swyddogion sydd

167

yno. Sicrhau bod popeth yn iawn – edrych ar y tocynnau; tocynnau pawb mewn amlenni ar wahân ac enwau arnynt. Dim tocynnau – dim mynediad!

10.30. Galwad ffôn i griw ffilm *Heno* fydd yn dod draw i ffilmio'r ceir yn gadael (maen nhw'n aros mewn gwesty arall yn LA). Cyfweliad i Eleri Morgan, BBC Cymru.

Edrych ar y tocynnau am yr ail a'r trydydd tro. Bydd 6,000 o bobol yn y theatr a'r 2,000 o 'limos' yn hymian o gwmpas y ddinas – unwaith y byddwn wedi cychwyn, bydd yn rhy hwyr i ddod yn ôl i chwilio am docynnau colledig!

11.30. Trio darllen yr *LA Times* a'r *New Yorker* ond mae'n anodd canolbwyntio.

11.45. Galwad ffôn gan Ziggy yn newid y trefniadau. Bydd yn dod i'r gwesty ac yn trafaelio efo ni os oes lle – oes.

12.00. Gwylio'r teledu – y tywydd. Os bydd glaw, gall achosi hafoc i'r amseru; mae glaw trwm LA yn arafu popeth. Diolch i'r drefn – diwrnod braf.

12.30. Cinio ysgafn.

2 p.m. Pawb wedi ymgynnull yn y cyntedd trwy ryw wyrth. Y ceir, dau limo mawr du gloyw, ar amser. Heddiw ydi diwrnod LA. Mae'r ddinas hon yn byw am y diwrnod hwn. Dosbarthu'r tocynnau. Cyrraedd neuadd y Dorothy Chandler mewn da bryd yn unol â siars Otto. Y derbyniad yn dechrau am 3.30 p.m. 'Red carpet arrivals shown on big-screen monitors,' a ddywed y garden.

Cerdded i mewn ar y carped coch. Cyd-gerdded efo un o'm harwyr, Jack Pallance. Fo oedd y 'baddie' yn y ffilm orau erioed, *Shane* – cael sgwrs. Ar y dde i mi, Sophia Loren; dacw Gregory Peck wrth y drws. Ar ôl cyrraedd y neuadd, cael gair efo Kate Winslett a chael fy nghyflwyno i'w thad a'i mam!

Byr air efo Karl Malden, *Streets of San Francisco* – roeddem ein dau mewn derbyniad i'r ffilmiau tramor neithiwr – a gair bach wrth gerdded efo llywydd yr Academi, Robert Remhe, oedd yn fy nghroesawu i dderbyniad y cyfarwyddwyr rai dyddiau'n ôl (fo ydi un o'r rhai y tu ôl i ffilmiau antur Harrison Ford).

Yn y neuadd, eistedd ar y galeri, a'n sêr ni ar y llawr gwaelod yn barod i fynd ar y llwyfan os byddwn wedi ennill. Cynifer o actorion adnabyddus o'm cwmpas, arwyr fy ieuenctid – ydi hyn yn real?

Ddaru mi siarad efo Terrance Stamp neithiwr – wnaeth o sylw o'm hacen Gymreig? Oeddwn i wir yn cael te efo Glynis Johns echdoe? Ydw i wir ymhlith y bobl hyn oll sydd wedi gwneud i mi chwerthin, a chrio, sydd wedi mynd â fi ledled y byd i lefydd anhygyrch, peryglus, ac i draethau aur heddychlon, sydd wedi fy suo yn sŵn miwsig llawn balm a'm cyffroi yn sŵn tabyrddau?

Bob tymor Oscar, mae BAFTA (y British Academy of Film and Television Arts) yn cynnal te sidêt yn Santa Monica. I'r te hwnnw, daw sêr Hollywood i gyd i gymdeithasu a chynnal cyfweliadau lu. Yno, cyfarfûm am yr eildro â Pedro Almodóvar, y cyfarwyddwr o Sbaenwr dawnus. Bu tynnu lluniau a chael cyfle i hysbysu Kevin Spacey fod ei ffilm *American Beauty* yn cael ei dangos yn y Commodore yn Aberystwyth. 'Go and see it!' oedd ei ymateb hwyliog llawn asbri! Byddai ffilm Almodóvar, *All About my Mother*, yn ennill Oscar.

Luned Meredith, Pedro Almadóvar, enillydd gwobr Oscar
am y Ffilm Dramor Orau (2000) a David Meredith.

169

Yn y cinio ar ôl y seremoni, cefais ganiatâd y digrifwr Eidalaidd, Roberto Bernini, i godi ei Oscar gan deimlo'i bwysau a'i edmygu. Cefais gyfle i siarad â Tom Hanks a'i wraig, a chyfarch Steven Spielberg. Dywedais 'helô' wrth Elia Kazan, cyfarwyddwr y ffilm enwog *On the Waterfront* a chefais sgwrs fer gyda Shelly Winters, a welais ganwaith ar y sgrin yn y Coliseum. Ie, dyma nhw, maen nhw i gyd yma heddiw; nid rhithiau o'r rhai a welais yn y Pier a'r Coliseum a'r Celtic yn Aberystwyth gynt – maen nhw'n real. Maen nhw wedi dweud cymaint wrtha i yn y gorffennol drwy eu ffilmiau, a rŵan mi fedra i siarad â nhw!

Ond nid sêr America yn unig a ddeuai i'm cyffroi yn sinemâu Aberystwyth. Drwy gydol y pum degau, bu ffilmiau'r Eidal a Ffrainc, Sbaen a Sweden yn llifo i'r dref. Llwyddodd Frederico Fellini i gyffroi fy synhwyrau a goglais fy emosiwn. Roedd Marcello Mastroianni yn gawr o actor a gofalwn fynd i weld pob un o'i ffilmiau – roedd y cyfuniad o'i lais a symudiad nodweddiadol ei wefus wrth siarad yn cyfareddu. Ac yna Claudia Cardinale – o! am actores! Gwyliwn ffilmiau comedi'r Eidalwr, Uggo Tonazi, a phwy na allai gael ei gyffroi gan ffilmiau cignoeth Bunuel a heriai'r Eglwys Gatholig, heb sôn am impact gweladwy ffilmiau fel *Virgin Spring* gan Bergman? Bu'r adroddwyr storïau hyn oll yn ddylanwad mawr arnaf. Corlanwyd fy nheimladau ganddynt a didolwyd y teimladau hynny o wythnos i wythnos, gydol y blynyddoedd. Ystum, gair, edrychiad: llifasant oll hyd drwy'r meddwl i'w catalogio'n ddiogel gan hylif cynnes, gwyrthiol, y cof.

# Y CADILLAC GWYN

Mae Gŵyl Deledu Banff yng Nghanada yn un o wyliau teledu pwysica'r byd – a *Gogs*, rhaglen a gynhyrchwyd gan *AAArg*! ac a gomisiynwyd gan S4C, wedi cipio'r Brif Wobr Animeiddio yno gan drechu rhai o brif raglenni animeiddio'r byd (a'r beirniaid yn dîm rhyngwladol o feistri teledu wedi cyhoeddi 'Gogs' yn fuddugol). Trafaeliais o Calgary i Banff drwy'r Rockies mewn cadillac mawr gwyn, car yr ŵyl – dim ond y gyrrwr a finne. Trigai un o fodrybedd y gyrrwr ym Mae Colwyn! Taith anhygoel oedd honno drwy'r mynyddoedd gwyrthiol. Ceisiais weld y nentydd, ond doedd dim i'w weld, ac yna sylweddolais eu bod wedi rhewi'n glap ar y llechweddi llwydion.

Yn ogystal â bod yn ŵyl gystadleuol, mae Gŵyl Deledu Banff yn llwyfan drafodaeth bwysig; mae'n fan cyfarfod marsiandïwyr cyfryngol, cwmnïau gwifren a lloeren, arianwyr, sgriptwyr y diwydiant cyfathrebu ac mae'n ŵyl sy'n llawn bwrlwm. Croesawyd fi i'w plith yn gynnes gan Pat Ferns, Llywydd a Phrif Weithredwr yr

o'r chwith – Cenwyn Edwards, Comisiynydd Rhaglenni Ffeithiol S4C a Pat Ferns, Prif Weithredwr Gŵyl Deledu Ryngwladol Banff, yng Ngŵyl MIPCOM, Cannes.

171

Ŵyl, llysgennad ardderchog i'w achos a gŵr oedd yn adnabod Cymru'n dda. Byddwn yn cyfarfod â Pat droeon mewn llawer gwlad wedi'r 'cyfarfod' dechreuol hwnnw.

Straen go fawr oedd cadw'r gyfrinach am lwyddiant *Gogs* cyn i mi fynd i Banff – heb sôn am y cyfnod yno cyn y cyhoeddi. Yr oedd cynhyrchwyr, cyfarwyddwyr a phenaethiaid rhaglenni o bedwar ban byd yno, i gyd yn dymuno'n dda i'w gilydd ac ar yr un pryd yn dymuno buddugoliaeth i'w cynnyrch eu hunain a minnau'n teimlo fel gweiddi o gopa uchaf y Rockies – 'MAE *GOGS* WEDI ENNILL!'

Anne Roberts, 'Mam' *Gogs*, a minnau ar ôl ennill y brif wobr animeiddio yng Ngŵyl Banff, Canada.

172

Ond roedd y seremoni wobrwyo urddasol eto i ddod. Yn y neuadd fawr, oll yn eu gynau hir a'u tei bô, roedd arweinwyr teledu America, Canada ac Ewrop. Derbyniodd Stephen Bocho, y Cyfarwyddwr a'r Cynhyrchydd, wobr arbennig ac, yng nghanol pawb, roedd Ann Roberts a minnau'n cynrychioli *AAArgh!* ac S4C gyda balchder. Dangoswyd *Gogs* ar y sgrin fawr. Chwarddodd y gynulleidfa'n ddireolaeth. Safai Ann Roberts a minnau ar y llwyfan; derbyniodd Ann y Brif Wobr Animeiddio a stwffiais innau lun enfawr o'r Fam Gogsaidd y tu ôl iddi (gyda chydweithrediad brwd cynhyrchydd y noson!). Dylai Cymru fod yn falch iawn o dalent Michael Mort, Sion Jones a Deiniol Morris, crewyr buddugoliaethus *Gogs*.

Yn ddi-os, mae Mynyddoedd y Rockies yn hardd iawn, a lleoliad Gwesty'r Banff Spring lle cynhelir yr ŵyl yn gyfareddol ac eira copaon y creigleoedd uchel yn wynnach na gwyn i'w gweld gerllaw. Ond pyla hyn oll o'i gymharu â chyfaredd rhannu'r llawenydd o ennill prif wobr a honno wedi'i dyfarnu gan arbenigwyr byd yn y maes a sylweddoli o'r newydd y grym o fod yn Gymro neu'n Gymraes.

Yn ystod f'arhosiad yn Banff clywais bethau hollol annisgwyl!

'A! mae fy mam o Landdulas.' Cynhyrchydd annibynnol, llywydd y cwmni.

'Mae fy nhad o Landrillo yn Rhos.' Golygydd cylchgrawn teledu Canada.

'Magwyd fi yn Newfoundland ymhlith Albanwyr, Gwyddelod a Chymry.' Llywydd yr ŵyl.

'Rydw i'n Gymraes, wyddoch chi.' Cynhyrchydd *Frasier* – cyfres gomedi Americanaidd, Los Angeles.

Yden, ryden ni Gymry ym mhobman!

# Yn Rwsia

Mae'n glod mawr i benaethiaid ac Awdurdod S4C, mi gredaf, eu bod wedi bod yn barod i arloesi ac i gefnogi menter newydd ar achlysuron di-ri. Rwy'n fy nghyfrif fy hun yn ffodus fy mod wedi cael cydweithio gydag Awdurdod, Cadeiryddion a Thîm Rheoli S4C. Yr oedd Prys Edwards, y Cadeirydd pan gyrhaeddais S4C, a minnau yn yr ysgol gyda'n gilydd am gyfnod ac Elan Closs Stephens a minnau wedi cydweithio'n agos pan oedd Elan yn y Cyngor Llyfrau a minnau yn HTV. Dyma wychder pethau o weithio yng Nghymru: pawb yn adnabod pawb. Fel y dywedodd Aled Vaughan gynt, does dim byd o'i le yn hyn – yn wir mae'n anochel – ond ei fod yn golygu bod angen i ni oll fod yn fwy gwrthrychol ac edrych ar sefyllfaoedd yn deg a chytbwys, a'r her i wneud hynny'n sylweddol.

Ym 1998, roedd ysbryd mentrus y sianel wedi'n harwain ni i Rwsia, i Fosco. Roedd y cysylltiad animeiddio gyda chwmni Rwsieg, *Christmas Films*, eisoes yn ffynnu dan arweiniad Christopher Grace ac roedd argoelion gan Huw Eirug a Wynne Innes fod cyd-gynhyrchiad arall ar y gweill ac arddangosfa i'w threfnu ym Mhalas Ieuenctid Mosco. Pan gyrhaeddodd Paul, fy nghynllunydd, a minnau y brifddinas, roedd hi'n oer iawn; yn wir, roedd hi'n dri deg chwech gradd dan bwynt rhewi!

Y noson gyntaf, daeth Renat o *Christmas Films* i'n gwesty i'n croesawu. Un o Mongolia yw Renat ac mae'n ddirmygus o'r Rwsiaid. Mae'n dipyn o gymeriad a chredai ef nad oedd llawer wedi newid yn Rwsia er bod *perestroica* yn gweithredu!

Ni wyddwn hynny ar y pryd, ond roedd Renat yn arbenigwr ar lifrai milwrol ac felly pan welodd fi'n sefyll o flaen gwesty'r Marriott yn fy nghôt wlân a chanfas anferth, dywedodd yn syth, bron cyn fy nghyfarch, 'Ex Swedish Army, 1944.' Roedd yn hollol gywir – bargen arbennig oedd y gôt, dau ddeg naw punt drwy'r *Daily Express*!

Ymhen rhai dyddiau, roedd Rhianydd Darwin, rheolwr gwerthiant Rhaglenni S4C Rhyngwladol, a minnau yn ymweld â Moss Films, canolfan fyd-enwog ffilmiau Rwsia. Buan y deallasom ein bod, trwy fod gyda threfnwyr yr arddangosfa, gyda rhai o 'fixers' y Rwsia

Rhianydd Darwin a minnau'n rhewi yn Sgwâr Coch Mosco!

newydd. Yr oedd teledu Centre yn gyfrifol am yr arddangosfa a'u cadeirydd hwy yn gyfarwyddwr Moss Films. Cylch o fewn cylchoedd. Roedd y llywodraeth wedi preifateiddio Moss Films ac o'r herwydd roedd cyfoeth mawr yn nwylo un grŵp o bobl.

Ar y diwrnod arbennig hwnnw trafaeliodd Rhianydd a minnau drwy'r eira a'r rhew gyda phrif beiriannydd y cwmni teledu. Wrth i ni ddynesu at y stiwdios, a safai o fewn parc mawr o rai cannoedd o aceri yng nghanol Mosco, gwelsom ein dau olygfa ryfeddol. Syllai ceffyl – ie, ceffyl – drwy ffenestr ar ail lawr yr adeilad. Hon oedd y sioc gyntaf.

Wedi mynd i mewn i'r adeilad, aethom ar hyd coridorau llydan a'r rheiny mewn cyflwr gwael. Roedd angen paent ar y muriau ac roedd llwch ym mhobman. Wedi mynd i fyny i'r ail lawr, gwelsom y ceffylau! Roeddent mewn stiwdio anferth gyda golygfa o anialwch yn y pen draw a thunelli o dywod! Yn sydyn, o'r tu ôl i ni, daeth rhes o gamelod mawrion. Roeddent wrthi'n saethu golygfa Nadoligaidd. Ni welais le tebyg erioed. O fewn yr adeilad, roedd cannoedd o bobl mewn gwisgoedd lliwgar. Hebryngodd y peiriannydd ni heibio i'r camelod at ddrws dur newydd ar hen wal staeniedig. Gyda'i garden blastig, agorodd ein cyfaill y drws ac arweiniodd ni i dir hud a lledrith yn llawn o beiriannau teledu a'r offer cyfathrebu diweddaraf. Roeddem yng ngwlad James Bond! Mae'n ymddangos mai o'r Almaen y daeth yr offer hwn a oedd yn werth rhai miliynau o ddoleri.

Pan gyraeddasom yr arddangosfa, roedd cynnyrch technegol Cymru wedi cyrraedd yno o'n blaenau. Dosberthir setiau teledu ar dir mawr Ewrop gan Panasonic o Gaerdydd!

Y noson honno, aethom i Eisteddfod *cum* Noson Lawen i wrando ar grwpiau pop – yn eu plith y grŵp deinamig o Fosco, Gorky Park. Roeddent yn wych a hwy oedd yr unig fand oedd yn perfformio'n fyw y noson honno, gan mai cerddoriaeth wedi ei recordio ymlaen llaw oedd y gweddill i gyd.

Ond tipyn o wyrth oedd i ni ddod adre o'r trip hwnnw. Pan gyraeddasom y maes awyr ymhen yr wythos, roedd y tywydd wedi rhewi popeth ac awyren BA wedi torri i lawr. Fel y dywedais wrth Michael Howard, y cyn-weinidog Torïaidd, a brodor o Lanelli a oedd yn y maes awyr yn yr un picil â minnau, 'Awn ni ddim adre heno, hyd yn oed petaen ni'n mynd drwy Lanelli!' 'Na thrwy Aberystwyth chwaith!' oedd ei ateb chwim. Cawsom gynnig taith Aeroflot i Stockholm ond ni dderbyniwyd y cynnig hwnnw. Fodd bynnag, drwy lwc, trwsiwyd yr awyren, dadmerwyd ei llwybr ac roedd Caerdydd yn gwahodd!

MOSCO '97 (I Renat)

Marina, Olga, Ilia, Renat, Serge,
A'r grŵp pop Gorky yn y nos:
Chwi yw fy Rwsia i.
Yn eich gwên a'ch geiriau clên a chyffro'r gân
Mae fy mhortread i
O'ch gwlad, a'ch holl freuddwydion
Am yfory gwell.
Mewn gwesty cynnes clyd
Y mae fy myd,
Ond ar y stryd
Mae gwyntoedd gerwin oer
O ffin Siberia draw
Yn rhewi'r gwaed,
A sgwâr y Kremlin fel erioed

Rhagfyr 1997

# Y CENHEDLOEDD UNEDIG

Hydref 24, 1994, ac roedd Cerddorfa Gymreig y BBC yn chwarae yn ystod Diwrnod y Cenhedloedd Unedig yn eu hadeilad yn Efrog Newydd, a chan fod S4C yn ariannu'r Gerddorfa, penderfynwyd cynnal derbyniad i gyd-gynhyrchwyr ac asiantaethau'r Sianel yn Efrog Newydd. Roedd Wyn Mears yn gyfrifol am drefniadau'r BBC, a minnau'n cydweithio gydag Ann Beynon a oedd yn Bennaeth Materion Rhyngwladol yn S4C ar y pryd. Gwahoddodd S4C ryw gant o westeion i'r derbyniad a oedd i'w gynnal mewn stafell hyfryd yn Adeilad y Cynadleddau Rhyngwladol. Ar ôl cyrraedd Efrog Newydd ychydig ddyddiau ynghynt, trosglwyddais y siec, sef y tâl am y derbyniad, i Bennaeth Arlwyo'r Cenhedloedd Unedig. Heb y tâl hwn, ni fyddai'r arlwywyr yn symud na bys na bawd! Roedd holl drefniadau'r Cenhedloedd Unedig yn fanwl iawn iawn a phopeth wedi ei nodi a'i amseru i'r eiliad:

*Dydd Llun. 100 o gadeiriau metal du yn cyrraedd. 80 'stand' miwsig i gyrraedd cyn 9 a.m. Rhif pob lorri sy'n cario'r offerynnau i'w drosglwyddo i'r swyddfa cyn 9.30 a.m.*

Ar ddiwrnod y cyngerdd, cyrhaeddodd gwesteion S4C yn brydlon. Croesawn hwy i'r stafell lle roedd Cadeirydd S4C, Prys Edwards, a Huw Jones, y Prif Weithredwr, yn barod i'w cyfarch. Pan gyrhaeddodd Dr William Irving, Llywydd Cymdeithas Gymraeg Efrog Newydd, croesewais ef a'i holi o ble yng Nghymru y deuai ei deulu. Pan atebodd 'Llanuwchllyn', syllais arno mewn syndod. 'Where in Llanuwchllyn?' oedd fy nghwestiwn nesaf. Pan atebodd, 'Tanybwlch Farm,' roeddwn yn agos at ddagrau. 'John Watkin Jones,' meddwn. 'Yes,' meddai, 'my grandfather.' Roeddem yn perthyn. Mae rhai sefyllfaoedd yn ormod i'r emosiynau weithiau! John Watkin Jones oedd brawd fy hen nain. Ymfudodd i America, priodi, ac ymsefydlodd ef a'i deulu yn Efrog Newydd, gan addoli yn yr Eglwys Gymraeg ar Broadway. Addysgwyd Bill Irving yn Efrog Newydd, lle bu'n ddoctor ar hyd ei yrfa cyn ymddeol. Bellach, ac yntau yn ei saith degau, mae'n byw yn Connecticut. Rydym ein dau yn llythyra ac yn siarad ar y ffôn. Yn un o'i lythyron yn 2001 soniai am dristwch yr ymosodiad creulon ar Efrog

Newydd ar Fedi'r unfed ar ddeg, ac fel roedd yn loes calon ac enaid iddo. Mae aelodau'r Gymdeithas Gymraeg yn cyfarfod yn rheolaidd ond eu bod wedi gohirio'u cyfarfodydd ar ôl y trychineb yn Efrog Newydd oherwydd bod eu man cyfarfod yn rhy agos at leoliad y dinistr. Dywed yn ei lythyr a gyrhaeddodd Dy'n Fedw yn ddiweddar, 'When the emotional tremors have subsided, I shall revisit with you happier memories and explorations, and what it was like to be a Welsh kid in a Jewish, Irish, Greek neighbourhood in the Thirties.' Dywed Bill eu bod yn arfer siarad Cymraeg ar yr aelwyd yn Efrog Newydd ond mai Saesneg – neu Americaneg – a siaradai ei rieni ar y stryd! Gorffenna ei lythyr gyda'r gair llawn ystyr a gobaith, 'Heddwch!'

Cyn gadael adeilad y Cenhedloedd Unedig ar ddiwrnod y cyngerdd, cefais gyfle i ddraddodi anerchiad byr o'r llwyfan byd-enwog, o'r 'podium' ei hun. Doedd neb yn bresennol ond roedd yn anerchiad gwych! A gallaf ddweud mai fi yw'r unig ŵr erioed o Aberystwyth i annerch y Cenhedloedd Unedig!

Yn union wedi'r cyngerdd, aethom i gyd i dderbyniad wedi ei noddi gan Lysgenhadaeth Gwledydd Prydain yn Efrog Newydd – derbyniad yn y Cenhedloedd Unedig i dros bum cant o wahoddedigion, yn cynnwys llysgenhadon y gwahanol wledydd. Ac yn wir, dacw Lysgennad Cymru'n sgwrsio â Llysgennad Gwlad yr Iâ . . . Mae gan bawb yr hawl i freuddwydio, onid oes?

Fy mherthynas Dr William Irving a minnau yn nerbyniad y Cenhedloedd Unedig.

179

# EISTEDDFOD A GŴYL

Ond yng Nghymru y bu fy mhrif weithgarwch – 'The local is the real.' Yr hyfrydwch mawr a gefais wrth drefnu presenoldeb S4C a HTV ar faes eisteddfod a sioe oedd cael bod gyda phobl yn eu dathliadau, heb sôn am fathu sloganau fel, 'Y Gorau yn Gyson i Gymru', neu 'Cymru yfory, mae S4C yno!'.

Hyfrydwch oedd cael cyd-lawenhau, gweld y pleser ar wynebau plant yn siop S4C, cyfarfod â hen gyfeillion ar y maes ac mewn derbyniadau, a threfnu arddangosfeydd ar y datblygiadau diweddaraf megis y rhai digidol, i roi gwybodaeth ac i ddiddanu gwylwyr, gobeithio. Ceisiais ofalu, oddi ar y saith degau, fod arddangosfeydd bob amser o'r safon uchaf ac mai'r unig ffin oedd y ffiniau ariannol.

Un o arddangosfeydd S4C yn yr Eisteddfod Gendlaethol a'r slogan
'Cymru yfory, mae S4C yno!'

A sôn am roi pleser i'r plant, cofiaf flynyddoedd yn ôl, wrth grafu pen a meddwl beth wnaem ni ar gyfer y siop y flwyddyn honno, i'm cynorthwywraig ar y pryd, Stella Mair, awgrymu rhyw gap pen doniol a welodd mewn siop ym Machynlleth. Penderfynodd Peter Elias, Pennaeth Adran Blant HTV ar y pryd, a minnau ei fod yn rhy wirion. Och, roeddem yn anghywir! – wel, roeddem yn gywir o ran ei fod yn wirion ond, y diwrnod canlynol, roed pennawd bras yn un o'r papurau tabloid yn cyhoeddi fod y pethau pen doniol yn 'hit'. Prynais filoedd ar filoedd ohonynt a'u mewnforio o Taiwan drwy Beirut, drwy gwmni yng Nghaerdydd. Fyddai neb wedi credu, ond roed y cap hwnnw a welodd Stella ym Machynlleth newydd ei gludo gan y siopwr o siop yn Efrog Newydd. Doeddwn i ddim yn gwybod! Flynyddoedd yn ddiweddarach, roed bathu'r slogan, 'Rwy'n mynd yn bananas am S4C', a'r geiriau hynny ar fanana o ddefnydd melyn, yn golygu tipyn llai o waith trefnu! Mawr obeithiaf fod Stella wedi cael cyfle i wneud pethau anturus o'r fath yn ei swydd fel Cyfarwyddwr y Comisiwn Teledu Annibynnol yng Nghymru!

Cydweithwyr yn S4C yn cyd-ddathlu derbyn gwobr yr RTS.
Chwith i'r dde: Aled Islwyn, Siân Morgan, Rachel Lord, Iona Jones, Gwydion Lyn ac Euryn Ogwen Williams.

181

# DIWEDD Y DAITH

O'r diwrnod cyntaf y cyfarfûm ag ef, Cymraeg a siaredais â Wynford Vaughan Thomas. Roedd yn un o'r consortiwm gwreiddiol a ffurfiwyd ym 1967 i geisio am gytundeb Teledu Annibynnol i Gymru a Gorllewin Lloegr. Credai'r mwyafrif o bobl, mi gredaf, mai perthyn i'r Eingl-Gymry yr oedd Wynford, heb sylweddoli fod ei wreiddiau'n ddwfn yn y diwylliant Cymraeg a Chymreig. Fe'i cyfarfûm am y tro cyntaf yng nghartref fy ngwraig ym Mhenylan, Bangor, pan alwodd Wynford ar un o'i aml grwydriadau. Drwy gyfnod y saith degau, gweithiais yn agos iawn gydag e tra oedd yn Gyfarwyddwr Rhaglenni Teledu Harlech.

Gŵr annwyl, deallus, oedd Wynford. Gallai dyn feddwl ar brydiau fod popeth ar chwâl ganddo ond dangosai ei ysgrifen ddestlus a manwl fod popeth wedi'i drefnu'n ofalus. Mae'n wir fod ganddo nifer o ddyddiaduron a oedd ar brydiau'n arwain at gymhlethdodau difrifol, a byddwn ar 'standby' yn aml rhag ofn bod angen i mi fynd i siarad i rywle pellennig yn ei le. Un arferiad gwych oedd ganddo oedd 'dŵdlo' yn ystod cyfarfodydd y Bwrdd, a byddai wedyn yn gadael y brasluniau neu'r lluniau ar y bwrdd. Mae nifer ohonynt gennyf yn fy meddiant ac mae un yn arbennig, sef syniad Wynford o Senedd Cymru ym Mharc Cathays. Cofiaf un achlysur yn Llanbedr Pont Steffan, a minnau'n cyflwyno Wynford mewn cinio swyddogol. Yr oeddwn wedi cynllunio fy araith yn ofalus a bwriadwn ddweud fod Wynford yn gymaint o ysbrydolwr fel y gwnawn ddringo'r Wyddfa mewn storm o eira a mynd yn dawel ac yn llawen, pe gofynnai i mi. Roeddwn wedi cynllunio seibiant ar y pwynt hwnnw a chyfadde 'mod i'n dweud celwydd gan nad oedd gennyf ddewis – Wynford oedd fy mhennaeth. Daeth y noson. Cyrhaeddais uchafbwynt fy nghyflwyniad: '. . . byddwn yn mynd yn dawel . . .' ac wrth i mi ddweud y geiriau, gwaeddodd un o'r gynulleidfa'n ddirybudd, 'Celwyddgi, clwyddau golau!!' Dywedais innau'n syth, 'Rydech chi'n iawn, syr, rydw i'n dweud celwydd – byddai'n *rhaid* i mi fynd – Mr Thomas yw fy mhennaeth.' Roedd Wynford wrth ei fodd! Carai eiriau yn ysgrifenedig ac yn llafar ac roedd dawn miwsig ei dad yn ei leferydd. Roedd

Wynford yn llawn asbri a hwyl trwy gyfnodau digon dyrys a dwys. Gallem oll ddibynnu arno bob amser i godi calon.

Yn y saithdegau, agorodd HTV swyddfa newydd ym Mangor. Prynwyd adeilad helaeth ac iddo ychydig o dir wrth ei gefn wrth westy'r Castell yng nghanol dinas Bangor. Wedi'r agoriad swyddogol, cynhaliodd Wynford y 'seremoni agor' ddoniolaf y bûm i ynddi erioed. Penderfynodd, fel jôc, 'agor' y sièd bren yng nghefn yr adeilad. Casglodd nifer ohonom o'i gwmpas a thorrodd yntau'r ruban ar draws drws y cwt pren gan gyhoeddi mai'r cwt pren hwnnw oedd canolfan ddeinamig HTV yn y byd! Ni fu sefyllfa ddoniolach ac ni chlywyd erioed araith fwy 'zany', yn sicr nid gan neb o'r byd darlledu. Dim ond Wynford a fedrai gyflawni'r fath beth. Roedd fel petai'n fwriadol yn chwalu'n rhacs y rhybudd a gafodd gan neb llai na John Reith pan apwyntiwyd ef i swydd yn y BBC, 'We are not here to entertain, Mr Thomas, we are here to educate!' Roeddem i gyd am i Wynford fyw am byth.

Wynford Vaughan Thomas yn agor Canolfan Newydd Ewropeaidd HTV
(sièd gefn ger Canolfan Bangor!).

Pan fu Wynford farw, cefais alwad annisgwyl gan Charlotte – Lota – ei wraig: roedd am i mi yn unig gynrychioli HTV yn yr angladd, rhoi teyrnged ar ran y cwmni, fy nheyrnged fy hun, a darllen teyrnged ei hen gyfaill Alun Llywelyn-Williams na allai fod yn yr angladd am ei fod yn wael. Gallwch ddychmygu'r syndod yn HTV pan y gorfu i mi hysbysu'r Cadeirydd, aelodau'r Bwrdd, cyd-aelodau Wynford, mai dyma'r drefn a ddymunai Lota, ond parchwyd ei dymuniad wrth gwrs. Diwrnod rhyfeddol oedd hwnnw. Wyth yn unig oedd yn yr Amlosgfa yn Narberth: Lota, ei mab David, ei chwaer a'i gŵr, cyfreithiwr Wynford, Stuart Thomas, ei ewyrth, Haydn Thomas, cyn-arweinydd Côr Pontarddulais a oedd mewn gwth o oedran, Cliff Morgan o'r BBC, a minnau. Ar yr adeg briodol y diwrnod hwnnw yn Narberth, codais ar fy nhraed a cherdded i ben blaen y capel a dechrau'r gwasanaeth. Yn ddiarwybod i mi tan ychydig funudau cyn dechrau'r gwasanaeth, roedd uned sain o HTV yn y galeri. Chwaraewyd 'Jesu, joy of man's desiring', J. S. Bach, recordiad o Wynford ei hun ar y piano, ac yna cafwyd recordiad o Syr Geraint Evans yn canu 'Yn fore af i Ferwyn' yn fendigedig ac Aled Jones yn canu 'Nant y Mynydd'. Rhoddodd Cliff Morgan deyrnged ar ran y BBC a darllenodd David, mab Wynford, adroddiadau rhyfel enwog ei dad, ac un o'i gerddi olaf yn llawn ffraethineb.

Yn fy holl ymwneud cyhoeddus ar ran HTV, hwn oedd un o'r pethau anoddaf i mi ei wneud erioed. Gorchymyn pendant Lota y diwrnod hwnnw oedd ei bod am i mi gynnwys llawer o Gymraeg, ac fe wneuthum – 'ond mae'r heniaith yn y tir a'r alawon hen yn fyw'.

Torrais ar ddistawrwydd yr amlosgfa y diwrnod hwnnw gyda'r geiriau hyn:

*Doedd Wynford ddim yn credu mewn crefydd gyfundrefol ond credai yn angerddol yn y greadigaeth a'r Creawdwr.*

*Dathliad mewn llawenydd ydi heddiw, felly, o fywyd a gwaith Wynford Vaughan Thomas – cawr byd darlledu – ac mi wnawn hynny mewn cân – ac am gân! Mewn barddoniaeth – y gorau; mewn miwsig – yr hyfrytaf.*

*Pan oedd Alun Llywelyn-Williams yn ei ugeiniau, cyfarfu â Wynford. Nid Wynford Vaughan Thomas CBE ac anrhydeddau cyhoeddus eraill, nac ychwaith yr Athro Emeritws Alun Llywelyn, ond dau fachgen ifanc mewn asbri bywyd. Mewn teyrnged i'w gyfaill, cyfaill ers dros 50 mlynedd, dywed Alun Llywelyn-Williams:*

'Mae'n ofid mawr i mi oherwydd afiechyd na fedraf fod yn bresennol heddiw efo Charlotte a David a'r teulu yn Sir Benfro i dalu'r deyrnged olaf hon i un a fu'n annwyl iawn gennym ac yn agos iawn atom, ac un y mae arnaf cymaint dyled iddo. Fe'n penodwyd tua'r un adeg i Hen Ranbarth Gymreig y BBC ym 1936. Roedd Wynford yn llawer iawn mwy dawnus a thalentog na mi – yn sylwebydd ffraeth a bywiog a thra llwyddiannus o'r dechrau. Ond, rywsut, daethom yn ffrindiau ar unwaith. Un o hoff fwyniannau Wynford oedd crwydro daear Cymru, ar droed neu mewn car – ac felly finne. Rwy'n cofio llawer taith ddifyr a wnaethom gyda'n gilydd yn y dyddiau dedwydd hynny: yn gweithio yn Eisteddfod Machynlleth 1937 – pan gafodd ein cyfaill T. Rowland Hughes ei gadeirio – neu'n crwydro ar ein liwt ein hunain i Eryri a'r Bannau, ac unwaith ar daith fythgofiadwy i dawelwch ac anialwch dewinol gogledd-orllewin Sgotland, i ddringo mynyddoedd anhygyrch a chyffrous.*

*Wynford oedd y dringwr medrus wrth gwrs. Cerddwr oeddwn i. Roedd Wynford yn hynod amyneddgar gyda'r 'novice' ac yr oedd ei gwmni bob amser yn gyfareddol a'i ffraethineb a'i ddawn geiriau a'i frwdfrydedd di-ball yn ysbrydoliaeth ac yn ddiddanwch pur. Roedd ganddo stôr o ganeuon digri, llawer ohonynt o'i waith ei hun. Mae'n dda gennyf fod Kingsley Amis wedi cydnabod peth o ddawn Wynford fel prydydd doniol a satiric yn ei* New Oxford Book of Light Verse, *ond detholiad pitw iawn sydd yno o'i waith mewn gwirionedd.*

*Roedd yna ochr ddifri i'r ddawn hon, oherwydd etifeddodd beth o athrylith gerddorol ei dad. Un o'm hatgofion melysaf o'r cyfnod hwn yw ambell gyda'r nos yng nghartref Alis a minnau yn Rhiwbeina, pan ddôi Wynford heibio, a photel o win i'w ganlyn efallai, a mynd yn syth at y piano, ac aros hyd oriau mân y bore yn canu caneuon Schubert a Mozart ac eraill o'i ffefrynnau.*

*Roedd pawb yn teimlo'n ysgafnach ei galon ac yn llonnach ei ysbryd wedi bod yng nghwmni Wynford.*

*Daeth y rhyfel. Aeth Wynford ymlaen i wneud enw haeddiannol iawn a chlod uchel iddo'i hun fel sylwebydd radio. Colli golwg ar ein gilydd am sbel ac yna, wedi'r rhyfel, ailgysylltu a chrwydro Eryri fel o'r blaen.*

*Ugain mlynedd yn ôl, mynnodd Wynford i mi ymuno â chonsortiwm Harlech, a ddaeth wedyn yn gwmni HTV, ac yna ailgydio mewn perthynas agos â'n gilydd hyd y diwedd. Ac yn awr, mae Wynford wedi marw – a'n gadael ni i alaru ar ei ôl, er mor chwith ei golli, ond i lawenhau yn ei gyfraniadau aruthrol i'n diddanwch ac i'n diwylliant gyda'i ddoniau ysblennydd ar y radio a'r teledu ac mewn llyfrau.*

*Y mae ei gyfraniad i raglenni HTV yn unig ers 1968 yn gorff swmpus o lenyddiaeth deledu. Diolchwn am ei wasanaeth mewn llawer dull a modd i Gymru – y wlad yr oedd yn ei charu mor fawr. Am ei frwdfrydedd heintus dros fywyd hefyd, dros ei gariad tuag at bopeth da a dyrchafol. Ond yn bennaf oll, am y fraint o gael mwynhau ei gyfeillgarwch iachusol.*

Ar ôl darllen teyrnged Alun Llywelyn iddo, euthum yn fy mlaen gydam teyrnged fy hun, '*Un o hoff ganeuon Wynford yn blentyn oedd cerdd llawn 'mood' Ceiriog, "Nant y Mynydd Groyw Loyw". Fe*

Gyda Ieuan Rees y cerflunydd, wrth gofgolofn Wynford Vaughan Thomas ar lethrau Dylife yn ardal Aberhosan, ger Machynlleth.

*ysgrifennodd ei dad, David Vaughan Thomas, gerddoriaeth i'r geiriau hyn. Roedd hon ymhlith y caneuon cyntaf i Aled Jones eu recordio.*

*Cawr byd darlledu oedd Wynford. Mae fy nyled i iddo yn anhraethol. Er 'mod i'n gweithio iddo fo pan oedd o'n Gyfarwyddwr Rhaglenni HTV – yn un o'r sylfaenwyr fel y gwyddom – roedd o bob amser yn rhoi'r teimlad i mi 'mod i'n gweithio efo fo.*

*Mi ges i, ac eraill ohonom yn HTV, yr anrhydedd o eistedd wrth ei draed o a cheisio dysgu cyfrinachau ei ddawn fawr. Paratoi manwl. Trosglwyddo ysbrydoliaeth i eraill. Trin pawb yr un fath. Ac uwchlaw pob dim, bob amser yn parchu ei gynulleidfa. Mi wnes i'r camgymeriad unwaith, wrth drafod barddoniaeth gyda Wynford, o ddyfynnu llinell gan Ddafydd ap Gwilym – cerdd i'r wylan, "Dilwch yw dy degwch di" – yr unig linell ro'n i'n 'i gwybod. Roedd Wynford yn gwybod y gerdd.*

*Dyn annwyl oedd Wynford Vaughan Thomas. Dwi'n diolch i'r Creawdwr amdano fo.'*

# CYMRY ENWOG

Sut y bu i mi ddechrau traddodi'r 'araith fawr', 'Cymry Enwog', ni chofiaf. Ond i lefarydd ar ran cwmni, fel y bûm yn HTV ac S4C, roedd hi'n rhyddhad enfawr cael siarad yn ddilyffethair, yn benrhydd, yn bendramwnwgl – dweud, fwy neu lai, yn union yr hyn a ddymunwn heb orfod poeni am lein cwmni na beth fyddai'r wasg yn ei ddweud. Yn HTV, arferwn dreulio pob amser cinio pan nad oeddwn mewn ciniawau swyddogol, gyda'm cydweithreg wych, Dorothy Williams, y cynhyrchydd medrus a phrofiadol. Roedd Dorothy a minnau'n perthyn, a byddwn yn tynnu coes Dorothy yn greulon pan na fyddwn yn cyhoeddi ein perthynas yn groch yng ngŵydd ein Prif Weithredwr pan fyddai Dorothy ar ochr yr Undeb a minnau gyda'r Sanhedrin! Ond i ddod yn ôl at y rhyddid a deimlwn. Cais Dorothy yn gyson oedd, 'Beth sydd gennych chi i ddeud wrtha i, Mr Meredith?' (roeddem yn ffurfiol iawn gyda'n gilydd!) a minnau wedi bod yng nghyfarfod Bwrdd Cymreig HTV. Pan na ddywedwn i unrhyw beth diddorol yn ateb, dim ond rhyw baldaruo, byddai Dorothy (Miss Williams, felly) yn dweud yn syth, 'Bobol bach, dech chi'n boring, Mr Meredith. Dech chi'n deud dim'! Ond pan oeddwn yn traddodi 'Cymry Enwog' gallwn ganu fel caneri! Ie, penrhyddid traddodi 'Cymry Enwog' a'm hachubodd o gaethiwed fy swyddi i rodio'n rhydd efo rhai o'r cymeriadau rhyfeddaf a gerddodd y ddaear.

Potes wedi cinio oedd y ddarlith, y sgwrs, yr anerchiad – potes a ddechreuodd ferwi yn y saith degau ac sy'n dal i ffrwtian yn 2002. Pan gyhoeddwn bwnc fy sgwrs, gwelwn wynepryd fy nghynulleidfa'n crychu, a buan y clywn y geiriau, 'O na, dim Lloyd George, a Howell Harris ac Owain Glyndŵr!' Does dim o'i le ar y rheini, wrth gwrs, ond na, giang o 'desperados' Cymreig oedd ac yw fy enwogion i, unigolion, yn wŷr a gwragedd, na fu bob amser ar dudalennau'r *Bywgraffiadur Cymreig* nac ar dudalennau'r *Cydymaith*. Ym 1965, roeddwn yn gweithio yn y Canolbarth, yn Llandrindod. Y flwyddyn honno daeth Llywelyn Murray Humphreys o America i Gymru, i Garno a Chaersws, i setlo materion teuluol. Dywedir mai hwn oedd y gŵr a gynlluniodd y 'St Valentine's Day Massacre' ar ran Al Capone

– ef oedd llaw chwith Capone. Y gŵr hwn, ac yntau'n fab i rieni a briododd yng Nghapel Methodistiaid Calfinaidd China Street, Llanidloes, oedd un o ddihirod pennaf America. Pan ddyfeisiodd Adrian Stephens o Ddowlais chwiban trên, ychydig a feddyliai y byddai ei ddyfais i'w chlywed o Ddowlais Top i Vladivostock yn llythrennol.

Un bore yn yr wyth degau, safai Cadeirydd HTV, Syr Melvyn Rosser, yn nrws fy stafell, yng ngwagle'r drws, felly! Roedd ganddo gais arbennig i mi: ni fedrai fynd i annerch Cymdeithas Frenhinol y Cyfrifyddion, ac yntau'n ŵr gwadd. Allwn i, felly, fynd yn ei le? Gallwn wrth gwrs – roedd 'Cymry Enwog' a finnau'n cymryd naid i gyfeiriad newydd eto! Euthum ar drywydd y Cymry hynny oedd wedi ysgwyd y sylfeini ar hyd y canrifoedd – yn weinyddwyr ac yn ddyfeiswyr, gan ddechrau gyda theulu pwerus y Seisyllt o Sir Fynwy – teulu'r Cecil, gweinyddwr deinamig Elizabeth y 1af. A beth am John Hughes Yozovka, sefydlydd diwydiant dur Rwsia, un arall o Ddowlais? Priododd mab John Hughes gyda merch y bardd Islwyn, awdur y gerdd fawr 'Mae'r oll yn gysegredig'. Do, cafodd yr anrhydeddus Gymdeithas dipyn o sioc y noson honno yng ngwesty'r Parc.

Ychydig a gredai y dôi mam y digrifwr Bob Hope o'r Borth, Sir Aberteifi, a bod y gŵr a ddatblygodd 'Basic Slag' fel triniaeth ar gyfer y tir yn dod o'r un sir. Yn yr Almaen, nodir ei enw Thomas Slag; yn nodweddiadol, 'Basic Slag' yw'r enw a ddefnyddir yng Nghymru, heb ddim clod i Thomas! Un o Aberdâr oedd John Lloyd, y gŵr a fu'n ymladd ym Mrwydr yr Alamo, ond gan ymladd ar ochr Mexico. Yn y frwydr honno, yn ôl mytholeg America, y saethwyd Davy Crocket. Ai gormod yw awgrymu mai bwled o wn John Lloyd a'i lladdodd?! Cynrychiolir Cymru ar y gofeb i Frwydr yr Alamo.

Yn ddiweddar, daeth yr wybodaeth fod Cymro yn ymladd gyda General Custer ym mrwydr y Little Big Horn, ac oni fu Buffalo Bill yn Llanfair-ym-Muallt? Ychydig sy'n sylweddoli mai Ivor Novello a sgriptiodd y ffilm *Tarzan* gyntaf yn America pan anfarwolwyd y geiriau – geiriau mwyaf yr iaith Saesneg – 'Me Tarzan, You Jane'!

Dywedir, pe byddai'r Armada wedi bod yn fuddugoliaethus, y byddai'r Eglwys Gatholig wedi apwyntio Gruffydd Robert, Milan, yn Archesgob Caer-gaint – y Gruffydd Robert hwnnw a gyhoeddodd un o'r geiriaduron Cymraeg cyntaf.

Pan aeth Aled Vaughan, Pennaeth Rhaglenni HTV, i gerdded ym mynyddoedd yr Himalaya, cyfarfu un prynhawn â ffarmwr ar y llethrau serth a ymfalchïai yn ei gae gwair, cae bychan ond gwyrddlas. Dywedodd y ffarmwr fod y gwair yn hanu o Aberystwyth! Roedd arbenigwyr o'r Blanhigfa yn Aberystwyth wedi bod yno'n cynghori ar weiriau – hwn oedd y 'green green grass of home'!

Un o deulu Howell Harris, Trefeca, y Diwygiwr Mawr, a gynlluniodd lifrai'r milwyr ar gyfer y Rhyfel Saith Mlynedd, ac o aros yn yr un sir, onid Doctor Samuel o Aberhonddu a fu'n gyfrifol am iechyd criw y Capten Cook, yn Ynysoedd Môr y De?

Ydyn, mae'r Cymry ym mhobman a'u cyfraniad yn fawr, ond bod y llyfrau hanes wedi eu hanwybyddu!

Cymro enwog heddiw – yn cadeirio cynhadledd i'r wasg i Anthony Hopkins, gwesty'r Marriott, Caerdydd.

# Y COED

Yn nechrau'r naw degau prynodd fy nghefnder, Arwyn, a minnau Goed Ty'n Fedw a'u rhannu rhyngom – rhwng dau deulu. Plannwyd y coed a oedd ym meddiant teulu'r Pilkington ar ffridd a mynydd Ty'n Fedw, ac yn amgylchynu'r tŷ. Gwastraff o dir da, a dweud y gwir, ond dyna ni, roeddent yno a rhaid oedd eu perchnogi fel bod tir Cymru yn ddiogel; gallaf mwyach gerdded yn sŵn siffrwd y dail. Ym mhen pellaf y ffridd ar dir Ty'n Fedw, ar y waun grin, gwnaethom lyn hyfryd a'i fedyddio yn Llyn Waun Grin. Paradwys yn wir, gyda golygfa drawiadol o'r Aran o'i flaen a Moel Migenau yn gefn iddo, heb sôn am ynys yn ei ganol a'r caban pren gerllaw. Fy ffiol sydd lawn . . .

Er nad agorodd Carreg y Tylwyth Teg yn llythrennol ar fy nhrawiad amser yn ôl, roedd prynu Ty'n Fedw a datblygu Llyn Waun Grin yn gyfystyr â mynd i wlad y Tylwyth Teg!

Ar Fai 24, 2001, cyrhaeddais oed ymddeol S4C – 60 oed – ac ar ôl parti ffarwél anrhydeddus, diflannais fel rhyw Alan Ladd ar fy ngheffyl gwinau dros y gorwel!

Teulu Blaencwm a theulu Ty'n Fedw yn dathlu prynu coed Ty'n Fedw.

Llyn Waun Grin.

Amser

Lleinw amser gloc plygedig
Ar hen foncyff ger y lli;
Ac ar las ei donnau gwastad,
Hwylia llong fy mywyd i.

(cerdd a ysbrydolwyd gan un o ddarluniau Salvador Dali).